Ronso Kaigai
MYSTERY
239

魔女の不在証明《アリバイ》

Alibi for a Witch
Elizabeth Ferrars

エリザベス・フェラーズ
友田葉子［訳］

論創社

Alibi for a Witch
1952
by Elizabeth Ferrars

目次

主要登場人物

レスター・バラード……アンティーク・ショップのオーナー
ニッキー・バラード……レスターの息子
ルース・シーブライト……ニッキーの家庭教師。叔母のような存在
マッジ・ガルジューロ……バラード家の家政婦
チェザーレ・ガルジューロ……バラード家の運転手
アメデオ・ランツィ……レスターの友人
マルグリット・ランツィ……アメデオの妻
スティーヴン・エヴァーズ……作家
チリオ……イタリア県警察本部《クエストゥーラ》の刑事
ジュリオ……馬車《カロッツァ》の御者
ルイージ・セバスティアーノ……アンティーク・ショップの支配人

魔女の不在証明《アリバイ》

「お姉さん、どこへ行っていたの？」

「豚を殺していたよ」

「お前はどうしていたの？」

『マクベス』より

第一章

その日は、いつもと同じように始まった。違う点があったとすれば、朝食時のレスター・バラードと息子のニッキーの口論が普段より激しかったのと、ぎすぎすした不愉快なその場に居合わせたルース・シーブライトが、心ならずも巻き込まれかけたことくらいだった。テラスのテーブルを片付けていたマッジ・ガルジューロが見せたあきれ顔が、やんわりとした警告になり、おかげでルースは、雇い主の生活に入り込むべきではない、と思い直した。といっても、崖の上に立つこの白亜の邸宅では週に二、三度は似たようなことがあったので、それほど気にする必要はないはずだった。四年間、バラード親子の反目についてなるべく考えないよう努めてきたルースは、徐々にその関係性に慣れ、それが当たり前に感じるようになっていた。にもかかわらず、その日、顔面蒼白になったニッキーが部屋を出ていったあと、レスターがぎらついた目をして笑いながら車に乗り、ガルジューロ夫妻を伴ってサンアンティオーコへ向かったとき、急にルースは、胸の鼓動が速くなっていることに気づいたのだった。

何を恐れているのか、自分でもわからなかった。父子の言動は、これまで何度も繰り返されてきたのとほぼ同じだった。それなのに、テラスのテーブルに一人きりになって、朝陽にきらめく湾の向こうの靄《もや》に浮かぶ山々を見つめるうち、もしかしたら、これまで愚かにもわざと見ないようにして、状況の深刻さから目を逸らしてきただけなのではないかという気がしたのだ。

やがてわれに返ったものの、しばらく気を取られていたので、その間《かん》に何があったか断言する自信はなかった。

ニッキーが家を出ていったことにも気づかなかったし、チェックのシャツと青いズボン姿の男が、いつから通り沿いの低い塀の上に座って屋敷のほうをうかがっていたのかも知らなかった。

その男に気づいたのは、電話に出るために立ち上がったときだった。塀に腰かけ、両手でマッチを囲うようにして煙草に火をつけているのが見えたのだ。屈み込んで炎に顔を近づけていたので、顔立ちはよくわからない。が、その時点では、ルースは男のことをほとんど気に留めていなかった。実際、受話器を取ったときには、そんな姿を見たことをもう忘れていた。電話はランツィ夫人からだった。

「今日の午後のことを確認しようと思って電話したのよ、ルース」歌うような陽気な話し方はまるでイタリア人だが、彼女が生まれ育ったのはイギリスのサセックスだった。「予定どおり、来てくれるんでしょう?」

一瞬、ルースは何の話か思い出せなかったが、ややあって答えた。「今日の午後——ああ、そうね」

「まさか、忘れていたんじゃないでしょうね」

「もちろん、覚えているわ」

少し間をおいて、マルグリット・ランツィが訊いた。「何かあったの? なんだか変よ」

「別に」と、ルースは言った。「レスターとニッキーが、いつものひどい口論をしただけ……マルグリット、私、ここを出ようと思うの。もうこれ以上耐えられそうにないわ」

「出るって、イギリスに帰るってこと?」

「あるいは、別の仕事を探すとか」

「そんなの、だめよ。お願い、私のことも考えてちょうだい。時々お喋りができる仲間がいなくなったら困るわ」

「仲間」という言葉にルースは苦笑した。友情と呼んでいいかどうかわからないルースとマルグリットの関係は、この地に長期滞在するイギリス人が少ないがゆえに生まれたものでしかなかったからだ。

「きっと、また誰か現れるわ」と、ルースは確信を持って言った。「何より、近頃は実質的にやることがなくて、退屈で仕方ないの」

「そうかもしれないけど、ニッキーの立場に立ってみて。あの子の肩を持つわけじゃないけど、父親のレスターが扱いに困っているニッキーを、あなたが少しずつまともな人間に近づけてきたんじゃないの」

「今は、あの見下げ果てたレスターを喜んで殺せる気分よ」

「私もそう思うことがあるわ。なにしろ、くだらない男ですものね。ああいう人は、子供を持つべきじゃないのよ。ただ、どういうわけか魅力的なところがあるのは否定できないけど」

「私には、その魅力が全然わからないわ」

本当をいうと、それは事実ではなかった。息子のニッキーに道徳的によい影響を与える存在として住み込みの家庭教師兼叔母代わりに雇われた当初、ルースはレスターに強く惹かれていたのだった。だがニッキーに対する彼の態度に、あっという間にその気持ちは冷めていった。自分が冷淡にされるよりも、冷め方は急速だった。幼い頃父を亡くしたルースは、父親の愛情というものに明確な理想を抱いていたのだ。

「彼はニッキーを怒らせることに、異常なほど情熱を燃やしているの」と、ルースは言った。「いつだって、口論を仕掛けるのはレスターのほうですもの。せっかく平穏で楽しい雰囲気でいるときに、私に向かって、これまでのニッキーの愚かな言動を面白おかしく話しては息子の様子をうかがうのよ。レスターの目を見ればわかるわ。ニッキーは挑発に乗らないようにしているんだけど、どんどん顔が青ざめていって黙り込んでしまうの。ニッキーが安易に挑発に乗らなくなったのは最近のことなのよ。自己制御をすべきだと考えたんでしょうね。でも、いざ爆発すると、前より悪いみたい。正確には『爆発』じゃないわね。もっと静かだけど、より深刻なの」そこでルースは、今朝の口論について詳しく話している自分に苛立ちを覚え、口をつぐんだ。こんなふうにマルグリットに打ち明け話をしたのは初めてだ。「ちょっと大げさかもしれないわ。私もつい、かっとなってレスターに意見したものだから」

マルグリットは含み笑いをした。「そんなの、なんてことないわ。レスターは気にも留めてないわよ。むしろ面白がっているんじゃないかしら」

「そのとおりよ！」これ以上話すまいと思っていたルースの口が緩んだ。「大笑いして、いやにうれしそうに目を輝かせて出かけていったわ」

「ナポリに行ったのよね？」

「ええ、ほっとしたわ。ガルジューロ夫妻と一緒に出かけたの。二人が休暇を取って、家には私一人だから、頭を冷やすにはちょうどいいわ。頭に血が上る自分に耐えられないもの」

マルグリットが再び笑った。「今朝の口喧嘩は特別だったの？」

「そういうわけじゃないけど」

「でも、そんなに心が乱れるには、いつもとは違う何かがあったんじゃないかしら」

とっさに言いよどんだものの、ルースは応えた。「なんだか、いつもと違った感じだったの。なんていうか――いいえ、ばかげているわね」

「何？　最後まで言ってよ」

「つまりね、今朝の口論のせいで何かが起きるんじゃないかって気がしたの」

「何が起きるっていうの？」

「わからないわ。きっと気のせいね。でも、とにかく耐えられそうにないの。もう出ていくわ」

「だめよ。そんなことをしたら、ニッキーがどうなると思うの？　今以上に手に負えない悪ガキになったら、かわいそうじゃないの。あなただって悲しいんじゃない？　まあ、そんなことは私にはどうでもいいんだけど。それより、今日の午後のことよ。お茶をしに来てくれるのよね？」

「ええ、伺うわ」

「だったら、早めに来てね。三時頃がいいわ」

ルースが同意すると、マルグリットは「三時よ」と念を押して電話を切った。

受話器を置いて初めて、ルースはニッキーがまだ家にいやしないか、ふと気になった。気乗りしないながらもニッキーの勉強を見てくれている元大学教授、ブルーノ先生の家へ一時間半前には向かっているはずだったが、出ていった音を聞いた覚えがない。マルグリットとの電話を聞かれたかもしれないと不安になり、階段のほうを見上げて「ニッキー！」と声をかけてみた。

答えはなかった。さらに二度呼んで、やはりニッキーは出かけたのだと思った。

再びテラスに出る。

料理人兼家政婦と運転手兼庭師のガルジューロ夫妻が揃って休みを取り、屋敷に自分一人になれるときが、ルースが一週間でいちばん好きな日だった。煙草を置いていたテーブルに戻って座り、一本火をつけると、湾とその向こうの山々をいま一度眺めた。靄に包まれ、朝陽に照らされて山頂だけが宙に浮いているかのような山は、まるで作り物のように見える。どうやら、今日はかなり暑くなりそうだ。だがこの時間、藤とトケイソウに覆われた格子棚で陰になっているテラスは、わりに涼しかった。

藤の花は盛りを終え、茂りつつある青葉の中に薄紫の房が二、三残っているだけだ。同じ木から生えているのかしらと思うほど、丸い小さな金色の実をつけたトケイソウとしっかり絡み合っている。格子の上に大きなトカゲが一匹、身動きせずにしがみついていた。

あそこにいる男性は猛暑になるのをもう予感しているみたいだわ、と、座って煙草を吸いながら、マルグリットとの電話で少し気持ちが静まったルースは思った。その男は落ち着かない様子で、そわそわと気ぜわしげだった。どう見ても、陽射しで温まった塀の上でのんびり一服するために座っているようには見えない。

そのときになって、ルースは電話を取りに立った時点で、すでに男がそこにいたのを思い出した。黒く陽焼けした小柄な痩せ型の男で、ブロンドの髪と、同じくブロンドの太い眉は、陽射しを受けてほとんど白に近い。細面という以外、これといって特徴のない顔立ちだ。チェックのシャツの袖を肘の上までまくり上げ、色あせた青いコットンのズボンに、染みのある、くたびれたズック靴を履いている。ブーゲンビリアの小枝がシャツのボタンホールに挿してあった。

ルースの視線に気づいたように顔を上げた男は、訝《いぶか》しげな目つきでこちらを見た。一瞬、話しかけてくるのかと思ったが、男は顔を背けてサンアンティオーコのほうへ続く道に目を落とした。ルースは立ち上がり、屋内に入った。

二階の自室に上がる。暑さで空気はむっとしたが、窓外の鎧戸が閉まっていて室内がほの暗いため涼しく思われた。姿見に映ったルースの顔は、幽霊のように青白かった。だが、片方の鎧戸を押し開けて少し光を入れると、鏡の中の顔は明るくなった。ルースは服を脱いで水着に着替えた。ほっそりした背中と肩、脚はすらりとした腿の上まで、しっかり陽焼けしている。もともと色黒だということもあり、美しい自然な焼け方だった。豊かなストレートへアだけでなく、瞳の色も、長く濃い睫毛《まつげ》も黒だ。そうした南国風の色合いを備えているにもかかわらず、ルースはいつでもすぐにイギリス人とわかってしまうのだった。ロンドンで生まれ育ったことから、どうしてもにじみ出てしまうものがあるらしく、それが苛立たしく思えることもあった。美人の多いこの国で、時には地元の人間と間違えられたいと願うのだが、そういう経験は一度もなかった。

水着の上に青いコットンのワンピースを着ると、紅白のスカーフを髪に巻いてサングラスをかけ、便箋と万年筆とタオルを持って一階へ下りた。家を出る際、屋敷のドアを閉めて鍵を掛けるのを忘れなかった。泳ぎに行くとき、いちいち、そんなことはしないのだが、外の塀の上に座って落ち着きなく何かを待っている様子の男の存在が、一階のすべてのドアと鎧戸の戸締まりを確認しようという気にさせたのだった。

大きなリュウゼツランとキョウチクトウのあいだの階段を下りて道路に出たときも、男はまだ塀に座っていた。ルースの足音を聞きつけた男は、さっきと同様の訝しげな鋭い視線を彼女に向けた。薄い色の太い眉毛の下の瞳は、緑がかったグレーだった。人目を気にするような、どこか不安そうな目つきに思えた。

今度も男が自分に話しかけようとしている感じがしたのだが、ルースの思い過ごしだったか、あるいは、何らかの理由で向こうが気を変えたのかもしれなかった。新たに煙草に火をつけるのに使ったマッチを捨てると、男は両手をポケットに突っ込んで小銭をいじった。ルースは男の前を通り過ぎ、タオルをぶらぶらさせながらサンアンティオーコの方角へ歩きだした。道を曲がって男の姿が見えなくなる寸前にそれとなく振り返ってみると、男は火をつけたばかりの煙草を捨て、踵《かかと》で踏み消しているところだった。

第二章

道路をほんの数ヤードほど歩くと、鮮やかな緑色に塗られたバラード家のガレージ扉の斜向《はす》かいから、海へと続く小道が分かれている。その角に一軒の売店があった。スイカやトマト、オレンジ、ナスが山のように積まれた戸口に、太った老婆が座っていた。金歯をむき出してルースに笑いかけ、大きな声で挨拶した。

小道は、数件の田舎家とオリーブの木立を抜ける下り坂だった。大きめの不揃いな石で舗装されている。小道に曲がるところで、幅広い木製の首輪をつけ、日陰を求めて壁沿いに寄り集まっているヤギの群れのそばを通った。色黒の可愛らしい顔をした裸足の子供が、ヤギの面倒を見ていた。通り過ぎるルースにためらいがちに微笑みかけ、小さな声で「こんにちは」と挨拶した。

グレーがかった緑色のオリーブの葉陰から見える海は、ことさら青く、雲一つない空と一体になっていた。オリーブの木立が切れると石畳も途切れ、未舗装の小道はさらに勾配を増して、砂埃で滑りやすい、石のすり減った階段まで続いた。階段下の小さな入り江は、片側に切り立った崖、もう一方はなだらかに傾斜した岩々に囲まれている。穏やかに澄んだ水は、いつも不思議なくらいに波打ち際が緑色だった。

たいていは人がまばらなのだが、今日は、ひときわ高い岩の上に数人の幼い少年たちが座って賑《にぎ》やかに談笑していた。海に飛び込んだかと思うと、派手に水しぶきを上げて大声で騒ぎながらまた岩に上ってくる。ルースは波打ち際の低い岩の上に行き、青いワンピースを脱いで座ると、温い海水に足を浸した。

岩の上で大騒ぎしている男の子たちは、ロンドン動物園内の高台のテラス、〈マッピンテラス〉で戯れるヒヒを彷彿させたが、それにしても飛び抜けて美しい、とルースは思った。

あの年頃のニッキーも、きっとああいう美しさと魅力を備え、ダイビングや遊びに夢中になって、彼らに負けないくらい輝いていたのだろう。小道沿いの田舎家に住む農家の少年たちと同じように、人目を気にせず、幸せで、ひたすら陽気で、友達もたくさんいたかもしれない。それが、知識階級の人間に囲まれるようになり、その人たちに見下されていると感じるようになってから、劣等感に苛まれてふさぎ込むようになったのだ。おそらく、イタリア人の母親が亡くなってからは、そうしたニッキーのネガティブな感情を払拭しようと心を砕いてきたルースだけが、劣等感を持たずに接することのできる相手だったに違いない。その甲斐あって、ルースはニッキーから絶大な愛情と感謝を得たのだが、自分が他人から愛される人間だと思っていない彼女は、そのことに対してあまり自覚がなかった。ただ、ニッキーが自分に依存しているとは感じていた。十六歳の少年にしては頼りすぎとも言え、時折、この子は私のためなら命を賭けることも犯罪に走ることも厭《いと》わないのではないか、と不安になることすらあった。だがそんなときルースは、たとえ相手が哀れなニッキーでも、誰かからそんなふうに愛されてみたいという自分の願望が生み出す幻想にすぎない、と自嘲するのだった。しかし、そういう不安を抱いたことがあるのは事実だ。漠然とした恐怖感に心を乱された今朝の口論以前にも、ニッキーがいつか罪を犯すのではないかという思いにとらわれたことが何度もあった。欲望や狡猾さから犯す罪ではない。彼はそのどちらも持ち合わせてはいないからだ。心配なのは、激情に駆られた暴力的な犯罪だった。のちに、この点が重要な意味を持つことになる。

ルースは書こうと思っていた手紙を後まわしにし、水泳と日光浴を繰り返しながら午前中を過ごした。が、やがて、ようやく手紙に取りかかった。戦時中に女子国防軍《A・T・S》で知り合った友人で、現在はロンドンの小さな旅行会社で働いている女性に宛てた手紙だ。イギリスに帰国するつもりであることを知らせ、彼女の勤める会社に仕事がないかどうか尋ねようと考えたのだった。

いい考えだと思ったのだが、「帰国」という言葉を書こうとしたところでペンが止まってしまった。しばらく経っても、残りの便箋が一向に埋まらない。

背後で声がした。「僕も、手紙を書くときはいつもそうだよ。金にならないものは書きたくない質《たち》でね」

ルースは驚いて振り向いた。

そっと近づいてきて隣に座ったのは、スティーヴン・エヴァーズだった。

ルースは便箋とペンを置いた。いつものことだが、スティーヴンを見て最初に思ったのは、髪を切ればいいのに、ということと、暑い陽射しの中で海水パンツをはいたブロンドの骨ばったその姿は、相変わらずやや滑稽な感じがする、ということだった。サンアンティオーコにもう二カ月いるというのに、皮膚がまだらに赤くなり、そばかすが増えたくらいしか変化がない。

ルースは、スティーヴンがあまり好きではなかった。特に理由があるわけではないが、彼が自分に興味がないのだけは確信していた。折に触れてルースに話しかけてくるのは、彼女がマルグリットと知り合いだからにすぎない。

尖った肘をついて反り返り、スティーヴンが尋ねた。「書きにくい手紙なのかい？　ずいぶん、ふさぎ込んだふうに見えるけど」

「手紙の件じゃないわ」と、ルースは答えた。「ほかのことを考えていて集中できなかったの」

「僕と同じだね。違うのは、書くことを生活の糧《かて》にしていないってことだ。僕も、君みたいな仕事に就ければいいのにな。結構、向いていると思うんだ。こんな場所で君のように呑気に暮らせるなら、精神に問題のある子たちの五人や六人、いつでも面倒を見るよ。それはそうと、実質的な仕事はしているのかい？」

ルースはしげしげとスティーヴンを見つめ、心に浮かんだいくつかの返答をのみ込んでから訊いた。

「ニッキーの精神に問題があるって、誰が言ったの？」

「違うの？」

「だから、誰が言ったのよ」

「さあね。親父さんだったかな。でも、みんなそう言ってるよ。僕はあまりニッキーと話したことがないし、試しに話しかけたときも、うまくいかなかった。一言も応えてくれなくて、まるでこっちが何か悪いことでもしたみたいに睨まれちゃってね」

「あの子は、極度の人見知りなのよ」

「気の毒だな。なんとかしてやれないのかい？」スティーヴンは、どうでもよさそうに言った。

「例えば？」

ルースの口調に何かを感じたらしかったが、彼はそれを誤解した。「どうやら、大事な手紙を書いているところへ声をかけちゃったみたいだね。ごめん。姿を消したほうがいいかな？　邪魔するつもりはなかったんだよ」

「だから、手紙の件じゃないって言ったでしょう」

「どうも、今日は虫の居所が悪いようだ」

「ちょっと機嫌が悪いだけよ」

「君も、機嫌が悪いなんてことがあるんだね」

「誰だってそうじゃない？」

どういうわけかそのことを考えるのが嫌だとでもいうように、スティーヴンは顔をしかめた。「そう？　だったら、それについて話してみない？」

「それって？」

「不機嫌についてさ――あるいは、その原因とか」

「あなたの興味を惹くとは思えないわ」

「それが不機嫌ってことなんだ――酒でも飲めば気が晴れるかもしれないよ。サンアンティオーコで一杯やらないかい？」

ぼさぼさの金髪が覆いかぶさった赤らんだそばかす顔は、心から心配そうだった。

「私の機嫌なら、心配要らないわ」と、ルースは言った。「そのうち、よくなるから」

「とにかく、一緒に一杯やろうよ」

スティーヴンがこんなふうに誘ってきたことはなかったので、ルースは怪訝に思った。

彼女が躊躇《ちゅうちょ》していると、スティーヴンが続けた。「一日中、家にいなくたっていいんだろう？　一杯やってランチを食べて――ボートで出かけるってのはどうかな。あるいは、馬車《カロッツァ》でラヴェントへ行くとか。ラヴェントには遺跡か何かあったんじゃなかったっけ?」早口で話す口調は、心なしか不安げに聞こえた。

「馬車でラヴェントまで行ったら、戻ってくるのに一日かかるわ」と、ルースは答えた。「それに、ランチのあと、マルグリットに会いに行くことになってるの」

「そうなの?」スティーヴンが背を伸ばして座り直した。裸足の片足をじっと見下ろしている。

なんとなくルースは、彼がマルグリットとの約束を知っていたような気がした。

「どうしても行かなくちゃいけないのかい?」

「彼女が待っているから」

「そうだよね」スティーヴンは体を前に滑らせ、見つめていた片足を力任せに水に突っ込んだ。「君らが友達だっていうのは面白いよ。共通点が一つも見当たらないからね。まあ、僕はそういうことに疎いけど」と言いながら、水中に体を沈める。「じゃあ、酒を飲みながらのランチだけってことで」

ひょろりとした体つきのわりには意外なくらいに力強い優雅な泳ぎで、入り江を渡っていった。

ぼんやりとその姿を眺めながら、スティーヴンが自分を誘うのは、マルグリットとの約束のせいではないかと思った。きっと、一緒にいて、さりげなくランツィ家へついていきたいのだろう。あるいは、単にマルグリットの話をしたいのかもしれない。おそらくスティーヴンは、女性について別の女と話すことで自信をつけようとするタイプなのだろう。初対面から一週間ほどした頃に彼をランツィ夫妻に紹介して以来、初めて誘いをかけてきたのは、どう考えてもマルグリットと関係があるに違いない。

とはいえ、たとえスティーヴンの目的がマルグリットだとしても、どうせ午後にはサンアンティオーコへ行かなければならないのだから、マルグリットを訪ねる前にそこで昼食を摂っておくのもいいだろう。泳いで戻ってきたスティーヴンから、先ほどと同じようにどこか不安げな口調でもう一度ランチに誘われ、ルースはその誘いを受けることにした。ただし、まずは屋敷に戻って着替えたいと言うと、スティーヴンは頷いて再び泳ぎだした。

しばらくして、二人は連れだって崖の小道を上っていった。ルースが着替えのため家の中に入っているあいだ、スティーヴンはテラスで待っていた。ライムグリーンのシャンタン生地のワンピースを着てテラスへ出ると、彼は藤の花で覆われた格子棚の陰に置かれた籐《とう》椅子に座っていた。今回も、スティーヴンを見て真っ先にルースが感じたのは、髪を切ればいいのにということだった。こんなふうにだらしなくしてなくたっていいではないか、と思う。作家だか何か知らないが、フラノのズボンはもっと洗うべきだし、シャツだって何日も着替えていないように見える。

近づいてきたルースを見上げ、スティーヴンが尋ねた。「どれくらい、ここにいるんだっけ？」

「四年よ」と、ルースは答えた。

「で、具体的には何をするんだい？」

「それが、近頃はたいしてすることがなくて」

「嫌なの？」明らかに驚いた顔でスティーヴンが訊いた。

「まあ、そうね」

「じゃあ、どうしてここにいるわけ？」

「ドツボにはまったってところかしら」

「ドツボに？」スティーヴンは奇妙な笑みを浮かべた。「誰だってそうじゃないかい？　僕なら、君のドッボってやつは気にならないけどな。ここに四年か……。僕は、金が底をついたら即、帰国しなくちゃいけないんだ」

「本を書き上げるにはここにいなければならないって言えば、もう少しお金をもらえるんじゃないの？」

「本？　ああ、あれね」

「順調に進んではいないってことかしら？」

スティーヴンは笑いながら立ち上がった。「難しい質問だな。執筆っていうのは、順調にいっていないように思えるときのほうがうまくいっていることもあるからね——その逆もあるけどさ」

それを聞いてルースは、本を書いているというのは話だけだな、と感じた。

だが、彼女はほかの、スティーヴンとは関係のないことに気を取られていた。何か大事なことを忘れている気がしたのだ。一緒に通りを歩き始めたとき、ようやく何が気になっていたのかを思い出した。今朝、ボタンホールにブーゲンビリアの小枝を挿し、塀の上に座って屋敷を見ていた、チェックのシャツの男だ。男の姿はどこにも見当たらなかった。

もう気にする必要はないのだと思いながらも、門とガレージを結ぶ道の曲がり角まで来ると、ルースは誰もいないことを確認するために後ろを振り返った。

そして、思わず息をのんだ。男が再び現れたのだ。塀に腰かけて煙草を吹かしている。ぎくりとしたルースの様子にスティーヴンは気がつかなかったので、男の件は黙っていた。

ルースとスティーヴンは、教会前の広場《ピアッツァ》にあるカフェで何か飲むことにした。広場はごった返していた。昼夜を問わず、いつでもそうなのだろう。二人はストライプ柄の日除けに覆われたテーブルに座り、氷入りのチンザノ・ビアンコを注文した。マルグリットの話をしたいのだとすると、スティーヴンの切りだした話題はずいぶん遠回りなものだった。

「ドツボにはまったって言ってたよね」と、彼は言った。

「そうだった？」

「それって、経済的なドツボなのかい？　だったら、いろいろ考えれば脱け出せると思うんだけど」

「いいえ、経済的なものではないわ」と、ルースは答えた。「押しつけられている責任を重く感じることがあるんだけど、それを投げ出して出ていってしまったら、後味が悪いと思って」

「どんなふうに？」

ルースは曖昧な表情をした。「よくわからないわ」

「後味の悪いことをするのが賢明なときだってあるさ。あとに起こる面倒を省けるかもしれないからね。ただし、後味が悪すぎるなら別だけど――そういう場合は、身動きが取れなくなってしまう」

ルースは少し考えた。「私、身動きが取れない状態だわ」

「バラード家と関係があるのかい？」

「ええ」スティーヴンの関心を惹くことは言うまいと思いながらも、言葉が止まらなかった。「今朝書いていた例の手紙ね――あれは、本国の友人に仕事を見つけてもらうためのものだったの。でも、いざ書き始めてみると、もし本当に私がいなくなったらどうなるかしら、って考えてしまって」眉をしかめ、広場の雑踏へ視線を移した。まるで賑やかで刺激的なバレエの舞台上で、ゆっくり動く群衆の中をひらひらとかわしながら進むバレリーナのように、車が、機械というよりどこか人間を思わせる動きで走っている。

「つまり君は、バラードに惚れているの？」と、スティーヴンが訊いた。

ルースは、慌てて視線をスティーヴンに戻した。

「まさか、違うわ！」

「マルグリットが、そう言ってたよ」

「あなたが楽だと思っている私の仕事の大部分は、本来優しくてとても知的なのに、精神に問題があると愚かな人たちに誤解されているニッキーへの、レスターの影響を極力緩和させることなのよ。それなのに、そんなことがあり得ると思う？」

「恋愛には、通常の可能性の法則は通用しないからな。それと、ニッキーのことだけど……」

「何？」

「問題があるって言ったことは謝るよ」

「あら、みんな言ってることだわ。父親のレスター自身が広めているんですもの。そう言っておけば、ニッキーの問題から目を背けても言い訳が立つと思っているのよ」

「じゃあ、気がかりはニッキーと、彼が君に依存しているってこと？」

「ええ」

「ニッキーは、いつから問題を抱えるようになったんだい？」

「まあ、ありがちな話なの。四、五歳のときに母親が亡くなってね。その頃、彼らはイギリスに住んでいたんだけど、そのうちに戦争が勃発してレスターが従軍することになったので、ニッキーは寄宿舎に預けられたの。でも、学費がかさむものだから、次々に転校させられたのよ。ニッキーは勉強に身が入らず、ひどい怒りを募らせていったの。ようやく新しい学校に慣れて友達ができたかと思うと転校する、っていう繰り返しですもの。レスターは息子にできるだけお金をかけたくなくて、安い学校を常に探していたの。それも、自分の手から離しておけるところばかり。終戦後、死んだ義父がやっていたナポリの家業を継ぐことになって、父子でイタリアに来たんだけど、それがまたニッキーには災難だったのね。あの子には外国語を学べるだけの学力がなかったから、ますます周囲から孤立していったの。今だって、イタリア語も英語も、きちんとは話せないわ」

「君は、彼の面倒を見るためにイギリスからついてきたの？」

「違うわ。最初はガルジューロ夫妻だけだったの。マッジはイギリス人だから、慣れない外国暮らしによるニッキーの寂しさがいくらか和らぐと思ったんじゃないかしら。レスターは時々、意外なほどの思慮深さを見せることがあるのよ。マッジも精いっぱいその期待に応えようとしたけれど、残念ながらニッキーとうまくいかなかったの。それで私が呼び寄せられたってわけ」

「イタリアに来てもイギリス料理で我慢しなきゃならないなんて、気の毒だよな。ところで、バラードってのは、かなりのペテン師だよね」

ニッキーのことと、自分の懸案となっている彼の問題に気を取られていたルースは、スティーヴンの言葉がとっさに頭に入ってこなかった。「ペテン師？」

「先週ナポリに行ったときにバラードのアンティーク・ショップをぶらついてみたら、大半が偽物だったんだ。ナポリにかぎらず、観光客を騙すのがとんでもない違法行為だとは言わないけどさ」

「その辺のことはよく知らないわ」と、ルースは言った。「お店には一、二回しか行ったことがないの。義理のお父様が生きていた頃は、とても評判がよかったとは聞いているけど。実際、かなりの有名店だったようよ。それより」――ルースは不愉快な話題に話を戻した――「本当にマルグリットは、私がレスターに気があるって言ったの？」

「ああ」

「彼女はそう信じているわけ？　本気で？」

「マルグリットが本気かどうかわかる人間がいると思うかい？」

「そうよね。そこが問題なのよ」

「あのさ――」スティーヴンは酒を飲み干すとグラスを回し、残った氷を鳴らした。「ここでの仕事が気に入らないんだったら、いる意味はないんじゃないかな」

「でも、ニッキーがいるわ」

「彼が助ける価値のある少年だとしても、君の滞在はそれほど役に立たないと思う」

「どうして？」

「人を助けようと頑張っても、思いどおりにはいかないものだからね」

「うまくいくことだってあるわよ」

「いや、ないね」

ルースは眉をひそめた。「頑張ってみることも必要でしょう？」

「必要なのは、頑張るのをやめることだ――でも、ただの身勝手だと思わないでくれよ」

「だったら、なんなの？　苦い経験でもしたわけ？」

「ほかの人とたいして変わらないさ」平然とした口調でスティーヴンは言った。「僕を助けようとして失敗した人たちのことを思い出しただけだよ。世の中には、助けられない人間だって大勢いるんだ。最初から頑張ろうとしなければ、少なくともそういう相手を恨まずに済む。さあ、食事に行こうか」

スティーヴンは、ウエイターにお勘定の合図をした。

立ち上がりながらルースは言った。「今朝はあなたと同感だったんだけど、手紙を書こうとしたら気が変わったの。ただ、それだけ。うまく説明できないけれど、とにかく筆が進まなくなってしまって」

「それがドッボにはまっているってことさ。さっきも言ったように、僕なら喜んで君と交代するよ。ガルジューロ夫人が作るアイリッシュシチューと、ステーキと、キドニーパイさえなけりゃね」

二人は広場を横切り、キョウチクトウが咲き乱れる狭い通りへ曲がった。

「ところがね、マッジの料理は素晴らしいし、完全にイタリア料理なのよ」と、ルースは言った。「チェザーレが、残りの人生、仕事と呼べるものは一切しないことにする前に教えたんだと思うわ。今も運転はするし、散歩がてらワインを買いには行くけれど、それは仕事っていうより、彼が好きでやっていることだから。スティーヴン――」

「なんだい?」

「サンアンティオーコには、どれくらいいるつもりなの?」

「あと一、二週間ってとこかな。ここに滞在するには、それなりに費用がかかるからね。その気になれば、もう少しくらいなんとかなるかもしれないけど、どうするかな……」スティーヴンは小さなレストランの戸口で立ち止まり、伺いを立てるようにドアを指し示した。

ルースは頷いて店内に足を踏み入れた。おいしそうな食べ物の匂いが立ち込めた、狭く薄暗い部屋の突き当たりのドアの向こうに、白いクロスのかかったテーブルが木陰に並ぶ庭が見える。ウエイターがやってきて、ルースたちを庭のテーブルに案内した。

「要するに、たとえもう少し長く滞在できるとしても、特に残りたいとは思わないってこと？」席に着きながらルースは尋ねた。「もし提供されても、私の仕事に飛びつくことはないわけね？」

「うーん、もし提供されたら、か……。皿に載せて人から手渡されるのと、自分で見つけに行くのとでは違うからな。まあ、僕に提供する人なんかいないし、実際、向いているとは言えないよ。あのニッキーって坊やに対する君の善意には感心させられるけど、彼と一週間でも一緒にいたら、気が変になってしまいそうだ。さて、何を食べる？」

屈託のない口調ではあったが、ルースはなんとなく、ずっとニッキーといるのに気が変にならない自分はおかしいと思われている気がして、嫌な気持ちになった。

他人からこういう気持ちにさせられたのは初めてだ。洞察力を駆使し、同情心を持って見れば、少なくともルースと二人きりでいるときのニッキーは、いつも感じのいい興味深い少年だった。ところが、ここにきて急にスティーヴンから疑問を突きつけられてしまった。ニッキーと接する上で、自分は何か大きな過ちを犯したのだろうか。強い心の持ち主なら、自分が書けなかった手紙も書くことができたのだろうか。はまってしまったと嘆いている今の状況は、もしかして自分自身が生み出したものなのか？　それとも、実はドツボにはまっているのでもなんでもなく、ただの逃げ口上にすぎないのだろうか。

実際にスティーヴンが言葉にしたわけではないが、彼が言いたかったのは、きっとそういうことなのではないかと思い始めていた。ニッキーに対するルースの善意は、本当はスティーヴンを感心させるどころか、軽蔑させていたのだという気がした。もちろん、ほんのわずかな軽蔑ではあるだろうが……。スティーヴンの感情は、だいたいにおいて穏やかでつかみどころがなかった。自分にあまり自信がないくせに、それを悟られるのを恐れているところは、普通の人と同じだ。そう考えると、彼にルースやニッキーをとやかく批判する権利はないと言っていい。そもそも、さほど成功した人生を歩んでいるようには見えない。三十前後だと思うが、いまだにふさいだ気難しい雰囲気をまとってふらふらし、決して怠惰な生活を楽しんではいないようだ。誰かにその点を問い詰められたら、間違いなく戦争のせいにするのだろう。そして、同じように戦争を体験してもきちんと立ち直っている人間がいることを指摘されれば、一も二もなく同意するに違いない。認めることがすべてを丸く収める最善の策とでも思っているのか、人に何を言われても、すんなりそれを受け入れるのだった。とにかく、お世辞にも魅力的な人物とは言いがたかった。何よりも、まともな陽焼けができないし、どう見ても髪を切る必要がある。

そうしてみると、スティーヴンに対して最初から反感に近い感情を抱いたのも、もっともなことなのだという確信めいた思いがルースの胸に広がった。しかし、どういうわけかこれまでのところ、彼はルースを楽しませようとするばかりで、マルグリットについては一言も触れておらず、それがルースの心を思いのほか弾ませていた。とはいえ、食事はまだ終わっていない。自分をランチに誘った目的がはっきりしたわけではないのだ、と警戒心を呼び起こす。

だが、現時点では、彼の目的はさっぱりわからなかった。

その後、スティーヴンがマルグリットに言及したのは、たった一度、店を出て別れる間際だった。

「じゃあ、これから真っすぐランツィ家に行くんだね?」

「ええ」

「ずっといるの?」と訊いたかと思うと、スティーヴンは自分に苛立つかのような顔をした。するつもりのなかった質問が、口を滑って出たという感じだった。ルースが答える前に、向こうが言葉を継いだ。「僕はホテルに戻って、昼寝でもするよ」

「いい夢を」と、ルースは言った。

「いい夢なんて見たことないな。僕の夢ときたら、意味のない、ばかげたものばかりだよ。マルグリットによろしく言っておいてくれ」

「わかったわ」

二人は別々の方向に歩きだし、スティーヴンは広場のほうへ、ルースはそれとは逆のランツィ家の方角へと向かっていった。

第三章

ルースは、スティーヴンとの約束を守らなかった。理由は簡単だ。ランツィ家に行ってみると、マルグリットが留守だったのだ。夫のアメデオも不在だった。家政婦もいない。

だが、すぐ戻るつもりで近くへ出かけたと言わんばかりに玄関が大きく開いていたので、ルースは中へ入って待つことにした。

ランツィ夫妻の邸宅は大きくて壮麗だが、心なしかくたびれた印象を受ける。大理石の広い階段には金メッキの手すりがあり、各部屋の高い天井には絵画が描かれ、モザイクの床、くすんだ色の堂々たる家具、渦巻き模様の繊細なガラスに覆われた照明が備わっている。庭の噴水も大理石製で、ギリシャ神話の牧神ファウヌスの、うずくまる姿をかたどった彫像の頭上で水がきらめきながら落ちていく。にもかかわらず、家全体からは、本当に裕福な印象は受けなかった。アメデオ・ランツィは以前、植民地の品を輸入する業者として財を成し、ナポリに大きなオフィスをいくつか構えていたが、戦時中に事業が傾き、現金を捻出するために、かつて屋敷に置かれていた高価な品々の多くは売却された。その取引の大半を扱ったのがレスター・バラードだ。ランツィ夫妻と親しい友人であるレスターは、夫妻の満足のいく値段で売却したのだった。

ルースは、客間でマルグリットを待った。屋敷までの道のりがとても暑かったので、外の噴水の音を聞きながら鎧戸の閉まった広い部屋に座っているのは、心地よかった。テーブルの上にカンナの花を生けた花瓶が置いてあり、傍らに、今しがたまで作業していたかのような縫いかけの布が広げられている。やはり、すぐ戻ってくるのだと確信したルースは、窓際にある錦織のカバーが掛かった低いソファに腰を落ち着けた。

外の熱気に当たったあとの薄暗い部屋の静けさは眠気を誘い、ルースは時を忘れた。早く来るようにと、今朝わざわざ急《せ》かす電話をしてきた当の主人が不在の家の中に静かに座っていることにも、違和感を覚えなくなっていた。三十分近く待ったのち、ふとわれに返ったルースは、マルグリットのことが心配になってきた。

急に気持ちが落ち着かなくなり、時間がやけにゆっくり過ぎていくように感じられる。さすがに、マルグリットがいないのはどうにもおかしいと思い始め、妙な胸騒ぎさえしてきた。普段から呑気で時間にルーズなところはあるが、こんなことは初めてだ。彼女の身に何かが起きたに違いない。

これ以上ここにいるべきかどうか迷いながら、ルースは室内をいらいらと歩きまわった。それまで目に留めていなかったあるものに気づいたのは、そのときだった。明るい陽射しの中から、いきなり暗い部屋に入ってきたのでなければ、もっと早い段階で目に入っていたかもしれない。テーブルのカンナの花瓶に、メモが立てかけてあったのだ。メモは、ルースに宛てたものだった。「悪いけど、急用で少し留守にします。すぐ戻るので待っていてください。マルグリット」

こうなると、ルースはここで待っていていいわけだが、メモにはどのくらい待てばいいのか書かれていない。本を手に取り、ソファに戻った。ところが、いったん苛立ってしまった気分は容易に収まらず、先ほどまでのようにゆったりと待つことができなかった。さらに三十分待ったものの、いたたまれなくなり、とうとう帰ることにした。マルグリットが残したメモの下にメッセージを書き込む。

「ごめんなさい、もう待てないので帰ります」

外に出ると、陽射しは来たときと変わらず強かった。埃っぽい道路が、まばゆいばかりに真っ白に照り返している。あいにく、サングラスも頭を覆うスカーフも持ってきていなかった。まぶしい光に目を細めながら、ルースは頭痛を感じ始めていた。坂道を下ってきた一台の馬車《カロッツァ》が、屋敷から出た彼女に近づいて向きを変え、そばに停まった。乗るよう誘う御者に、ルースは答えた。「いいえ、結構よ、ジュリオ」

ジュリオは、しつこくつきまとった。わし鼻の痩せこけたその老人は、海賊のようなしたたかさと、純粋な無邪気さが入り混じった顔をしていた。

「お安くしときますよ」と、ルースに取り入ろうとする。「お宅まで破格の値段でお送りしますさあ。三百リラでどうです?」

だが、ルースは持ち合わせが少なかったし、そもそも、そんな贅沢をするつもりはなかったので、「いえ、やめとくわ」と繰り返した。

するとジュリオは、彼女を説得し始めた。「歩くのは暑いですよ。二百でどうです? 二百リラでお宅までお連れしますさあ」

ルースが首を振ると、ジュリオが言った。「じゃあ、いくらならいいんで? 言い値でやらせてもらいますよ」

これも不首尾に終わると、ジュリオは古ぼけた緑色のフェルト帽を大げさに持ち上げ、ようやく諦めて走り去った。

歩いているうちに、ルースの頭痛はひどくなってきた。だが、部屋にアスピリンがあるし、幸い家には誰もいないので、邪魔されることなくゆっくり頭痛を治せるだろう。帰る道々、マルグリットのことがしだいに心配になった。怒っているわけではなく、家を空けなければならない、何か予期せぬ大事が起きたに違いないと思ってのことだった。ところが、崖へ続く小道から通りへ出る曲がり角の売店まで来ると、突然、怒りが込み上げた。

そこに停まっていた小型のフィアットは、ほかならぬマルグリットの車だった。要するに彼女は、ルースを誘っていたにもかかわらず、約束の時間には戻るつもりで泳ぎに来て、つい泳ぎに夢中になったか誰かと話し込んだかして、家に帰るのが遅れただけだったのだ。腹立たしさを抱えて屋敷の門へ向かい、自分の部屋へ上がった。

寝室にはハエが何匹もいた。ルースの周りを飛びまわり、陽射しで火照った肌にまとわりついた。しきりにハエを追い払いながら、アスピリンを探す。その最中、いつの間にか何かを手にしていることに気づいた。マッチ箱だ。どうしてそれが自分の手の中にあるのか一瞬わからなかったが、やがて、テラスを通ったときにテーブルの上にマッチ箱があるのを目にしたのを思い出した。たぶん、何の気なしにそれを手に取ったのだろう。

マッチ箱を鏡台に置き、瓶からアスピリンを二錠取り出して飲むと、ベッドに横たわって目を閉じた。新たに眠気が押し寄せてきて、マルグリットへの怒りはいつしか和らいでいった。二人がもっと近しい間柄だったら、怒りがさらに続いたか、あるいはそもそも怒ったりしなかったかもしれないが、マルグリットにそれほど親しみを感じていないルースは、彼女に対する怒りも愛情も長続きはしなかった。

ハエがうるさくて、なかなか寝つけなかったが、鋭い頭痛は一段落し、鈍痛に代わった。やがてルースは、朝の口論のことを思い出していた。今朝と同じような諍《いさか》いが、また起きるのだろう。いや、もっとひどい口論が明日にはあるかもしれない。明日ないとしても、明後日に起きる可能性は否定できない。そのときには、事態はさらに悪化しているかもしれないのだ。

一生懸命やってきたわりには、自分はニッキーの助けになりきれていない気がする。どうアプローチすれば成功するのか、わからないまま模索してきた結果、ニッキーはいまだ「はみ出し者」のレッテルを返上できずにいる。たいていの人が彼を毛嫌いしており、そういう自分でさえ、今朝のニッキーにはある種の恐怖を感じた。それなのに、ここにとどまる必要があるだろうか?

そこまで考えたところで、ルースは水を飲みに立ち上がった。そのとき、階下でドアが開くか閉じるかした音が聞こえた。まだ誰も帰っていないと思っていたルースは驚いた。が、音の出所を確かめる必要性は感じず、水を飲むとベッドに戻った。しかし一、二分して、さっきの音はきっとニッキーだ、と思い始めた。いつもより早く先生の家から戻ったに違いない。またトラブルの予感だ。仕方なく再び立ち上がり、階段の踊り場へ出てみた。

玄関の廊下を見下ろすと、客間のドアが開いているのが見えた。最初から開いていたかどうか、よく覚えていない。人の動く気配はなかった。といっても、ニッキーはたいていロープソールのサンダルを履いているので、タイルの床を歩いても音がしないのだった。

少し待ってから、恐る恐る呼んでみた。「ニッキーなの?」

その声に、いきなり何者かが客間から飛び出してきて、廊下を横切り玄関を走り出た。あまりに異様な姿で、一瞬、誰かわからなかった。だが、あれはニッキーだ。すらりとした体つきと浅黒い整った目鼻立ちは、ニッキーに間違いない。けれど、その顔は見たこともないほど険しく歪み、頬と手、シャツに、赤いペンキのようなものがついていた。片手に何か持っていたが、確認する前に出ていってしまった。

ルースは呼び止めながら階段を駆け下りた。しかし、玄関ドアに着いたときには、すでにニッキーの姿はなかった。テラスに出て塀越しに首を伸ばすと、ニッキーがサンアンティオーコ方向へ自転車を猛スピードで走らせていくのがちらりと見え、すぐに視界から消えた。

込み上げる胸騒ぎに不安になりながら、ルースは屋内に戻った。ニッキーの形相を思い出すと、恐ろしさがよみがえる。凶暴な感情で歪んだ顔に加え、赤い染みが、なおさら悪夢を見ているような気持ちにさせた。だが、悪夢ではあっても、不思議と違和感がなかった。ニッキーがああいう顔をすることを、初めからわかっていたような気もする。遅かれ早かれ、いつかはこうなると、実は予感していたのかもしれない。

足を進めるのが怖くて、ルースはぎこちない足どりで客間へ行った。今度は、さすがに違和感を覚えずにはいられなかった。紛れもないショックが、冷ややかな波となってルースの体を駆け巡った。気を失っていないのに一瞬、目の前が真っ暗になり、次の瞬間、懸命に吐き気と闘っている自分がいた。体じゅうが震え、それ以上、室内へ足を踏み入れることができなかった。

レスター・バラードの死体が、そこにはあった。遺体は、ひどい状態だった。頭は割れて血にまみれ、骨がむき出しになっている。遺体があるのは部屋の隅で、殴られる前にその場所に追い詰められたかのようだった。傍らのタイルの床に血が飛び散り、血だまりができている。黒々とした血痕が服にべったりとついていた。陽射しの遮られた暑い部屋には血の臭いが充満し、鎧戸の隙間から差し込む夕暮れの薄明かりに、すでに羽音をたてて飛びまわっている何匹ものハエが浮かび上がって見えた。

争った跡はさほど見られず、小さなテーブルがひっくり返り、ピンクのゼラニウムを生けた銀の花瓶が遺体のそばに落ちている程度だった。ニッキーが父親の不意を突いたか、力でねじ伏せて即座に倒したということか。レスターはもともと小柄な痩せ型で、どことなく脆《もろ》い雰囲気が、生存中はむしろ生き生きとした鳥のような優雅さを醸し出していたのだが、それがかえって今は、踏み潰された虫を思わせた。

意を決して、ルースは部屋に入った。再び目まいに襲われながらも遺体に近寄り、別人に見える顔をこわごわ覗き込む。自分の顔もまた別人のようになっていたのだが、ルースは知る由もなかった。

ふと、屈んで銀の花瓶を拾い上げた。いつものように、壁際にあるクルミ材のキャビネットの上に置き、花を生け直した。が、そうしているうちに、花瓶に触れた手に血がついたのに気づいて思わず手を離し、その勢いで傾いた花瓶が、タイルの床に音をたてて落ちた。ピンクのゼラニウムが花瓶から飛び出して床に転がり、花びらの先端が赤く染まった。

ルースはその場に立ち尽くし、両手に目をやった。とっさに服で拭いそうになったが、すんでのところで思いとどまった。前に突き出した両手を、まるで、どうやって手のひらに血がついたのかわからないといった信じられない表情で見つめた。

すると、落ち着いた声が尋ねた。「なぜ、こんなことをしたんだ」

第四章

声の主は、スティーヴン・エヴァーズだった。ルースと変わらないくらい真っ青な顔で戸口に立っていたが、目つきはしっかりとしていた。ぎらぎらと輝くまなざしの陰に、困惑の色が見て取れた。

ルースは両手を脇へ下ろしたが、スカートに触れないようにするのは忘れなかった。

「ここで何をしているの？」と、ルースは尋ねた。声がかすれていた。

スティーヴンが部屋に入ってきた。遺体をひと目見ても、ルースほどの衝撃を受けたようには見えなかったが、近づいてくるにつれ、彼もまた震えているのがわかった。

スティーヴンは嗄《しゃが》れ声で繰り返した。「なぜなんだ」

「私、やってない……」

ルースの声が聞こえなかったのか、スティーヴンは続けた。「彼は何をしていたんだ」

「知らないわ」

「こんなことになるなんて……まさか、そんな……」険しかったスティーヴンの目つきが揺らぎ、抑えがたい動揺が瞳に浮かんだ。

ルースは先ほどの質問を、今度はやや強い口調でぶつけた。「ここで何をしているのよ？　いつ来たの？」

「たった今」

「どうやって入ってきたの？」

「入り口から入ってきたんだよ。そこらじゅう開きっ放しだったからね。物音を聞いたんだ」

「花瓶が落ちたの」

「ああ、花瓶か」

自分と同じように屈み込んで花瓶を拾おうとしたスティーヴンを、ルースは腕をつかんで止めた。

「だめ——血がついてしまうわ！」

屈みかけた体を戻し、スティーヴンは袖をつかんだルースの両手を見下ろした。ルースは慌てて手を引っ込めた。白いコットンシャツの袖に、赤い染みがついている。

震える手で、スティーヴンは染みが見えなくなるよう注意深く袖を肘までまくり上げた。

「手を洗ってきたほうがいいよ」

誰かの指示を待っていたかのようにルースはすかさずドアに向かったが、二、三歩行ったところで立ち止まって振り返り、無表情にスティーヴンを見つめた。

「私、どうしたらいいのかしら」

「何があったのか話してくれ」スティーヴンは、せっつくように促した。

「よくわからないの。物音が聞こえて部屋を出たら……」次に来る言葉は「ニッキー」だったが、その名を口にしようとしたら声が詰まってしまった。

スティーヴンは周囲を見まわしていた。

「ちょっと待てよ。君、一人なのかい？」

「ええ」

「ほかの人は？」

「ガルジューロ夫妻はナポリに行ったわ――今朝、レスターと一緒に」

「彼もナポリに行ったんだね？」

「そうよ」

「いつ戻ったんだ」

「わからない。戻ったなんて知らなかったの」

「で、ニッキーは？」

「ニッキー？」どうにかニッキーの名を口にはしたものの、話を続ける前に深呼吸をしなければならなかった。「家庭教師のところだと思うけど……。どこに行くの？」急いで部屋を出ていこうとしたスティーヴンに問いかけた。

彼が答えないので、ルースは慌てて追いかけた。スティーヴンは玄関を横切り、開いていたテラスのドアを閉めて閂《かんぬき》を掛けた。

「何のため？」と、ルースは訊いた。

「考える時間を稼ぐためだよ。誰かに入ってこられちゃ困るからね」

「あなたみたいに？」

「ああ」ルースの皮肉は、スティーヴンには通じていなかった。「ガルジューロたちが帰ってくるまで、どのくらいある？」

「まだ時間があるわ。戻ってくるのは、たぶん夜中よ」

「ニッキーは？」

「それは――わからない」

スティーヴンは客間に戻った。今回は遺体には近寄らずに部屋の中央に立ち、神経を研ぎ澄まして、怜悧な、だが奥底に当惑を残した目で辺りを探るように見まわした。

「よし、じゃあ、何があったか聞かせてもらおうか」

ルースは突然、泣きたい気持ちになった。あまりのショックに、そのときまで泣くことも忘れていたが、今になって、込み上げてくるような涙で喉が詰まるのを感じた。そうして、ゆっくりと慎重に話し始めた。「何が起きたかはわからないの。二階にいたら物音がして、下りてくるとここに……何を探してるの？」スティーヴンが眉を寄せ、明らかに何かを探して部屋を歩きまわっていた。

「マッチさ」廊下に出たスティーヴンは、火のついていない煙草をくわえていた。「確かに持っていたんだけど、どこかに置いてきてしまったみたいだ。あ……ごめん」不意に、ルースも煙草を吸いたいのではないかと思いついたらしく、箱を差し出した。

伸ばしかけた手をルースは引っ込めた。

「先に手を洗ってくるわ。マッチも持ってくるわね」と言って、キッチンへ向かった。

ルースは、時間をかけて手を洗った。蛇口から出る水に長々と両手を浸しながら、なんとか心を落ち着けて考えようとするのだが、頭に浮かんでくるのは危機感だけだった。それも具体的な脅威を感じているのではなく、つかみどころのない危機感だ。家の暗がり、外の陽射し、通り過ぎるバイクの音とそのあとの静寂といったものの中に、恐ろしい何かが隠れているような気がする。

客間に戻ると、スティーヴンがこちらを見て言った。「一杯引っかけたほうがいいと思うよ。何がある？　ブランデーはどう？」

「やめておくわ」ルースはキッチンから持ってきたマッチを渡した。

「じゃあ、僕に注《っ》いでくれよ」

ルースは動かず、怪訝な顔で、真剣なまなざしをスティーヴンに向けた。

「まだ警察に電話をしていないのね」彼が通報していないことにひどく困惑し、得体の知れない恐怖が募った。何かがおかしい。自分の理解を超えたことが起きている。

「ああ」スティーヴンは眉をひそめて顔を逸らした。

「いつ、するの？」

「一杯やってから考えよう。まず、何が起きたのか説明してくれなくちゃ」

ルースが尖った声を出した。「だから話したじゃない。何があったか知らないのよ」

「いいかい、僕に助けてほしいと思うなら……」言いかけて、スティーヴンは口をつぐんだ。急に激しい怒りが込み上げてきたようだ。「酒を持ってきてくれる気はあるのか？　時間がいくらでもあるわけじゃないんだぞ。今この瞬間にも、何かが起きるかもしれないってことがわからないのか？」

ルースは無言で、レスターがブランデーをしまっていたキャビネットへ歩み寄った。キャビネットには、ほとんど中身の減っていないデカンタが置いてあった。そのデカンタとスティーヴンのためのグラスを取り出したあと、もう一つグラスを手に取って、両方に注いだ。

スティーヴンにグラスを渡しながら、ルースは言った。「助けてくれる必要はないのよ」

「わかってるさ」スティーヴンはブランデーを飲んだ。「さあ、話を続けてくれ――早く」

「でも、知っていることは全部話したわ。二階の部屋にいたら、物音がして――」

「よしてくれよ！」苛立ちのあまり、言葉がうまく出てこないようだった。「いい加減にしてくれ。ちゃんと話すんだ。本当のことを教えてもらわなけりゃ、助けようにも助けられない」

「あなたに何ができるっていうの？」

「わからない。何も――君が事実を話してくれないかぎり、何もできやしないんだ！」

ルースはグラスを置いた。ブランデーは気持ちを落ち着かせてくれるどころか、必死にため込んでいた涙と恐怖を今にも吐き出させそうだった。

「私がやったと思っているのね」と、ルースは言った。「そう見えるのはわかるけれど、私じゃないわ」

「だったら、誰がやったんだ」

「知らないわ」ルースは即答した。

「こんなことが起きたのに、何も聞こえなかったなんて話を信じろって言うのかい？」

「二階で半分寝ていたんですもの。アスピリンを飲んで横になってたの。マルグリットの家から帰ってきたら、ひどく頭が痛くなってしまって、部屋に上がって休んだのよ。たぶん、本当に眠っていたんだと思う。そうしたら、物音が聞こえたの」

「どんな音？」

「ドアが開いたか――あるいは閉まった音。どっちだったのかはわからないわ」

「マルグリットとは楽しく過ごしたの？」

その問いに、ルースはぎくりとした。まったく関係のない質問だったが、何気なくしたとは思えない、反感のこもった視線を感じた。

「それがね、マルグリットには会えなかったの」と、ルースは答えた。「留守だったわ」

「妙だな」と、スティーヴンは言った。「それって変だよね」

「そうなのよ」スティーヴンの言葉を聞いて、ルースの心に憤りがよみがえった。「今朝わざわざ約束を確認する電話をしてきたくせに、彼女、泳ぎに出かけたのよ。まあ、たいしたことじゃないけど」

「そうかな。本当にマルグリットを訪ねたんだよね?」

「もちろんよ」

「誰かに会った?」

「彼女の家で? いいえ。誰もいなかったわ」

スティーヴンは額をこすった。困惑の表情が戻っていた。「説得力がないな。ここは、よく考えなくちゃ。もっといい説明があるはずだ。いいかい、聞いてくれ――」

「私の話を聞いて」と、ルースが遮った。「今話したことは、すべて事実よ。私は本当にランツィ家へ行ったの。そうしたら誰もいなくて、待つようにというメモがあったから、一時間くらい待ってから帰ってきたのよ。そして、自分の部屋に上がってアスピリンを飲んで横になった。そのあとは、ドアが閉まる音しか聞いていないわ。誰かいるのかと思って下りてきたけれど、誰にも会わなかった。この部屋に入ってみたら――彼が倒れていたの。その直後に、あなたが入ってきたのよ。ここで何をしているのか、まだ聞いていないわね」

「今は、考えているんだ」と、スティーヴンは言った。「とにかく考えなきゃ」

「私の話が信じられないって言うんなら、彼を殺した凶器を教えてくれる? 私がその凶器をどうしたのかもね」

「奇しくも、ちょうどそのことを考えていたんだ」ブランデーを飲み干してグラスを置くと、スティーヴンは遺体に歩み寄って銀の花瓶を拾い上げた。「軽すぎるな」と言って、再び床に落とす。しかし、屈んだまましばらく動かずにいたかと思うと、それまで浮かんでいた反感の表情が急に驚きに変わった。「ルース、おかしなことがあるぞ。たった今、気がついた。ほら、見てみろよ」

ルースは一、二歩近づいただけで、見ることはせずに尋ねた。「何なの？」

「服さ。バラードはシルクのスーツがお気に入りだっただろう？　高級靴なんかもね。だとしたら、どうしてこんな服装をしているんだろう」

スティーヴンに指摘されて、見たことのない服をレスターが着ていることにどうしてすぐに気づかなかったのか、ルースは自分でも驚いた。遺体は、明らかに安手で新品の黄褐色のギャバジン生地のスーツと緑のコットンシャツを着ていて、ヤシの木と夕陽が描かれた派手な柄のネクタイを締めていた。つま先の尖ったスエードの靴は、どう見ても二千リラもしない代物だ。

なんとも奇妙だった。着ているものをいつも自慢し、あれほど生地と仕立てのよさにこだわって、注目されるのが大好きなのに、本物の富裕層らしく慎みのある趣味を持ったあのレスターが、こんな安っぽい派手な格好で死んでいるとは。彼が死んでいること、しかも殺されたことと同じくらい信じられない出来事だ。

興味を惹かれたルースは、さらに近寄った。

「時計もだわ！」と、大声を上げた。「彼の腕時計を見て！」だぶだぶの褐色のギャバジンの袖から突き出た細い手首にはめられた時計は、レスターが愛用しているゴールドのバンドの金時計ではなく、革バンドのクロム製だったのだ。

「納得できる?」

ルースは首を横に振った。「レスターらしくないわ。こんな服装で死んでいる姿なんて、絶対に見られたくない人ですもの」

スティーヴンが、うっすら笑った。「彼の死が、予期せぬ出来事だったたってことだな。この格好で死んでいるのを人に見られるとは思っていなかったんだ。別の目的があってのことだろう。どうやら二重生活の臭いがする。君も知らなかったんだろうね」立ち上がり、ルースの顔を再びぎらぎらした目でじっと見つめた。彼女に何か恨みでもありそうな目だ。殺人犯に対する恐怖というのではない。もっと奥に秘めた、個人的な、不可解な視線……。

ルースは思わず言った。「そんな目で見ないで。気になるじゃない」

驚いたことに、スティーヴンは即座に視線を落とした。

「もう一つの疑問は、どうやって彼がここへ戻ってきたかってことだ。外に車はなかった」

「今朝は車で出かけたわ。いつものように駅へ向かったの。そこに車を停めてナポリ行きの電車に乗ったはず。まだ駅にあるんじゃないかしら」

「ガレージにあるってことは?」

「レスターが、わざわざ自分でガレージに入れたことなんて一度もないわ。いつだってチェザーレにやらせるもの。きっと、誰かにここまで送ってもらったのよ」

「じゃあ、今ここに車はないのか」スティーヴンが考え込むように言った。「残念だな」

「何が残念なの?」

「だって、車がなかったら、遺体を捨てに行くのが難しくなるだろう?」

一瞬、ルースには、とても筋の通った言葉に聞こえた。少しのあいだ、彼女自身、同じようなことを考えていたのだ。車がなければ、レスターの遺体を家から運び出すのはきわめて困難だろう。そして急に、その言葉がスティーヴンの口から出たのが、いかに驚くべきことかに気がついた。

「だけど、まさか、あなたが……」と言いかけて続きをのみ込んだ。スティーヴンの顔には、その意志がはっきりと書かれていたからだ。

重さを推し量るかのように、抜け目ない表情で遺体を見直している。

「車さえあればな」いつの間にか、ささやき声になっていた。「なんとか車を手配しなくちゃならないが、暗くなるまで待ったほうがいい。ガルジューロたちが突然帰ってくるなんてことは、本当にないんだろうね?」

「ないと思うわ。でも、スティーヴン、こんなことしちゃいけないわ。少なくとも、あなたはだめよ。そんなこと、させられない」

「ほかに、いい考えがあるかい?」

「警察に……」

「警察に行って、さっきの話をするつもり?」

「そうよ、いけない?」だがその一方で、ルースの心臓は吐き気を覚えるほど激しく鼓動を打ち始めた。「とにかく、あなたを巻き込めないわ。関係ないんですもの。協力してもらうわけにはいかないわ」

「ご立派な心がけだ。こうして、ここに残っている僕も、かなりのものだけどね。さあ、その話はもう終わりだ。僕らは二人とも立派な人間で、たった今、窮地に立たされている。そしてなにしろ、車が必要だ。僕の考えでは……」

　スティーヴンは何かを思いついたらしかったが、考えを聞くことはできなかった。いきなり玄関のドアをノックする音がしたからだ。

　恐怖で背筋が凍りついた瞬間だった。

　思わず二人は身を寄せ合った。スティーヴンの肩がルースの肩に当たる。すると、再びノックが聞こえた。

「誰だ？」耳元でスティーヴンが訊いた。

「わからない」

「全然？」

「ええ」

「窓から僕らの声が聞こえたかもしれない。ここにいるのを気づかれたかも」

「でも、出ていけないわ！」

「行ったほうがいい」

　ルースは驚いて、横にいるスティーヴンの顔を見た。

「行くんだ」と、スティーヴンはささやいて、ルースの肩を押した。「誰か知らないが、追い払ってくれ」

「もし、できなかったら？」

「なんとかやるんだ」

「どうにもならなくて、家の中に入ってきたらどうするの？　あなたが見つかってしまうわ」

スティーヴンの視線がちらっと窓のほうに向いた。「そうだな。だが、とにかくやってみてくれ」

心の中は疑念でいっぱいだったが、ルースは自分より早かったスティーヴンの決断に従った。とはいえ、自信はまったくなかった。スティーヴンは玄関に向かうルースの後ろを客間のドアまでついてきて、彼女が出ると同時に閉めた。

一人、玄関に立ったルースは足を前に進め、テラスに向かってドアを開いた。立っていたのは、二人の警官だった。

どちらも若く、グレーがかった緑色の制服姿だった。一人はいかにも田舎者といった感じのふっくらと丸い童顔で、グレーの目をしている。もう一人は細身で浅黒く、聡明そうな黒い瞳の上に黒々とした長い睫毛がカールしていた。口を開いたのは、浅黒いほうだった。「シニョーラ・バラードですか」

「いいえ」ルースは、ぎこちないイタリア語で答えた。「バラードさんに奥さんはいません。どなたにご用ですか」

「実は――」相手が口ごもった。不安の霧に覆われた目で見ても、相手の態度が慇懃《いんぎん》なのがわかった。気遣わしそうでさえある。「悪いお知らせがあるんです。シニョール・バラードについてなのですが、お身内の方ですか」

「いいえ。この家で雇われている者です。あの――バラードさんに何かあったんですか」

そう尋ねながら、ルースはこんな質問を口にできることに自分でも驚いていた。だが、警官の答えは、そんな彼女の思いを打ち砕く衝撃的なものだった。

「ええ、非常に申し上げにくいのですが、二キロ先の山の中でシニョール・バラードの遺体が発見されました。どうやら車にはねられたようで、即死だったと思われます。お悔やみ申し上げ――」

警官は言葉をのんだ。その瞬間、思いやりに満ちた二人の若者の顔と、陽射しのあふれるテラス、山々、光り輝く青い海が闇にのみ込まれた。ルースは気を失い、床に崩れ落ちたのだった。

第五章

ルースは唐突に意識を取り戻した。頭はすっきりと冴えている。いや、そう思っただけかもしれない。実際は、自分がどこにいるのかわからなかった。ソファに横たわっているのだが、瞼《まぶた》を開けて周囲をちらっと見ただけでは、思考回路がつながらなかった。だが、横になったまま目を閉じ、今見た映像を丹念に思い出してみて、ようやく事態がのみ込めた。ここは客間だ。いつも窓の下の壁際にある、緑と白のストライプ柄のソファに寝ているのだ。ただし、ソファは窓の下には置かれていなかった。部屋の隅、ほぼ窓の対角にあった。

鎧戸が開いていて、窓からブーゲンビリアに縁取られた長方形の空が見える。つまり、スティーヴンは消えたのだ。ルースが玄関に出るかどうか話し合っていたとき、彼がちらりと窓に目をやったのは、そういうことだったのか。なぜかわからないが、ルースの心はひどく傷ついた。スティーヴンに助けてほしいと期待していたわけではないが、何も言わずに窓からいなくなるなんて、裏切られたような気分だった。

そのとき、スティーヴンの声がした。「そう、それでいい。ゆっくりだよ。まだ喋っちゃだめだ」

彼は去っていなかった。突然倒れたルースをいたわる優しい口調ながら、黙っているように促す響きが感じられた。

その声を聞いて、ルースはもう一度目を開けた。最初、スティーヴンの姿はなかった。ルースの位置からは見えない、ソファの背後に立っていたからだ。代わりに視界に入ったのは、心配そうな表情で自分を見下ろしている二人の警官だった。それは、残忍に撲殺された遺体とともに家の中で発見された女を見る顔ではなかった。事実、ルースが目を開けたとき、警官たちは彼女に微笑みかけ、早い回復にほっとしたように互いに笑みを交わしたのだった。

ルースはぼんやりと、何もかも大丈夫なのではないかという、浅はかな気持ちを抱き始めた。悪い夢を見ていて不意に目が覚めたら、怖がらなくていいのだ、と、みんなが優しく話しかけてくれている……。だが、気を失っていたあいだに本当は何が起きていたのかに思い至ると、そんな気持ちは一気に吹っ飛んだ。遺体を目にしたときと同じ、激しい悪寒が全身に広がった。

表情の変化を見て取ったらしく、スティーヴンがルースの肩に手を置いた。

「もう心配は要らない、大丈夫だからね」と、彼は言った。「ただのショックだよ。君は気絶したんだ。こちらの二人は理解があって、充分休んでから質問に答えていいと言ってくれている」

スティーヴンは英語で話したのだが、警官たちは言っている意味がわかったようで、二人とも大きく頷いてみせた。これは、イタリア語だけでなく、英語を話すときにも気をつけろという、ルースへの二つ目の警告だった。

しかし、すでに頭がはっきりしてきたルースに警告は必要なかった。自分が横になっているソファの裏にレスターの遺体があることに、彼女は気づいていた。玄関に応対しに行っているあいだに、スティーヴンは大きくて重いソファを部屋の隅まで押し、遺体を隠したのだ。ルースが客を追い返せると信じてはいなかったのだろう。とっさにとんでもない機転をはたらかせ、少なくとも今のところは成功している。

ルースは、感謝の念で胸が詰まった。だが同時にスティーヴンのこの行為は、ルースの気持ちとは関係なく彼の助言に従わざるを得ないことを意味する。もはや、遺体を発見した経緯を警察に正直に話すという選択肢はなくなった。本当にスティーヴンがルースを助けてくれる気なら、それに乗って、この場を切り抜けるしかない。

違法行為に圧倒されてしまわないよう平静を保ちながら、ルースは起き上がって言った。「もう大丈夫です。どうぞ質問なさってください」

黒髪の警官が切りだした。「問題は身元確認なんです。こういった場合、亡くなった方に最も近いお身内に、遺体の正式な身元確認をしていただく決まりになっているんですよ。シニョール・バラードにいちばん近いご家族のお名前を、教えていただいてもいいですか」

「息子です」と、ルースは答えた。「少年ですけど」

「子供ですか。ほかにご家族は？」

「私の知るかぎりでは、いません」

「息子さんは、おいくつですか」

「十六です。とても繊細な子で、動揺しやすいんです。代わりに私でもよければ……」再び遺体と対面できるのか不安になって言いよどんだルースの頭には、自転車で走り去ったニッキーの姿が浮かんでいた。今頃、彼はどこまで行っているだろう。

警官同士で少し相談し合ってから、黒髪のほうが続けた。「そのほうがよさそうですね。こんな嫌な役目をお願いするのは心苦しいですが。でも、あっという間に済みますから」

「ということは、ひょっとして遺体の状態はとても……？」

「ええ、残念ながら。道が石だらけのうえに、大型車に轢《ひ》かれたようなんです」

「でしたら——」この質問をする機会をずっと待ち望んでいたルースは、喉がカラカラになって口ごもってしまい、唾をのみ込んでから言い直した。「でしたら、遺体がバラードさんだと、どうしてわかるんです？」

「ポケットに身元を示す書類が入っていました」

「その——何かの間違いということはないんでしょうか」

警官は肩をすくめた。「その可能性はあります。しかし、私はシニョール・バラードを見たことがありまして——残念ですが——彼に間違いないと思います」

「では、ご一緒します」

「ご気分がよくなるまで無理をなさらないでください」

「お気遣いありがとうございます。もう平気です。お見苦しいところをお見せして、申し訳ありませんでした」

ルースの傍らで、スティーヴンが呟いた。「くそ、マッチはどこだ？　なんで僕は、すぐにマッチをどこかにやってしまうんだろう」火のついていない煙草を口にくわえ、苛立った様子で辺りを見まわしている。意識を取り戻してから初めてまともにスティーヴンを見て、彼がひどく憔悴《しょうすい》した険しい顔をしているのにルースは衝撃を受けた。自分をなだめ、それとなく警告をよこした声がとても穏やかだっただけに、青ざめてピリピリしたその表情に驚いたのだ。

「あそこよ」ルースは先ほど自分が持ってきて渡したマッチ箱を指さし、思った。「彼は死ぬほど怯えているんだわ」

スティーヴンは、まるでマッチがなければ数秒も生きられないとでもいうように勢い込んで取りに行き、夢中で煙を吸い込んだ。だが再び口を開いたときには、落ち着いた声に戻っていた。「あの、僕も同行したほうがいいと思うんですが。僕で力になれるなら……」と、そこで言葉を切って、問いかけるような視線を、警官ではなくルースに向けた。

ルースは、スティーヴンに劣らぬ落ち着いた口調で言った。「ありがとう、でも私一人で大丈夫。もう充分、力になってもらったわ、スティーヴン。助けてもらって、とても感謝しているわ」

「いつでも言ってくれ」スティーヴンは真剣な面持ちで応えた。「何だってするよ」

「ありがとう」ルースは、もう一度言った。「じゃあ、あとで会える？」

「もちろんさ」

その場で申し合わせるのは、それが精いっぱいだった。

「もしニッキーに会ったら……」と、ルースは言いかけてやめた。ニッキーが戻ってきたとして、スティーヴンにどうしてもらえばいいのかわからなかった。

「心配要らない。僕に任せてくれ」

ルースは警官たちに向き直った。「では、行きましょうか」

「いいでしょう」と、警官が言った。「さっきも申し上げたように、こんな役目をお願いするのは気が引けるのですが、すぐに終わりますから。ごく簡単な作業です」

彼の言うとおり、それは簡単な作業だった。簡単すぎたと言ってもいい。

サンアンティオーコへ向かう車内で、ルースは考えをまとめようとした。だが、ショックで頭がぼんやりし、町から坂道を上ってやってくる給水車を道端に腰かけて待つ女性たちといった、窓から目に入るものを追うことしかできなかった。女性たちに交じって、売店の太った老婆の姿があった。決して口外できない難題に対処しなければならないというのに、ルースの頭の中は、彼女らの浅黒い活気のある顔でいっぱいだった。

もしも、きちんと考えることができていたら――スティーヴンと相談でき、レスターが同時に二カ所で悲惨な死を遂げるなどということが可能な理由を、ほんの少しでも思いついていたなら、死体安置所で男の遺体に掛けたシーツが外され、「いかがですか」という声がしたとき、あるいは違った行動を執っていたかもしれない。

見たこともない人です、とか、自信がありません、とか、わかりません、と言ったかもしれなかった。だがルースは、一瞥《いちべつ》すると堅く目を閉じ、頷いたのだった。シーツが元に戻された。

再びルースが気を失った場合に備えて寄り添っていた警官が、力の抜けた彼女の体を、待ってましたとばかり受け止めて外に連れ出し、二人の警官より年上の制服姿の男が待つ部屋へ案内した。署長であるその男はルースにワインを飲むよう勧め、たった今見た遺体がレスター・バラードだという正式な証言をしてほしいと言った。

署長はかなり大柄な体格で、身長は六フィート強あり、肩幅が広くがっしりしていた。髪の毛は薄く、白髪だ。禿げ上がった丸い額、突き出た白髪交じりの眉に、愛想のいいグレーの目をしている。

その後、署長はルースにいくつも質問をした。ほとんどは、容易に答えられるものだった。レスターのフルネームや住所、職場、年齢、いるとすればイギリスの親戚の名前と住所などだ。

最後の質問に対し、イギリスに親戚はいるはずだ、とルースは答えた。レスターが以前、自分は名家の末息子なのだと言ったことがあるからだが、詳しく話してくれたわけではないので、出身地がどこなのかも知らなかった。

署長はルースの答えをすべて書き取ってから訊いた。「では、この点についてはどうです？　シニョール・バラードは今日の午後、山道で何をしていたのでしょう。何かご存じではありませんか」

少し考えてから、おもむろに答えた。「いいえ――わかりません。今日の午後については何も」

「山へ行ったことは知っていましたか」

「いいえ、ナポリにいると思っていました」

「ということは、あの山道に行く前に自宅には戻らなかったんですね」

「わかりません。戻ったかもしれませんが、私も十二時半くらいから四時頃、あるいはもう少しあとまで出かけていたので」

「では、暑い昼間に、彼が山道を歩いていた理由に心当たりはないと？」

ルースは眉をひそめて首を振った。「確かに、あの暑さの中、山道を歩くなんて妙ですよね。夕方なら、よく行っていましたけど」

「そうなんですか。何のために？」

「歩くのが好きだったのだと思います。少し運動しないと太ってしまうけれど、水泳は嫌いだと言っていました。あの道はほとんど車が通りませんし、途中にお気に入りの景色があったんです。道路脇の岩場に小さな聖廟がある場所です。遺体が発見されたのは、そこだったんでしょうか」

署長は頷いた。「ただ、道の上ではありませんでしたがね」

「違うんですか。でも、確か……」

「あ、いえ、亡くなったのは道路上です。埃に跡がついていました。ところが、バラードさんを轢いたドライバーは、どうやら車を停めて――ひどい話ですみません――遺体を塀越しに投げ捨てたらしいのです」

ルースは両手で頭を押さえた。目まいがしたせいもあるが、聖廟のある地点のカーブを思い出そうとしたのだった。「でも、あそこは絶壁になっていませんでした？　そんなことをすれば、真っすぐ峡谷に落ちるんじゃありません？　なのに、どうして遺体が見つかったんですか」

「まるっきり絶壁というわけではなかったんですよ」と、署長が言った。「崖の裂け目から数本の木が生えている場所がありましてね。シニョール・バラードの遺体は、木に引っ掛かっていたのです。殺人者にとっては運が悪かったと言えますな」

「殺人……？」

署長は広い肩をすくめた。「こういう手合いは、殺人者と同じですよ。それ以上に質《たち》が悪いかもしれない。それはさておき、こちらを見ていただけますか」戸棚を開いて包みを取り出すと、ルースの前に置いた。「これらの品に見覚えはありますか」

包みの中身は、あちこち破れて血と埃まみれになったシルクのスーツ、シルクシャツ、シルクのソックス、靴、金バンドの腕時計、金のシガレットケース、豚革の札入れ、鍵のついたキーホルダー、万年筆だった。あとは、レスターほどおしゃれに気を遣うぬぼれの強い人間でなくても、誰のポケットにでも入っていそうな雑多なものが数点だ。

ルースも、今度は偽りのない証言をした。「はい、どれもバラードさんのものです」

署長は札入れを開いて中を見せた。

「少なくとも五万リラはあります。つまり、犯人は強盗ではないと思われます。足がつくのを恐れて時計やシガレットケースを奪わなかったのはわかりますが、現金は容易に盗めたはずです。おそらくは恐怖と、責任を逃れたい一心でやったことでしょう」

「犯人は見つかると思いますか」

「可能性はあります。あの道を通る車は限られていますから、ナンバーや車種を覚えている人や、ドライバーを目撃した人間がいるかもしれません。ええ、実際、可能性は高いですよ。何かわかり次第、お知らせします」

「検死審問はあるのでしょうか」

「もちろんです」

「私も呼ばれますか」

「おそらく。ですが、あなたに関しては、できるだけ簡単に済むよう手配しましょう。近いうちに日程をご連絡します」

丁寧なお悔やみと協力への感謝の言葉をもらって署長との面会は終了し、先ほどと同じ二人の警官に屋敷まで送ってもらった。

家の中は静まり返り、誰もいないようだった。だが、いつもと何かが違う気がする。昼間の明るさが消え、すでにつかの間の夕暮れが訪れていて、今まで味わったことのない不気味な雰囲気が屋敷内に漂っていた。二十分もすると、辺りはすっかり暗くなった。普段は一時間かそこら黄昏が続いてから夜になるのに、今日は昼から夜にいきなり変わったように思え、ルースは恐ろしくなった。明かりをつけると鎧戸の隙間から漏れて誰かに見られるといけないので暗いままにしていたが、すでに恐怖に満たされた心は、暗闇がもたらす脅威に圧倒されそうだった。

スティーヴンが待っていてくれるのではないかと漠然とした期待を抱いていたのだが、ルースが到着した物音に誰も出てこなかったので、帰ってしまったのだと思った。といって、声に出して呼んでみるのは、はばかられた。こうなれば、一人で客間へ戻り、緑と白のストライプ柄の大きなソファに隠されたものを確認しに行くしかない。

初めは、その方向に足を踏みだすことさえできない気がした。昼間よりなお恐ろしい。回れ右して走り出し、屋敷からもサンアンティオーコからも永遠に去ってしまいたかった。だが結局、躊躇していた玄関先で警官の車が走り去る音を聞いた数秒後には、足早に客間に向かっていた。パニックに陥る前に、どうしても確認しておかなければならない。部屋の中央に立ち、周囲を見まわす。

緑と白のソファは、部屋の隅ではなく窓の下の壁際に鎮座していた。遺体もない。部屋の中に遺体があった痕跡は少しも感じられなかった。完全に、殺人が起きる前の朝の状態に戻っている。何もかも元通りの位置にあり、普段と変わる点は一つもない。

ようやく涙があふれてきて、ルースは安堵した。椅子に座り込み、腕に顔をうずめて涙が出るに任せた。

心地よい感覚だった。ショックと恐怖が、流れる涙とともに体外に出ていく感じがする。無防備に泣いていたため、玄関に入ってきた足音が聞こえなかった。

すると戸口から、何かを考えるような口ぶりでマルグリットの声がこう言った。「やっぱり、それほど好きだったのね。レスターは笑い飛ばしていたけれど、私はそうじゃないかと思っていたわ……」

第六章

ルースはびくっとして背筋を伸ばした。慌ててハンカチを取り出し、顔を拭って見上げる。視界が晴れると、最初に目に入ったのはマルグリットの姿ではなく、殺人が起きる前と同じだと思っていた部屋の詳細だった。

何もかも元通りだと思ったのは間違いだった。ピンクのゼラニウムが生けられていた銀の花瓶に、キョウチクトウの花が挿してあったのだ。

「明かりをつけてもいいかしら？」ルースが答える前に、マルグリットはスイッチを入れた。「ほんとに何て言ったらいいのか、ひどいことになったわね。スティーヴンから電話で聞いて、急いで来たの」

「スティーヴンから電話があったの？」ルースは訝しむように尋ねた。

「ええ、警察が知らせを持ってきたとき、彼はここにいたんでしょう？」

マルグリットはソファに歩み寄り、腰かけた。ひどく動揺して意気消沈しているように見え、普段より顔色が悪いが、それでも稀に見る美人であることに変わりはない。背が高く、落ち着きがあり、身なりが整っていて、艶のあるブロンド、きれいに焼けた小麦色の肌、大きくて穏やかな青い瞳が特徴的だ。両肩を出した、裾がゆったりと広がった白のワンピースに、ゴールドのハイヒール・サンダルを履いている。人生を陽気で気楽に受け止めているいつもの雰囲気がいくらか損なわれたような感じは受けるが、ルースが感情をあらわにしたことに驚き、興味を掻き立てられたようだった。

「何かできることはある?」と、マルグリットが訊いた。「いろいろとやらなければならないことがあるでしょう。イタリアで死んだ場合、どうなるのかしら。葬儀とかなんとか。私は経験がないけれど」

「まだ、そこまでは考えていなかったわ」

「手伝えることがあったら言ってちょうだい。あなた、ずいぶん疲れているみたいよ。かわいそうなレスター――いまだに信じられないわ。でも、あなたは――実際に彼の遺体を見たのよね?」

「ええ、見たわ」

「私ね、遺体を見たことがないのよ」と、マルグリットが言った。「私の年齢では珍しいでしょう?ねえ、ここに一人でいるのはよくないわ。アメデオと私のところへいらっしゃい。もちろん、ニッキーも一緒に。そういえば、ニッキーは?」

「まだ帰ってきていないの」

「いつも、こんなに遅いの?」

「いつもではないわ。たまにね」

「どこへ行ったのかしら」

「そうね、どうしたのかしら」と言いながら、遺体と、血に染まったピンクのゼラニウムの行方を思い、ルースは身震いした。

呑気なわりに目ざといマルグリットは、ルースの震えを誤解した。「そうよね、ニッキーに伝えるのはつらいわよね。でも、彼は冷静に受け止めるんじゃないかしら。案外、平気かもよ。きっと、あなたほどじゃないわ」

「どういう意味？」と、ルースは訊いた。

直接は答えず、マルグリットはスカートを優雅に広げて言った。「とにかく、二人ともしばらくうちにいればいいわ。ニッキーが帰ってきたらすぐに行けるように、二階で荷造りしましょう」

「でも、無理だわ」と、ルースは応えた。「ありがとう、マルグリット。ありがたい申し出だけど、私はここにいなくちゃ。ガルジューロ夫妻に伝えなければならないし――ニッキーだって、いつ戻ってくるかわからないから、家を離れるわけにはいかないわ」

マルグリットは、ルースの態度に合点がいかないとでも言いたげに見つめた。

「まあ、来たくないっていうなら仕方ないけど……ところで、今日の午後はどうしたの？　なぜ、うちに来なかったの？」

「行ったわよ」

「そうなの？　いつ？」

「約束の時間だったから――三時頃ね」

「私、三時って言った？　本当に？　だったら、私がいなくて頭にきたでしょう。長く待たなければよかったんだけど。どうしましょう、ごめんなさいね」

「ずいぶん待ったのよ」だが、ルースはほかのことを考えていた。数時間前に苛立ちを覚えたマルグリットの無頓着さなど、今はどうでもよかった。ルースが気になったのは、マルグリットがさほど悲しんでいる様子が見られないことだった。マルグリットは常々、レスターを気に入っていると公言していた。彼はとても魅力的だとも言っていた。レスターの欠点も、彼女には面白いと映っていたようだ。ところが、今のマルグリットの表情と態度からすると、レスターの死をある程度悲しんではいても、心底嘆いているようには見えなかった。それどころか、何かわからないが問題を抱えていて、それを悟られまいとしているように見える。

だが、ルースはその点について深く考えなかった。家の中の不気味さを追い払ってくれるマルグリットの存在が、むしろありがたかった。泊まってもいいという誘いを受けられたら、どんなにいいだろうと思った。しかし、そうするわけにはいかない。ニッキーとガルジューロたちのほかに、スティーヴンのこともある。遅かれ早かれ、彼が戻ってきて、どうやって遺体を処理したかを説明するはずだ。そして、このあとどうすべきかも。

それに、ルースは一人になりたかった。一人の人間が同時に二カ所で遺体となって発見されたことについて、考える必要があったからだ。まさか安置所の遺体がレスターだとは思っていない。だが、もし自宅で死んでいたレスターを目にしていなかったとしたら、信じたかもしれない。死んだ二人には、似ている点がいくつもあった。どちらも小柄な細身で、ブロンドだ。シーツに覆われた遺体をちらっと見たときに気づいた大きな違いは、手だった。遺体の手は、レスターのものよりがっしりしていて、指が短くて太く、肌がごわついていた。レスターが決してやらない、肉体労働をしてきた手だ。

ちょうどそのとき、マルグリットが自分の手を見ていた。片手を目の高さに上げ、無意識に裏返しながら、手のひらや甲を眺めている。顔には、当惑した表情を浮かべたままだ。

「わからないのはね」と、マルグリットは唐突に言った。「今日の午後、レスターがあそこで何をしていたかよ。あなた、知ってる?」

「いつもの散歩でしょう」マルグリットがそれ以上突っ込んでこないことを祈りつつ、ルースは言った。

「こんな暑い日の真っ昼間に?」マルグリットは、ますます手に見入っている。「それに、今日はナポリに出かけたって、あなたが言ってたじゃない」

「私はそう聞いていたわ」

「じゃあ、戻ってきたのかしら」

「そうでしょうね」

「会っていないの?」

「ええ、私はほとんど一日中、外出していたから」

「そうなの? 何をしてたの?」

マルグリットがうわの空に思えて、ルースはもどかしげに体を動かした。

「午前中は泳ぎに行って、スティーヴンとサンアンティオーコでランチを食べたあと、あなたの家に行って、かなりの時間待ってから帰宅したのよ」

「つまり、なぜ彼が帰ってきたのかも、それ以外のことも、何もわからないってことね」

マルグリットの口調に、ルースは彼女をまじまじと見返した。

「マルグリット、あなた、何か知ってるの?」

「そうじゃないけど、きっと理由があるはずじゃない?」と、マルグリットは答えた。「私が考えていることを教えてあげましょうか。実は、彼が本当にナポリに行ったのか疑わしいと思っているの」

「それなら、ガルジューロ夫妻に訊けばわかるわ。一緒に出かけたんですもの」

「そうね。ただ、たとえ彼らが知っていたとしても……」

長いこと黙り込んでいるので、たまらずルースが尋ねた。「としても?」

「なんでもないわ。ただね、私、あの夫婦についてはなんとなく妙な印象を抱いているの。うまく言えないんだけど、どうも信用できない気がする。別に、彼らを非難するつもりはないのよ」

「非難ですって?」ルースが鋭く訊いた。「どういう理由で?」

マルグリットの表情は、困惑の度合いを増した。「非難はしないわ――そう言ったでしょう? 彼らに文句なんてないんだけど、どうも何か――変な感じがするのよね」

ルースは少し考えてから言った。「いったい、何が言いたいの?」

「要するにね――レスターがナポリに行ったかどうかを、たとえガルジューロ夫妻が知っていたとしても、本当のことを言わない可能性もあるってことよ」

「どうして、そんなことをしなくちゃならないの?」

「わからない、わからないわ! 彼らのことは何も知らない。ただ、そんな気がするだけ。でも、変だと思わない? 夜に起きたことならわかるけど。レスターが夕方帰宅して、いつものように散歩に出かけて交通事故に遭ったのなら、ひどい事故には違いないけれど納得できる。でも、これはどう考えても変よ。あなたもそう思うでしょう?」

ルースは、大きく息をついた。

「ええ」と、彼女は言った。「思うわ。でも――きっと説明がつくと思うし、今は私――悪いけど、これ以上話したくないの」両手で顔を覆う。心配そうに目の前で手をひらひらさせながら、理性的な質問を次々に投げかけてくるマルグリットを、視界から締め出してしまいたかった。

マルグリットが慌てたように言った。「まあ、ごめんなさい。私って、なんてばかなのかしら。あなたにとって、どんなに大変な一日だったかを忘れていたわ。ほかの話をしましょう。それとも、お邪魔かしら。もう、話すのをやめる?」

「いいえ、続けて」

その言葉がかえってマルグリットを黙らせたらしかったが、困惑しきってルースを呆然と見つめる彼女は、自分がした質問から、なかなか頭を切り替えられないようだった。沈黙が続いた。それぞれに物思いに沈んで座っていると、電話が鳴った。

ルースは受話器を取り上げた。

スティーヴンの声が言った。「一人かい?」

「マルグリットが来ているの」と、ルースは答えた。

「ああ、そうか……だったら、僕の話を聞いて、気をつけて答えてくれ。すぐに会いたい。出てこれそうか?」

「あなたが来ればいいわ」

「いや、誰かに話を聞かれるとまずい。ニッキーは帰ってきたかい?」

「いいえ」

「ガルジューロ夫婦も?」

「ええ」

「マルグリットをなんとか帰らせて、会いに来られる?」

「たぶん。しばらくしたら」

「いいかい、聞いてくれ。僕は崖で待ってる。オリーブの木立が途切れた辺りに座っているよ。君が来るまで、ずっと待ってる。いいね？」

「ええ」ルースは、ためらいがちに答えた。「わかったわ、ありがとう。電話をくれてよかったわ」

電話に対するお礼に聞こえるように言った最後の言葉で、暗に今どういう状況なのかを尋ねたいのが伝わることを願いながら、受話器を置いた。

「スティーヴンだったわ」

マルグリットは微笑んだ。「彼、いい人よね。得体が知れなくてぱっとしないけど、実は優しくて、いざというときに頼りになるタイプだわ。彼がいてくれてよかったわよ。でも今日話したら、近々いなくなるつもりのようね」

「今日？　スティーヴンに今日、会ったの？」思わず語気が強まった。

「ええ、午後、入り江に泳ぎに来ていたの。私がちょうど……あら、外に誰か来たみたい。アメデオかもしれないわ。あとで来るって言ってたから」マルグリットは立ち上がって玄関へ向かった。

だが、マルグリットが耳にした足音の主、戸口に現れた人物は、夫ではなかった。それは、ガルジユーロ夫妻だった。

マッジとチェザーレは、厳粛な面持ちながら、やや興奮した顔をしていた。

「聞いたのね」と、マルグリットが言った。

チェザーレが答えた。「ええ、シニョーラ。サンアンティオーコで聞きました。町は、その話で持ちきりですよ。まったく、ひどいことになったもんです」

「シーブライトさんは、どこです？」妻のマッジが、ぶっきらぼうに尋ねた。

「こっちよ」

マルグリットが二人を引き連れて客間に戻ってきた。

すぐ後ろに落ち着かない様子でマッジが続き、チェザーレは少しあとから控えめに部屋に入ってきた。二人並んで立ち、同情と、どうしようもない好奇心とが混ざり合った顔でルースを見た。悲劇の詳細を知りたいのが見え見えだが、まずは悲しみと恐怖、哀れみの情を示さなければならないと思うだけのたしなみはあるようだ。

マッジ・ガルジューロは、ヨークシャー生まれ。三十八歳くらいで、背が高くがっしりした、活発で有能な女性だった。それなりに魅力的なのだが、顔つきにどこか厳格な、北部地方特有の陰気さのようなものが漂い、そのせいで器量が損なわれて見えた。茶色い髪には、すでに白いものが交じり、元気はあるものの、動きに若いしなやかさはない。敏感肌なのか、腕や足首に、常に蚊に刺された痕が残っていた。短気なところがあって皮肉屋だが、ルースのことは気に入ってくれていて、いつでも協力的だった。それに対し、マルグリットのことはあからさまに嫌っていた。

夫のチェザーレは、妻とはまったく違うタイプだった。黒髪の物静かな男で、たぶんマッジより一、二歳年下だ。すらりと細くて優雅な雰囲気を身にまとい、楽しげな黒い瞳、輝くような笑顔、そして、見事なまでに磨きをかけた、何もしない技を備えていた。実に巧妙に仕事から逃れるさまは、見ていて愉快なほどだった。がさつさは少しも感じられず、明らかに怠けているという印象も与えない。いつでも周囲の人の心地よさに大事なものを添えようとしているかのように見えるのだが、プロ顔負けの技術と熱意で車を運転するとき以外、実際には何もしていないのだった。そんなチェザーレの態度がレスターのお気に召したようで、チェザーレのような賢い人間には会ったことがない、と常々言っていた。彼がやらない分の仕事は、根気強いマッジがちゃんとこなしてくれるのだから、文句はないというのだ。

ルースはおぞましい経験をしたので充分気をつけてあげてほしい、とマルグリットがマッジに説明し始めると、マッジは不愛想に遮った。「それはどうも。言われなくてもわかってます。ショックを受けたときに必要なことくらい、これまでの人生で学んできましたよ。私の周りには、あれこれお節介を焼いてくれる人はいませんでしたからね」険しい目でマルグリットを見やってから、ルースのほうに顔を向けた。「さあ、すべて話してすっきりなさい。そうしたら、ベッドに連れていって、夕飯を用意してあげるわね。もっと早く耳にしていたら、すぐに帰ってきたんだけど、サンアンティオーコに着くまで知らなかったの。チェザーレのお母さんの家に一日中いたものだから。具合が悪くて、なかなか帰らせてもらえなかったのよ。それにしても、こんなときに一人でここにいたなんて。警察の対応はちゃんとしていたのかしら。どうもイタリア警察は信用できないからね。イギリスなら、あなたを家に送り返す前に、濃い紅茶の一杯も淹れてくれるでしょうけど。叔父が風車の事故で死んだとき、イギリス警察はとても親切だったわ。もちろん、いつでも信頼できるわけじゃないし、なかには、ただの人でなしで、自分が留置場に入ればいいのにと思う人間もいるけれどね。でも、とにかく、イタリア警察よりはましだわ」

マッジは、善良なヨークシャーの人間によく見られるように、極端にお喋りなときがある一方で、普段は余計な言葉を口にするのを軽蔑するところがあった。

彼女が話している最中、マルグリットは、もう手伝いは要らないわね、というようなことを小さく呟いて、そっと出ていった。マルグリットがいなくなると、マッジはあらためて午後の出来事について知りたがった。

ルースは、そろそろ我慢の限界にきていた。一人になって考える時間を持てないと、正気を保てない気がした。今、誰かに訊かれたら、うっかり本当のことを打ち明けてしまいそうだ。だが、マッジの質問に答えないわけにはいかない。しかも、できるだけもっともらしく話す必要がある。四年も同じ屋根の下で暮らしてきたうえに、勘の鋭いマッジのことだ。理由はわからなくても、ルースの中に恐怖の念があるのに感づいてしまうかもしれない。

ルースはぽつりぽつりと、警察が来たときのこと、彼らに聞いた内容、レスターの身元確認に行ったことを、マッジとチェザーレになるべく簡潔に説明した。

あたかも、安置所の遺体はレスターに間違いないと確信しているかのように話した。自然と少したどたどしい話し方になったが、かえって、今夜ルースに詳しい説明を求めても無駄だと思ってもらえるかもしれないと期待した。

どうやら二人はそう考えてくれたようで、互いに視線を交わしたのち、マッジが言った。「あなたの立場に立ちたくはないし、どんなに嫌な気持ちか、よくわかるわ。夕食を用意するあいだ、横になることね。あまり食欲はないでしょうけど、少しは何か口にしないと、ますます気分が悪くなるわよ」

「ありがとう、でも、まだ寝たくないわ」と、ルースは言った。「暑すぎて眠れそうにないもの。あなたが帰ってきてくれたことだし、ちょっと散歩にでも行ってみようかしら。すぐ戻るわ」

「そうね、風に当たるのもいいかもしれないわね」と、マッジも賛成した。「帰ってくるまでに夕飯を作っておくわ。ニッキーの分もね。そういえば、ニッキーはどこ？　まさか、まだ帰ってきていないの？」

　立ち上がったルースは、弱々しく首を振った。

「ええ、どうしているのかわからないの。あなたと同じようにサンアンティオーコで事故のことを聞いて、怖くなってしまったのかも。あの子の行動は読めないから」

「確かにそうね。何をするかわからない。筋が通らない、ってことしかね」

「もし、出かけているあいだにニッキーが戻ったら……」しかし、今のルースには、マッジにどうしてもらえばいいのか思い浮かばなかった。言いかけた言葉をのみ込み、ルースはスティーヴンを捜しに出かけたのだった。

第七章

スティーヴンは崖にいた。最初に見えたのは、彼が吸っている煙草の火だった。近づいていくと白いシャツが見え、ぼんやりと顔がわかった。断崖の縁の近くに大の字になっている。

まだ月は昇っておらず、辺りは真っ暗だった。昼間は気づかなかった、さまざまな甘い香りが立ち込めていた。

ルースは傍らの草の上に座った。

「長居はできないの」

「どうして?」

「ニッキーのせいよ。あの子がまだ戻っていなくて、もし帰宅したら私が――この私の口から知らせなくてはいけないから」

「ニッキーのことを心配しすぎじゃないかな」と、スティーヴンは言った。「父親を亡くした子供は、ほかにもいるよ」

「こんな亡くし方じゃないでしょう」

「彼が、例の件を知ることにはならないんだろう?」

ルースは戸惑った。「ええ――たぶん――だけど、たとえ交通事故だとしたって、ひどいショックを受けるに違いないわ」

「じゃあ、山道で死んでいた男を、君はバラードだと認めたんだね」

ルースは頷いた。

暗闇の中でも、スティーヴンがじっと自分を見つめているのがわかった。

少し間をおいて、彼が訊いた。「そうするのがベストだったのか？」

答えるルースの声が震えた。「わからないわ！　考える暇なんてなかったもの。それがいちばん簡単だと思ったのよ。そうしていなかったら、その場で尋問を受けて、こんなふうに話す機会はなかったはずだわ。それに、遺体は確かにレスターの服を着て、彼の持ち物をポケットに入れていたの。しかも、レスターによく似ていたわ。だから万が一、別人だとわかっても、私が責められることはないわよね？　私がレスターだと思っていなかったとは証明できないもの」

「それで、その遺体の正体は何者だったんだい？」

「私が知っていると思う？」そんな質問をするスティーヴンに、ルースは怒りを覚えた。「遅かれ早かれ本当のことを言わなくちゃならなくなると、気づいていないとでも思ってるの？　誰だかわからないけど、人が簡単にいなくなれるわけがない。妻や子供がもう心配しているはずよ……ああ、私が最善の選択をしたかどうかなんて、考えもしなかったわ！　きっと違うわね！　軽率だったかもしれないけど、頭がおかしくなってしまって、それがいちばん楽で、幸運の神様が私たちに時間を与えてくれたんだと思ったの」

スティーヴンがルースに手を重ねた。

「きっと最善の策だったよ。本当に、それしかなかったと思う。だが、その遺体が何者なのか、僕らで突き止めなくちゃな」

「それにしても、レスターはどうなったの？　あなた、彼をどこに連れていったの？　いったい、どうやって運んだの？」

　スティーヴンが大きく煙草を吸い、先端がいちだんと明るく光った。

「車がなかったっていうのは、間違いだったよ。ガレージにあった。しかも、ガレージには鍵が掛かっていなかった。君が警察に行ったあと周囲を確認したら、屋敷からガレージの裏口までは、道路から誰にも見られずに行けることがわかったんで、レスターを運んで車に入れたんだ」

「今もそこにいるってこと？」

「声が大きいよ！」スティーヴンが鋭くたしなめた。「僕を何だと思ってるんだ。もちろん、そんなところに置いていないさ」

「だったら、彼をどこにやったの？」

「遺体を車に乗せて、屋敷に戻って掃除をし――タイル張りの床で本当に助かったよ！――それから車を走らせた」

「だけど、まだ明るかったんじゃない？　誰かに見られたかもしれないわ」

「すでに夕闇が迫っていたし、多少のリスクは仕方がないだろう？」

「どこへ連れていったの？」

「山道だよ」

　ルースは驚いて、暗がりに浮かぶスティーヴンの顔を凝視した。「頭がおかしいんじゃないの？　どうかしているわ。あそこには、まだ警察がいるかもしれないのよ。レスターの遺体が見つかった場所だ、って警官が言ったのを聞いていなかったの？」

「だって、ほかに行くところがなかったんだ。大通りでぐずぐずしていたら、バラードの車を知る人の目に留まって、別の人間が運転しているのを不審に思われるかもしれないからね。いずれにしろ、幸運なことに、警察は引き揚げたあとだった」

「遺体をどこに置いたの？　今、どこにあるの？」

　スティーヴンは一瞬、口をつぐんだ。

「君に教えるかどうか迷っているんだ」

　口調は穏やかだったが、そこに込められた何かが、ルースの胸の鼓動を速めた。

「どうして？」

「君が、急に警察に本当のことを打ち明ける気になるといけないからさ。今日、君の顔を見ていたら、そうするんじゃないかと思う瞬間があった。僕に黙って、そんなことをされたら困るんだ。僕は、君に運命を握られている。何がどうなっているか知らないままにね」

「私だって、あなたの思うままだわ」と言いながら、ルースはその言葉の本当の意味に気がついた。それまで、彼女はスティーヴンを、意外にも向こうからわざわざ手助けに来てくれた味方だと思っていた。しかし突然、彼が自分を助けてくれているのかどうかわからなくなったのだ。「そもそも、あなたはどうして、そんなことをしたの？」と尋ねた。「誰に強要されたわけでも、頼まれたわけでもないでしょう。家に入ってきてレスターの遺体といる私を見つけたとき、すぐに警察に通報することだってできたのに」

「自分でも、なぜ通報しなかったのか、ずっと考えている」

「そうしたければ、まだ遅くはないのよ」

「それはできない」

「誰も止めたりしないわ」しだいに怒りが込み上げてきた。

「ばかを言うなよ」と、スティーヴンは答えた。「僕はもう、君と同罪だ。ただし、何がどうなっているのかは知らないけどね。だから、レスターがどうなったのかを君も知らなければ、おあいこってことだ」

「レスターがどこにいるか、見当はつくわ」と、ルースは言った。「峡谷の先に廃墟の小屋が何軒か立っているわ。そこに隠したんじゃない?」

「かもね。さあ、本当は何が起きているのか話してくれ。そうして、一緒に次の手を考えよう」

「どうして通報しなかったのか、まだ聞いていないわ」

「とにかく、しなかったんだから、それでいいじゃないか」

「理由はないの?」

「しつこいな、そうだよ」

「あなた、私がレスターを殺したと思ったのよね。今でもそうなんでしょう。あなたが来る少し前にあの部屋に入って、彼の遺体を見つけただけだって言ったのに、信じてくれなかった。そして今、私を脅すようにして別の話を要求している。でも、あれが事実なんだから、それ以外の話なんてないわ」怒りが募るあまり、自分の話が真実で、スティーヴンがそれ以上の話を聞きたがるのは不当だと思えてきた。

そんなルースの様子に気圧されたのか、スティーヴンは少しためらってから言った。「脅してなんかいない。そんなつもりはないんだ。部屋へ入ったとき、君が殺したと思ったわけじゃないけど……。ただ、あのときの君の顔といったら！　でも、きっとあれは恐怖からだったんだろうね……。それにしても、遺体が着ていた服の件と、警察がレスターの別の遺体を発見した件からすると、最初に思ったよりも複雑な事情がありそうだ。けれど、やっぱり、君が知っている事実をちゃんと教えてもらいたい」

「いい加減にして、スティーヴン。本当に知らないの。それに、ちゃんと考えて理解できないと、頭がおかしくなりそうだわ」

「僕は少し理解できる気がする――たぶんだけど」と、スティーヴンは言った。「あのインチキなアリバイがなければ、君が犯人じゃないことが容易に信じられるんだが。とにかく、もう少し説明してもらわないことにはな」

ルースは心底驚いた。「インチキなアリバイですって？　何のアリバイよ？　どういうこと？」

「マルグリットを訪ねたってことさ。あのとき、どうも変だと思ったんだけど、僕を追い払うための口実なのかと思って何も言わなかったんだ」

ルースは力なく首を振った。「言っていることが全然わからないわ。変なことなんてないもの。数日前にマルグリットに誘われて、今朝、少し早く来てほしいという電話を受けたの。だから、ランチのあと、すぐに向かったのよ。あなたを追い払うつもりなんてなかったわ。どうして私がそんなことをすると思うの？」

「でも、本当は彼女の家に行かなかったんだろう？」

「行ったわ。留守だったけど、一時間くらい待ったの」

「それを証明できるかい？——確かにマルグリットの家に行ったこととか、彼女が君を誘ったことを証明する証拠はあるの？」

「家に行ったことは証明できないかもしれない。自信はないわ。目撃者がいたとは思えないし。でも、マルグリットに訊けば、私が訪ねる予定だったとわかるはずよ」

スティーヴンが、再び剣呑な目つきを見せた。「実はね、今朝、マルグリットから電話があって、昼食後にこの崖の上で会いたいと言われたんだ。約束どおり、彼女はここにいた」

ルースは喉が絞めつけられるような気がした。「それなら、説明しなきゃいけないのはマルグリットだわ。だったら……」

「なんだい？」

「マルグリットと約束していたのなら、どうして私をラヴェントに誘ったりしたの？　それとも、そんなことは覚えてもいない？」

「もちろん、覚えているさ」

「じゃあ、なぜ？」

「君がとても落ち込んで見えたから、励ましたかったんだ。でも、君が乗ってこなかったから諦めた」

「だけど、マルグリットと約束していたのなら……」

「僕は、何も約束した覚えはないよ」

ルースは、無意識のうちにぎこちなく笑っていた。「さっぱりわからないけど、マルグリットと話せば解決するわ」スティーヴンが、誰かを励ますためにマルグリットと会うチャンスを逃すとは思えなかったが、彼女に訊けばわかることなので、それ以上詮索したくはなかった。「ねえ、スティーヴン、さっきも言ったけど長居はできないの。マッジたちには、ちょっと外の空気を吸ってくるって言ってあるから、不審に思われると困るわ。この件について少し理解できるって言ったことを、簡単に説明してちょうだい」

「簡単に説明するのは難しいな。もう少し考えてみなくちゃ。でも一つだけ言えることがある。バラードが着ていた服を覚えているだろう?」

「ええ」

「その服は取ってある。よく見る暇はなかったけど、大事な手がかりになるかもしれないと思ったから――君が警官と出ていってすぐ、遺体の服を脱がせて二階の戸棚からカーペットを持ってきて遺体をくるんだんだ。今夜、ポケットの中を探って、何か見つかったら知らせるよ」

「わかったわ」ルースは立ち上がった。だが、すぐには去らなかった。立ったまま、湾の向こうの水平線に沿って瞬くナポリの灯に目をやった。「言いたいことがあるのに、うまく言葉にならないの」と切りだして、一息おいた。「なんていうか……スティーヴン、私たち、お互いをよく知らないわよね。お互いの素性とか、そういうのを。それなのに、急にこんなことになって、あなたが手助けしてくれようとしているのはありがたいと思うわ――本当に感謝しているの――でも私、事態をきちんと理解できなくて、それで――」

「いいんだ。それ以上言わなくていい。明日また会おう。そのとき、服のことで何かわかったら教えるよ」

「いいわ。おやすみなさい、スティーヴン」

「おやすみ」

ルースは背を向けて歩き始めた。が、二、三歩歩いて立ち止まった。「レスターは、廃墟小屋のどこかにいるんでしょう?」

「ああ」

ルースは、オリーブの木立のあいだを抜ける石畳の坂道を上った。

テラスに着くと、足音を聞きつけたマッジが迎えに出てきた。ルースは、マッジが泣いていたことにすぐに気づいた。瞼《まぶた》が赤く腫れ上がっていたからだが、振る舞いはいつものようにてきぱきしていた。

「ニッキーは帰っていないわ」と、マッジは言った。「でも、ランツィさんが来てるの。客間にお通ししておいたわ。あなたが散歩に出かけていると言ったら、待つとおっしゃって。会いたくないって言いましょうか? 疲れているから誰にも会いたくない、って言ってもいいのよ」

「いいえ、大丈夫」と答えたものの、さらに人に会うのかと思うと耐えがたい気分だった。

アメデオ・ランツィは、窓の下にある緑と白のストライプのソファに座っていた。ルースの姿を見ると立ち上がった。長身だが、猫背ぎみなのでやや背が低く見える。五十歳くらいで、ことのほか深い皺《しわ》が、年齢を顔に刻んでいた。たいがい疲れた顔つきをしていて、できるだけ苦労はしたくないといった表情を浮かべている。黒い髪と口髭は鉄灰色になり、血色が悪く、どこかよそよそしい態度が特徴的だった。いかにも、健康状態がよかったためしがなく、生気のなさを威厳で補おうとしているかのような印象を受ける。今夜のアメデオは、糊の効いた真っ白なリネンのスーツ姿だった。

ルースの手を強く握って言った。「全部聞いたよ。何も話さなくていい。私にできることがあったら何でもする、と伝えに来たんだ。もっと早く来られればよかったんだが、今日はずっとナポリに行っていて、ようやく帰ってきたところでね。君の恐ろしい体験をマルグリットから聞かされて、飛んできた。私の気持ちなんて二の次なのはわかっているが、昔からの大切な友人だったレスターの死は、本当にショックだよ。だが、何より心配なのは、君たちのことだ。かわいそうなニッキー……彼は、どんな様子だい?」

「わからない。帰ってきていないの」と、ルースは答えた。

アメデオが眉をひそめた。「家出をしたのか?」

「さあ。今朝、出かけたきりなの。いつものように朝食後、ブルーノ先生のところへ行ったまま戻っていないのよ。私も心配しているの。サンアンティオーコで父親の死を耳にして、家に帰る勇気が持てずにいるのかもしれないわ」ルースは、嘘をつくのに慣れ始めていた。

「それで君は、まだ彼を捜そうとしていないのかい?」驚きと非難のこもった口調だった。

ルースは弁解するように言った。「どうしたらいいかわからなかったの。ニッキーが自分から帰ってくるのを待つのがいちばんなんじゃないかと思って」

「それにしても遅すぎる。ブルーノ先生に電話をかけて、ニッキーが帰った時間は確認したんだろうね」

「いいえ」

アメデオはルースをじっと見つめていたが、やがて言った。「すまない。君はつらい体験をしたばかりなんだよね。あれこれ考えられなくて当然だ。私がもっと早く駆けつけていれば。マルグリットは、ここへ来たが、何もさせてもらえなかったと言っていた。だが、もう大丈夫。少なくとも、ニッキーの件は私に任せてくれ。ブルーノ先生に電話して、ニッキーがどこへ行ったのか知らないようだったら、警察に行方不明の連絡をするよ」

「だめ！」いずれ、こうなることは、ルースもわかっていた。遅かれ早かれニッキーの捜索は始められてしまい、それを阻止するのは不可能だ。だが、とりあえず、少しでも着手を遅らせる努力をしなければならない。「お願い、アメデオ、警察には連絡しないで。まだ、やめて。ブルーノ先生への電話だけにしておいてちょうだい——本当なら、私がするべきだったんだけど——とにかく、警察への連絡は明日の朝まで待ちましょう。それまでにニッキーが帰らなかったら、そのときは警察に頼んで捜してもらうしかないけれど、できるだけニッキーに自分から戻るチャンスをあげたいの。きっと、そのうちに帰ってくると思う。自分を捜す大声を聞いたりしたら、怖くなって取り乱してしまうかもしれないわ」

アメデオは迷っているようだった。「ニッキーとレスターのあいだに今朝、口論があったとマッジが言っていたが、ひょっとして、そのせいだと思っているんだね？　ああいう子は、父親に対する怒りが何らかの形で父の死に関連したように感じて、自分を責めるかもしれないからな」

「いいえ、口論っていうほどのものじゃなかったのよ」ルースは、自分以外に口論の場を目撃した人間がいたことを、すっかり忘れていた。疑念を抱かせずにマッジにその話を言いふらすのをやめさせる方法はないだろうか、と思いながら、さらに言った。「でも、あなたの言うとおりかもしれない。確かにニッキーは必ずしも父親を愛しているとは言えなかったから、そのことで思い悩んで、一人になりたがっているのかもしれないわ。いずれにしても、もう少しあの子に考える時間をあげたいの」

アメデオは頷いた。「そうだね、そのほうがいいだろう。ニッキーのことを誰よりもよくわかっているのは君だ。君がいてくれて、彼は幸運だよ。ニッキーは君のことを心から慕っている。自分に愛情を注いでくれているのをわかっているんだ。私だって、ニッキーは好きだ。いいところがたくさんあるし、知性も備えていると思ってる。あと少し、辛抱強さと安定した情緒を身につければいいだけなんだ。といっても、辛抱強い人間なんて、そんなにはいないけどね。レスターはまったくだめだった――辛抱の『し』の字もなかった。しかも貪欲だった。今持っているものでは決して満足せず、もっともっと欲しがるんだ。だから、わが子に関心や愛情を示す暇がなかった。父親が死ねばいいとニッキーが思ったとしても、理解できるよ。彼を責めることなど、到底できない……。よし、ブルーノ先生に電話してみよう」自分の言葉を後悔するかのように最後のほうは早口に切り上げ、アメデオは電話機に向かった。

ルースは、新たな関心を胸にアメデオの姿を見つめた。つまりアメデオは、大切な友人だったはずのレスターをあまり好きではなかったのだ。だが、彼の言葉に興味を持ったことを悟られたくはなかった。電話をかけているあいだ、ルースは窓辺へ行き、暑い夜気に向かって鎧戸を押し開け、窓枠に肘を置いて寄りかかった。昇った月が、黒々とした大きな山影を照らしている。

電話で話す声が急に高くなったかと思うと、丁寧な言葉が続いたあとで静かになった。アメデオがルースを振り返った。

「ニッキーは、先生のところに現れなかったそうだ」

「なんですって？　今朝？」

「一日中だ。だが、珍しいことではないらしい。ニッキーが休むのはしょっちゅうで、彼が来なくても金はもらえるから、ブルーノ先生も何も言わなかったんだろう。しかし、ニッキーが先生のところに行っていないとすると、彼は今朝からずっと行方不明ってことになる。本当に、今夜のうちに警察に捜してもらわなくてもいいのかい？」

ルースは両手で額を抱えた。頭は熱いのに、手は異様に冷たかった。

「朝まで待ちましょう」と、彼女は言った。

こちらを見つめるアメデオの視線にひるまないよう、自分を鼓舞した。

長く感じられた沈黙のあとで、アメデオが口を開いた。「いいだろう。君がそう思うのなら」

「ええ、きっと朝までには帰ってくると思うわ」ルースは、心からそう思っていると聞こえるように気をつけながら答えた。

それからほどなく、アメデオは帰っていった。

ルースはテラスに出て彼を見送った。これまで、アメデオの前ではいつも身のすくむような気分にさせられてきた。彼の態度に見え隠れする自尊心や地位に対する嫉妬心が、近づきがたい壁をつくっているようだった。それは、心を許したわずかな人間にしか越えられない壁であり、ルースはその中にいなかったのだ。だが今夜は、その壁を感じなかった。アメデオの厚意は本心からのものに思え、心底ありがたかった。

それでも、彼が帰ってくれて、ルースはほっとした。これでマッジさえやり過ごせば、ようやく眠ることができる。

意外にも、マッジは手ごわくはなかった。ずいぶんと無口になり、ぶっきらぼうと言ってもいいくらいだった。トレイに載せた料理を運んできてテーブルに置くと、一言も口をきかずに出ていった。たぶん涙をこらえているのだろう、とルースは思った。マッジのオムレツを食べながら、人というものは実に不思議だと、つくづく感じた。数時間前、レスター・バラードの知人の中で、彼の死を悲しんで涙を流すのがマッジ・ガルジューロただ一人だと誰が予想しただろう。

オムレツとコーヒーはすぐに食べ終わり、ルースは寝室に上がった。

ようやく、考えに集中できる。部屋の中を静かに歩きまわって混沌とした頭を整理し、明確にしなければならない問題がある。唯一はっきりしているのは、なんとしてもニッキーをかばい、少しでも時間稼ぎをして、逃げるチャンスを与えたいということだ。ニッキーへのこの思いは、司法への背信行為となり、彼女ばかりか周囲の人々も後悔する無謀でとんでもない過ちを招く結果につながるかもしれない。だが今は、そんなことを言っている場合ではなかった。もちろん、ニッキーへの愛情から、とっさに執った行動だったのだが、また同じ状況に置かれたとしても、やはり自分は同じことをし、考えるのは後まわしにするだろう。それよりも、ルースの頭を混乱させている喫緊の問題は、レスターとされる二人の男の死と、事件に巻き込まれたニッキーとの関連性だ。突発的な怒りから父親を殺害してしまったことは想像できなくないが、冷酷な殺人計画に加担するとは思えない。

考えられるとすれば、怒りと憎しみに駆り立てられたニッキーが、何者かが企てた殺人計画の途中にうっかり入り込んでしまい、予定にはなかった死体を増やした可能性だ。

ルースは、今度はスティーヴンについて考え始めた。そのときふと、鏡台の上に置かれたものに目が留まった。それは、マッチ箱だった。

なぜ、急にそんなものが気になったのだろう。まるで、特別な意味があるとでもいうように……。

そして思い出した。そのマッチ箱は、午後、マルグリットに会えずに帰宅した際、テラスのテーブルにあったものだ。スティーヴンは、しょっちゅうマッチをどこかへやってしまう。あのあと、彼が屋敷内に入ってきてレスターの遺体の上に屈み込んでいるルースを見つけたとき、マッチは持っていなかった。だから、ルースがキッチンから持ってきてやったのだ。そこに何か意味があるのだろうか。そういえば、午前中、彼女が二階で着替えているあいだ、スティーヴンはテラスに座っていた。マッチは、そのときテーブルに忘れたのかもしれない。それなら、特に問題はない。だがもし、ルースがランツィ家を訪ねていたときに置かれたのだとしたら、どうだろう。

鏡台に寄りかかって半分目を閉じ、レストランでのランチの席でスティーヴンがマッチを持っていたかどうか思い出そうとした。一緒に煙草を吸ったとき、火をつけたのは二人のうち、どちらだっただろう。

間違いない、火をつけたのはスティーヴンだ。

ルースは、マッチ箱がいきなり火を噴いたかのように慌てて手を引っ込めた。しかし、その瞬間、室内の別のものが彼女の意識を捉えた。泳ぎに出かけたとき頭に巻いていた紅白のスカーフと、サングラスが、自分の置いた場所にないのだ。

二つとも、確かに鏡台の上に置いた。そこが定位置なので、勘違いすることはあり得ない。スカーフとサングラスを外すと、その場で鏡を見ながら髪を梳《と》かすのが習慣になっているため、間違えるはずがない。ところが、スカーフは壁のフックに掛かっていて、サングラスはベッド脇のテーブルの上にあった。

ルースは震え始めた。室内のささいな変化にこれほどのショックを受ける理由は、まだ漠然としたものだったが、震えが止まらなかった。だが、部屋の中を急いで動きまわり、引き出しを開け、戸棚を覗くうちに、ぼんやりと抱いた疑いが事実であることがはっきりしてきた。位置が変わっていたものはごくわずかで、ジャケットが別のハンガーに、靴が一足、違う場所に、今朝泳ぎに行くとき着ていた青いコットンのワンピースが、脱ぎ捨てたベッドの上ではなく椅子の上にあったくらいだった。それでも、事実であることは疑いようがない。

「でも、なぜ？」声にならない悲痛なささやきが、思わず口から出た。「いったい、どうして？　何を探していたっていうの？」

第八章

　その夜、ルースはほとんど眠れなかった。うとうとしかけては、はっと目を開け、目覚めていることにほっとした。今の彼女には、眠りは恐ろしいものでしかなかった。暗闇の中で、しだいに孤独感が募った。母が死んだ最初の数週間以来、忘れていた感覚だ。あのとき、ルースにとっての家族生活が終焉を迎えたのだった。子供時代と過去の思い出を、ルースはしまい込んだ。不治の病を患った母の看病のため軍を除隊した頃、母が息を引き取る日は、苦しみから解放される日なのだと思うことがあった。だが実際にその日を境にルースを襲ったのは、恐ろしく危険なこの世の中に、頼れる人も、相談できる人も、信用できる人もいないという感覚だった。その孤独感から逃れるため、ルースは広告に応募して、面接を経て採用され、サンアンティオーコにやってきた。あのときのどうしようもない心細さが、暗がりの中でよみがえってきたのだ。

　ニッキーが本当に帰ってくるとは思えなかったが、ルースは絶えず耳を澄ましていた。足音もドアの開閉の音もとうとうしないまま、空が明るくなった。七時頃までは静まり返っていたが、最初にマッジが足早に階段を下り、鎧戸を開けてテラスの掃き掃除を始めた。

　その音を聞き、ルースは起き上がって冷たいシャワーを浴びた。息苦しい夜だったので、じっとりと汗ばみ、疲労感を覚えていた。

テラスは、家の中より幾分涼しかった。今朝は微かに風があり、空にはほんの少し雲がたなびいている。そよ風が靄《もや》を吹き払い、岩肌をむき出して湾の向こうにそびえ立つ山々は、霞んでいた昨日より高く迫って見えた。海は青く輝き、さざ波が陽射しを受けてきらめいている。

コーヒーを飲んだら、少し気分がよくなった。持ってきてくれたマッジの目には、もう涙はなかったが、ルース同様、彼女もよく眠れなかったのは明らかだった。疲れと不安が、不機嫌な仕事ぶりに表れていた。働かなければならないことに腹を立てているように見えたが、仕事を放棄すると思われるのは、それ以上に嫌なようだった。

ルースの前にトレイをやや乱暴に置いて言った。「知ってると思うけど、ニッキーが帰ってきていないわ。どれほどみんなに心配をかけているか考えないなんて、なんて子かしら。チェザーレにも言ったんだけど、今回のことで一つだけよかったのは、私たちはもうあの子にも、あの子の癇癪《かんしゃく》にも我慢しなくていいってことよ。次に働くところは、あんな癇癪持ちの父子がいない家庭にするわ。残りの人生をそんな家で費やすなんて、まっぴらごめんだもの」

「だけどマッジ、あなたはバラードさんのことが好きだったんじゃなくて？」

「好きですって？　どういう意味かしら」

「だって、ゆうべ泣いていたじゃない」

「ああ、あれ」マッジの顔に、嘲《あざけ》るような表情が浮かんだ。屈んで、足首の虫刺されを掻く。「あれは、バラードさんのためじゃないわ――そりゃあ、嫌いってわけじゃなかったけど。はなから嫌いだったら、仕事を続けていないわよ。彼はうるさいことを言わなかったし、いちいち金勘定をすることもなかった。そんなことをされたら、信用されてないみたいだものね。それなりに紳士的だったから、文句はなかったわ。私の仕事に偉そうに口を挟む人のもとでは働けないもの。バラードさんに不満はないし、ここでの仕事には満足していたから、辞めるのは残念だけど、それで泣いていたわけじゃないの」

「だったら、何が悲しかったの?」

マッジは肩をすくめた。「人の死に出遭うと、考えさせられない? 誰だって、一度や二度、大切な人の死に直面して泣いたことがあるでしょ。一つのきっかけで、それを思い出すことがあるものよ。でもやっぱり、ばかげていたわね。それに、たぶん怖かったんだと思うわ」

「怖い?」ルースはコーヒーを急いで飲み込みすぎて、喉に詰まらせた。「怖いって、何が?」

マッジは、今度も肩をすくめた。「私がばかだからよ。自分でもわかってるわ。でもね、理解できないことは怖いの」

「何が理解できないでいるの?」

マッジは、ルースをまじまじと見つめた。答える気がないのかと思ったが、やがて言った。「そんなの、たくさんあるわよ」目鼻立ちは整っているが陰気で疲れた顔に、微笑みをこらえるように唇を引き結んだ、可笑しそうな表情が浮かんだ。まるで、もっと質問してごらんなさい、とルースを挑発するような顔だった。

ルースのほうでも、そうしたかった。マッジの口調にとても驚いたからだ。だがそのとき、サンアンティオーコの方角からエンジン音を上げながら坂道を上ってきた一台の車が、門の前に停まったのに気づいた。それは警察のジープだった。三人の男たちが車を降りた。一人は、グレーのギャバジンのスーツにフェルト帽をかぶっている。もう一人は、昨日会った禿げ頭の大柄な署長で、あとの一人は黒髪の警官だった。彼らはテラスへの階段を上がり、立ち上がったルースに近づいてきた。口火を切ったのは署長で、挨拶をしたあと、グレーのスーツを着た〈クエストゥーラ〉の〈アジェンテ〉だというチリオを紹介した。

ルースは、その肩書を頭の中で素早く翻訳した。県警察本部《クエストゥーラ》の警官《アジェンテ》――すなわち、刑事だ。すでに何かが起きている。通常の交通事故で、県警本部から刑事が派遣されることはない。何らかの疑いが生じたということだ。平服姿の刑事の顔を見つめながら、ルースは、おそらくこれが人生で初めて敵と相対する瞬間なのだと思った。

チリオ刑事は、三十代後半に見えた。中背で痩せ型、ほっそりした青白い顔をしている。黒い口髭は、鋭いアーチを描いた黒い眉ほど濃くはなく、真っすぐな黒髪だ。青みがかった顎は中央に深い割れ目があった。どこか投げやりな、倦怠感さえ感じさせる雰囲気をまとっていた。紹介されてもほとんどルースを見ずに、きらきらと輝く湾の水面に冷めた目を向けている。何の役目も果たしていないように見えて、実はこの場を仕切っているのは彼で、黙ったまますべてを掌握し、計画どおりに進めているのではないかと、ルースは感じた。

彼らとルースだけで話がしたいと署長が言ったのを聞いて、マッジはその場を後にした。そのとき、ルースの視界の端に、二階の窓から覗いている顔が入った。こちらの様子に耳を澄ましているチェザーレだった。すぐに顔を引っ込めたが、ルースは、テラスでの会話は容易に盗み聞きされることを警官たちに話すべきかどうか迷った。だが、もしかすると、チリオ刑事も窓辺に現れた顔を見ていて、あえて触れないのかもしれない。

署長が言葉を続けた。「シニョリーナ、大変言いにくいのですが、今朝はとても重要なお知らせをお持ちしました。昨日お話ししたあと、シニョール・バラードの死に関して、山道での事故と思われたものにまったく違う見方が出てきたのです」

「事故と思われたもの、ですって？」テーブルの端を握る手に力が入り、拳が白くなるのがわかった。

「事故ではなかったのです。実は、殺人でした」

予想したとおりだった。署長の話の途中から、「殺人」という言葉が出てくるのはわかっていた。それでもルースは、相手を黙って見つめることしかできなかった。

署長は、ルースの沈黙から何も汲み取れなかったようだった。

「こんなお知らせで、申し訳ありません」と、彼は言った。「ですが、それ以外の結論はあり得ないのです」

「でも、どうして？　なぜなんです？」ルースは、やっとのことで言葉を絞り出した。

「どのように起きたかも、いつ起きたかも、だいたいわかっているのですが、『なぜ』と、まだお訊きになっていない『誰によって』は、もっと捜査を進めないと現段階ではお答えできません」

ルースはゆっくりと息をついた。「彼は故意に轢かれたということですか」

「いいえ」と、署長は言った。「その前に、彼はもう死んでいたのです。頭部を撃ち抜かれていました。死亡推定時刻は三時頃です。多少前後するとは思いますが、殺害されたのは、少なくとも路上に遺棄されて車に轢かれる三十分は前だと思われます。おそらく、重量のある車に何度か轢かれたあとで、崖から落とされたのでしょう。木に引っ掛かっていなかったら、いまだに発見されなかったと思います」

ルースは、黙っているほうが楽だと思った。この新情報に、驚きは感じなかった。そういう話が出てくるのを、どこかで予期していたような気もする。

だが今回は、署長のほうが黙り込んだ。テラスにいる三人の男たちは、ルースが口を開くのを待っているようだった。

仕方なく、彼女は言った。「昨日、私のところへ部下の方をよこされたとき、もうその事実はご存じだったんですか」

署長は小さく肩をすくめた。肯定とも否定とも取れるしぐさだった。

そこへ、チリオ刑事が質問を差し挟んだ。「シニョール・バラードには、ご子息がいらっしゃいますよね」

「はい」

「今、ご在宅ですか」

「いいえ」つっけんどんな答え方に刑事たちが反応したのに気づき、ルースは言葉を継いだ。「昨日の朝から行方不明なんです。どうしたのか、誰も知りません。警察に捜索をお願いしようと思っていたところです。父親の死をどこかで耳にして、家に帰りにくくなったのではないかと思うんです。とても感情的で不安定な子なので、ほかの人が予想もしない行動を取りますから」

「お父さんとは仲がよかったのですか」

ルースは精いっぱい署長の真似をして、肩をすくめた。

次に口を開いたのは、署長だった。「しかし、昨日の段階で心配にはならなかったんですか」

「もちろん、心配でしたけど、夜のうちに帰宅するのでは、と期待したんです。ゆうべ、ランツィさんと相談して、捜索を依頼するのは朝まで待つことにしました。今になってみると、間違った判断だった気もしますけど、まさか一晩中帰ってこないとは夢にも思わなかったんです」

「こういうことは初めてなんですか」

「ええ」

「息子さんは、おいくつです？」

「十六です――年齢より幼い子ですけど」

刑事が別の質問をした。「彼は、車を運転しますか」

「いいえ」

「まったく？　確かですか」

「間違いありません。それに」――ルースは、刑事の顔を真正面から見た――「あの子に銃器の知識があったとは思えません」

刑事は一瞬、ルースと目を合わせてから、再び湾に視線を逸らした。彼を敵だと思えない自分に、ルースは驚きを覚えていた。この刑事は、あまりにも超然としていて、敵になるほど、事件の人間的な部分には基本的に興味がないように見える。

「まあ、まあ、シニョリーナ」署長がなだめた。「別に、われわれは結論に飛びついているわけではありません。質問しているだけです。お訊きしたいことがいろいろありまして。あなたについてもです。しかし、息子さんがこんなふうに姿を消しているとなると、まずは彼についてお聞かせいただかないと。ご子息は、お父さんの仕事に関わっていましたか」

「いいえ、まったく」

「関心も知識もなかったということですか」

「はい」

「あなたは？　シニョール・バラードは、あなたに仕事の話をよくしましたか」

「ほとんどしませんでした。掘り出し物が手に入ったときや、金持ちのアメリカ人に高い値で商品が売れたときなどに話していたくらいです。仕事がうまくいったのを自慢する程度のことでした」

「彼が話していた掘り出し物ですが、具体的には何でした？　家具ですか？　絵画？　それとも宝石ですか」

「宝石を扱っていたとは思いません」と、ルースは答えた。「観光客向けのがらくたならありましたけど。主に扱っていたのは、家具と絵画です」

「では、宝石の取引はしていなかったんですね？」

「私の知るかぎりでは」

「支配人のシニョール・セバスティアーノはご存じですか」

「二、三度お会いしたことがあります。あの、私から質問させていただいてもいいですか」

「どうぞ」

「この殺人事件は、バラードさんの仕事と関係があるんですか」

署長は両手を上げた。「その質問は早急ですね。もし、あなたのおっしゃるように、彼が宝石の取引をしていなかったのなら、高価な宝石をポケットに入れてはいなかったでしょうから、強盗に遭ったのではないという昨日のわれわれの判断は間違っていなかったということになります。おわかりでしょうが、宝石があったなら、犯人が金のシガレットケースを残していったのも納得がいきますからね。だがあなたは、彼が宝石を扱っていなかったとおっしゃる」

しつこく繰り返す言葉に、ルースは、いずれ彼女が口を割ると考えているのだと推測した。少し考えてから、言った。「私は、バラードさんから聞いていないと言っているだけです。でも、あなたがたは、宝石の取引をしていたと思っているんですね。そうでしょう?」

「それはなんとも……」署長は、また肩をすくめてごまかした。「よく考えてください、シニョリーナ。これは大事な質問です。家の周辺で、怪しい人間を目撃しませんでしたか。なんとなくでも、気になった人物はいなかったでしょうか。これまでに、シニョール・バラードがそういう人物と一緒にいるところを見たことはありませんか」

首を横に振ろうとしたルースは、不意にあることを思い出して動きを止めた。

署長が言った。「ほう、あるんですね」

「わかりません」と、ルースは応えた。「なんでもないかもしれません」

「とにかく、話してみてください」

「昨日の朝のことです。あそこの塀の上に、男の人が座っていました。ただ座って、家を見ていたんです。初めは、特に気にしませんでした。腰かけて休んでいるのだろう、くらいに思って。それが朝食後で、そのあと少なくとも二時間は経って海水浴から戻ったら、まだ同じ場所にいたんです」

「どんな男でした?」

「小柄で細身の、金髪の人で、チェックのシャツのボタンホールにブーゲンビリアの小枝を挿していました。覚えているのはそれくらいです。ただ……」

「ただ?」

「その、理由はうまく説明できないんですが、イタリア人ではない気がしたんです」

「きっと、金髪のせいでしょう」

「それもあるかもしれませんけど、実は……いえ、本当言うと理由はわかっているんですが、ばかげて聞こえるのではないかと」

「かまいません、聞かせてください」

「その人、ポケットに手を入れて小銭をいじくっていたんです。それだけのことなんですけど」

「なるほど。イタリア人は、ポケットに小銭ではなく皺くちゃのわずかな紙幣を入れただけで、何週間も暮らしますからね。そういうことでしょう?」

「ええ」

「しかし、小銭を持っている人も、なかにはいます。あるいは、ポケットに入っていた鍵をいじっていたのかもしれません」

「そうですよね。本当に、それ以上は何もありません。だから、ばかげて聞こえると言ったんです」

「でもあなたは、その男が外国人だと感じたんですよね。話しかけられたとか?」

「いいえ。話しかけてきそうだったんですが、思い直したようでした」

「ふむ、これは有益な情報かもしれませんな。チェックのシャツを着た怪しい男を見た者がいないか訊き込みをしてみましょう。ところで、あなた自身についても、いくつかお訊きしなければなりません。関係者全員に尋ねるお決まりの質問です。それが終わったら、家宅捜索をします。ではお訊きしますが、シニョール・バラードのお宅で働き始めて、どれくらいになりますか」

ルースはそれに答え、その後、質問されるままに前日の行動を説明した。注意して省かなければならないことがたくさんあったが、署長の質問に引っ掛けは感じられず、聴取は速やかに進んだ。とはいえ、「今のところ以上です」と署長が言ったとき、ルースは何時間も質問に答えていた気がした。

ガルジューロ夫妻と話すのなら呼んでこようか、とルースが言うと、自分で話しに行くのでそれには及ばない、という答えが返ってきた。そう言いながら、署長はさっさと屋敷内に向かった。その些細な言動がルースを不安にさせた。つまり、マッジたちの聴取が済むまで自分とは話をさせないつもりなのだ。署長らのあとについて屋内に入ると、彼らは玄関で周囲を見まわし、自信なさげに客間に入っていった。

ルースは部屋には入らなかった。玄関に立って待ちながら、早鐘を打つ心臓を肉眼で見られる道具がこの世に存在しないことを心から喜んだ。レスターの死んでいた場所を警察が見ていると思うと、恐怖が込み上げてくる。スティーヴンが洗い流したタイルの床の血痕が、警察の目には、あぶり出しの文字のように浮かんで見えるのではないかという気がした。だが、彼らは室内に一、二分いただけで、マッジを捜しにキッチンへ移動した。

昨日来た若い警官だけが、ほかの二人が出たあとも客間に少しのあいだ残った。ルースの立つ位置からその姿が見え、なぜ彼が部屋に残っているのかに気づいた彼女の心臓は、その朝最速の鼓動を刻んだ。

警官が戸惑っていたのは、家具の配置だった。明らかに、最初は何が違うのか特定できない様子だったが、やがて彼の目は、窓の下に置かれた緑と白のストライプのソファに向けられた。そして次に、部屋の隅に視線を移した。

そのあとで、踵《きびす》を返して玄関に出てきた。キッチンへ向かう警官は、すれ違いざまにルースに微笑みかけたが、何も言わなかった。

第九章

警察は、ルースのときよりも長い時間マッジと話していた。チェザーレの聴取はさらに長かった。その後、レスターの部屋、ニッキーの部屋と見てまわったが、客間にはそれほど注目しなかったのでルースは胸を撫で下ろした。

午前中、何度か電話が鳴った。そのうちの何件かは、事故のことを耳にしたサンアンティオーコの知人からのお悔やみだった。また一件は、ニッキーが帰ってきたかどうかを心配したアメデオからだった。ニッキーは戻っていないと伝えると、自分が警察に捜索願を出すと申し出てくれた。ルースは、すでに警察が家を訪れていて、ニッキーの不在を知らせてあるので必要ないと説明した。

警察が来た理由は言わないでおいた。声のトーンから、警察の来訪にひどく驚いたのが感じられたが、アメデオはあれこれ訊くことはしなかった。

スティーヴンからも連絡があった。

高まる不安の中、ルースはこの電話を待ち望んでいた。彼に今すぐ会う必要がある。だが、まだ警察が家にいるのに、それを口にするわけにはいかない。ありがたいことに、スティーヴンのほうから切りだしてくれた。「そばに誰かいるのか?」

「ええ」

「ガルジューロ以外に？」

「ええ」

「問題あり？」

スティーヴンは、今まさに警察が屋敷にいるのを予測しているか、あるいは知っているのだ。どうも気に入らない。ルースは答えた。「ええ、深刻な問題があるの」

スティーヴンは、少し考えてから言った。「君に会わなきゃならない。しかも、すぐにだ。見せたいものがあるんだ。なんとかならないかな」

「一日中、家にいると思うわ。ニッキーがまだ戻らないの。ここで待っていなくちゃ」

「いや、だめだ。こっちへ来てもらうよ。見せたいものっていうのは、持ち歩くわけにいかないんだ」

「何なの？」

スティーヴンはそれには答えず、「どのくらいで来られる？」と尋ねた。「いや――待てよ。すぐに家を飛び出して真っすぐここへ向かうのは、まずいかもしれないな。チャンスを見て、広場《ピアッツァ》に来てくれ。昨日のカフェで一杯やってるよ。君が現れるまで待ってる。ただし、できるだけさりげなく来るんだよ」

「わかったわ」ルースは、しぶしぶ承諾した。「広場に行けばいいのね」

「大事なことなんだ」

「ええ、了解よ。ところで……」どうしてそんなことを言う気になったのか自分でもわからなかったし、愚かで危険なことをしている自覚はあったのだが、自然と口をついて出てきた。「昨日、ここにマッチを置き忘れたのを知ってる？」

「僕が？　あるかもな。いつもマッチをどこかにやってしまうから……」ルースがマッチの話を持ち出したのには理由があると不意に気づいたのか、スティーヴンは言葉を切った。「続きは、会ったときに聞かせてもらうよ」

「そうね。忘れなかったら」

向こうが先に電話を切った。

受話器を置いて振り向くと、戸口に警官が立ってこちらを見ていた。

彼はまたもや、ルースに微笑みかけた。

「ご気分はいかがです？　あれから、気を失ったりはしていませんか」

「ええ」

「残念だな」と、警官は言った。「昨日あなたが気を失ったとき、抱き留めてソファに運んだのは私だったんですよ」

「それは、ありがとうございました」

「覚えていないんですか」

「すみません」

「残念だな」もう一度そう言うと、回れ右して出ていった。

ルースはソファに目をやったが、そうして見続けているうちにクッションが恐ろしい秘密で膨れ上がってくるような気がして、思わずテラスのほうに目を逸らした。

警察が引き揚げたのは、正午近くだった。彼らのジープが走り去ると、ルースは、雇い主の死が公式に殺人と断定されたことについての感想を聞こうと、マッジとチェザーレを捜した。それに、このタイミングでは奇妙に思われそうだが、サンアンティオーコに出かけることも伝えなければならない。いちばんもっともらしい言い訳は、レスターの死に関する新事実をランツィ夫妻に知らせに行く、というものだろう。てっきり二人はキッチンにいると思ったのだが、誰もいなかった。

ようやくチェザーレを見つけたのは、ガレージだった。彼は悲しげな曲をハミングしながら車を洗っていた。

戸口に立ったルースを見ると、体を起こして話しかけた。「かわいそうに、マッジが体調を崩しちまってね。信じられないよ。結婚して十年、一度も病気になったことがないってのに。でも、殺人は殺人だ」そう言う口調は、どこか楽しそうに聞こえた。

「マッジの具合はどうなの?」と、ルースは尋ねた。

「胃の調子が悪いんだ。まあ、心配要らないさ」

世の中に、はたしてチェザーレを心配させるものは存在するのだろうか、とルースは思った。

「どこにいるの?」

「横になってる。コニャックを一杯飲ませて、寝室へ行かせたんだ。すぐによくなるさ。マッジは、なんたって頑丈だからね」

「私もずっと、そう思っていたわ」

「そして俺のことは、怠け者で役立たずだって思ってたんだろう?」チェザーレは冗談っぽく笑った。「でも、マッジのような強い人間は意外と繊細で、大事なときに、ぽっきりいっちまうんだ。あんたも心当たりがあるだろう。自分では強いと思っているんだろうが、気をつけたほうがいい。思いがけず、内部からそいつが裏切られるんだ」

ルースはチェザーレを見つめた。

「私が何に裏切られるっていうの？」

チェザーレの顔には、相変わらず呑気で人懐こい笑みが浮かんでいる。

「心、心だよ。マッジと同じで、あんたも感情を隠せると思ってる。俺にはお見通しさ」

「いったい何を言っているのか、わからないわ」ルースは当惑していたものの、最初の動揺は収まっていた。

「そう言われても、俺に見えるものを説明するのは難しい。俺は、心が感じるものを尊重しているんだ。情熱、理性の喪失、そういうものが俺にはわかるのさ。シニョール・バラードは、とても刺激的な人だったろう？　イギリス女性には、たまらなく魅力的だったんじゃないか？　俺にはわかる。そういうことは、すっかりお見通しなんだよ」

ルースは、しげしげとチェザーレを見た。

「チェザーレ、本気で言ってるの？　それとも冗談なの？」

「冗談だって？　俺が死や愛や信仰を冗談にすると思うのかい？」

「そう思えるわ」

「俺を誤解してるよ」気を悪くした様子でチェザーレは車に向き直り、車内に身を乗り出してフロントガラスを拭き始めた。

「マッジに言いたいことがあって来たの」と、ルースは言った。「でも、具合が悪いのなら、あとで伝えてくれる？」

フロントガラスを拭く手に力がこもった。

「ランツィ夫妻に会いにいくわ」ルースは言葉を続けた。「警察から聞いた話を伝えようと思って。アメデオが何かいいアドバイスをくれるかもしれないし、とりあえず、あの二人には事情を報告したほうがいいと思うから。バラードさんの友達ですもの」

「はい、はい、どうぞご自由に。別に、俺に行き先なんか説明しなくたっていいよ」

次に言おうと思っていた言葉をルースはのみ込んだ。チェザーレが、ルースにこんな話し方をするのは初めてだった。

ルースは少しためらってから言った。「マッジに、ニッキーのことを頼みたかったの」

「わざわざ頼む必要はないさ」チェザーレは屈んで車の床から何かを拾うと、ルースの足元にポイと投げ捨て、再びフロントガラスを拭き始めた。彼が捨てたのは、萎《しお》れたゼラニウムだった。

チェザーレがわざとやったように思え、一瞬、ルースの背筋に嫌なものが走った。今の動作に、彼が事実を知ったうえで、警告と脅しを込めた気がしたのだ。だが、表情はいつもどおり呑気で、捨てた花を見ようともしなかった。

ルースはチェザーレに背を向けた。きっと、ただ単に、愛車の床に萎れた花があるのが嫌で拾っただけなのだ。懸命に、そう自分に言い聞かせた。ガレージを出るとき、チェザーレが先ほどと同じ、優しく切ないメロディーをハミングするのが聞こえた。

サンアンティオーコへ続く坂道を下りながら、自分が生来の嘘つきだとは、これまで考えもしなかった、とルースは思った。進んですらすらと嘘をつき、嘘の一つを見破られたことに腹立たしささえ感じている。だがそれは、ルースの機転が利いていなかったという証拠だ。サンアンティオーコに出かける理由の説明を、チェザーレはおかしいと気づいた。いったい、何がいけなかったのだろう。喋りすぎたのか、早口だったのか、それとも顔に出ていたのだろうか。身を守るためこのまま嘘をつき通すしかないとすれば、その点をぜひ解明しなければならない。

広場に到着すると、スティーヴンはすぐに見つかった。昨日二人でお酒を飲んだ、カフェの外の歩道に置かれたテーブルに座っていた。ただ困ったことに、彼は一人ではなかった。マルグリットと一緒だったのだ。白黒のストラップレスのワンピースを着て、太い珊瑚のネックレスをつけたマルグリットは、アイスコーヒーを前にして、スティーヴンの顔を熱心に見ていた。二人とも話に夢中で、ルースがテーブルの脇に立つまで気づかなかった。彼女を見るや、どちらも話を中断されてあまりうれしそうには見えなかったが、それでもスティーヴンが席を勧めた。スティーヴンは相変わらずぼさぼさ頭で、赤くなった額の皮膚がむけ始めていた。

席に座ると、ルースはマルグリットに向かって言った。「ちょうど、あなたに会いに行こうと思っていたの。今朝、新たな展開があったんで、アメデオに相談したくて。彼なら、何かアドバイスをくれるかもしれないと思ったから」

マルグリットは、うわの空で頷いた。実際、彼女の態度には落ち着きがなく、昨夜よりやつれ、取り乱しているように見えた。

「アメデオは留守よ。仕事で出かけているの。伝言があれば、伝えるわ」アイスコーヒーの氷をつつきながら、マルグリットは気のない口ぶりで言った。

「レスターの件なんだけど」ルースは続けた。「警察が来て私たち全員の聴取をしたあと、屋敷内を捜索したの。レスターは事故死じゃなかったのよ。殺されたんですって」

マルグリットは、はっとした。だが奇妙なことに、それほどショックを受けてはいないようだった。むしろ、急に混乱した様子になった。戸惑い、途方に暮れている顔だ。

「まさか、そんな」と呟くと、息が荒くなり、みるみる頬が紅潮してきた。

スティーヴンも、ショックを受けたようには見えなかった。驚いてさえいない。

「続けてくれ」と、ルースに言ったが、その目は、熱い視線をマルグリットの顔に注いだままだった。

そのことに、ルースはにわかに腹が立った。スティーヴンがマルグリットに関心を抱いているからといって、これまで嫉妬心など意識したことはないし、スティーヴンに対して嫉妬を抱くほどの感情を持っていると思ったこともなかった。急にぎこちなく固まってしまった指で煙草を取り出そうとしていると、珍しくスティーヴンがマッチを差し出した。

「レスターは殺されたの」ルースは、もう一度言った。「頭を撃ち抜かれていたんですって。車に轢かれたときには、もう死んでいたのよ。彼の身元特定が難しくなるように二、三度轢いてから、遺体を峡谷に投げ捨てたの。その点については確かみたい。でも、それ以外は何もわかっていないようよ。警察は、実際にレスターが殺された場所を突き止めていないようだったし、もしも動機や容疑者をつかんでいたとしても、それは明かさなかったわ」

「警察に聴取されたのよね」マルグリットは、アイスコーヒーのグラスをしきりに左右に傾けながら、波打つコーヒーをじっと見つめている。

「ええ、マッジとチェザーレもね」と、ルースは答えた。

「どんなことを訊かれたの？」

「そうね、レスターのところで何年働いているのか、とか、彼の仕事について何を知っているか、とか、私が午後どこにいたか、といったようなことだったわ」

「それで、あなた、どこにいたの？」と、マルグリットが尋ねた。

ルースは驚いてマルグリットを見返した。「もちろん、あなたの家よ」

マルグリットは、コーヒーを見つめたまま続けた。「あら、うちで何をしていたの？」

一瞬、実はマルグリットが、見た目よりずっと大きなショックを受けているのかと思った。

「あなたを待っていたんじゃない」

「でも、私はビーチにいたのよ。そうよね、スティーヴン？」

「僕がビーチに行ったときには、確かにいた」と、スティーヴンが答えた。

「だから、どうしてうちで私を待っていたのかしら？」マルグリットはルースに訊いた。

「だって、あなたに招かれたから」

マルグリットは、ゆっくりとかぶりを振った。「いいえ」と言う。コーヒーから視線を上げ、スティーヴンの目を見た。「私は、あなたとビーチで会う約束をしていたのよね？」

「ああ」スティーヴンは頷いた。

「もちろん」マルグリットは慎重に言葉を選びながら続けた。「私があなたに家に来るよう頼んだと言ったほうがいいなら、そうするけど、ちゃんと話を合わせておかなくてはいけないわ。あなたを家に呼んでおいて、同じ時間にスティーヴンとビーチで待ち合わせていたなんて、説得力がないもの」

「でも、本当にそうしたのよ」と、ルースは言った。

「違うわ。だけど、あなたが望むなら、そう言うわ――それで人を納得させられると思うならね」

自分でも驚くほどの怒りが込み上げてきて自制心を失いかけ、全身がこわばったが、それでもどうにか理性的に落ち着いて話すことができた。「朝、わざわざ確認の電話をよこしたじゃないの」と、ルースは言った。「それに、待っていてほしいっていうメモを家に残していたのが、私が来ると思っていた、何よりの証拠よ。マルグリット、あなたが何を企んでいるのかわからないけど、殺人と聞いて正気を失ったのか、この件で混乱してしまっているのか――」そこでルースは口をつぐんだ。テーブルの下で、誰かに強く足を踏まれたのだ。

「メモって？」スティーヴンが興味深そうに訊いた。

「メモなんて、覚えがないけど」と、マルグリットは言った。「でも、あなたの助けになるのなら、いくらでも書くわ。いつ書いたかなんて、警察は証明できないでしょうからね。とにかく、ややこしくするのはやめましょう。事をややこしくして、いいことなんかないもの」コーヒーを飲み干して、立ち上がった。

ルースは怒りが爆発しそうになったが、スティーヴンに再び足を踏まれた。

マルグリットが続けた。「もう帰るわ。アメデオが戻ったら伝えておくわね、ルース。もちろん、彼はあなたの力になってくれるはずよ。弁護士をどうしたらいいか知っているだろうし、領事に相談するなり、この事態に対処する最善の方策を考えてくれると思う。あなたの考えがまとまったら、私が留守なのにあなたを呼んだことをどう説明したらいいか教えて。ただ、同じ時間に別の場所にいた人たちのアリバイを、私が同時に証明するのは難しいことを忘れないでね」

スティーヴンに意味ありげな笑みを見せ、マルグリットは広場をそぞろ歩く陽気な人混みの中を歩み去っていった。

第十章

「魔女よ！　裏表のある、とんでもない魔女だわ！」自分でも意外だったが、ルースはマルグリットの後ろ姿に向かって叫ぶのではなく、独り言のように吐き出していた。そして、スティーヴンを振り返った。「どうでもいいけど、私の足を二つに割ろうとするの、やめてくれる？　いったい何だったの？」

「その前に、一杯飲んだほうがいいんじゃないかな。僕も欲しいしね」

スティーヴンは、ウエイターに手を振って合図した。

ウエイターが気づくまで、少し時間がかかった。待っていると、男の子がテーブルにやってきて、二人の鼻先で献金箱を振ってみせた。献金箱の横には聖人の絵が描かれている。スティーヴンはポケットから紙幣を数枚取り出し、適当に一、二枚抜いて箱に押し込んだ。男の子は大仰に礼を言い、隣のテーブルに移動した。

「あの子供、僕が行くところ行くところ、どこにでも現れるんだ」と、スティーヴンが言った。「僕に浪費癖があるのを知っていて、たくさんもらえると踏んでいるんだな」

ルースは、その男の子に見覚えがなかった。先ほど湧き上がってきた嫉妬のこともあって、ウエイターを待つ数分間、スティーヴンと二人きりでいるのが、これまでとはかなり違って感じられた。

「別の商売のやつが、もう一人来たぞ」スティーヴンが指をさして言った。

「なんですって？」ルースは、ぼんやりと尋ねた。

「かごに入ったセキセイインコを持っている、あの少年さ。そのうちここへ来て、インコに君の未来を占わせるよ。それが、なかなかうまいんだ」

ルースは眉をひそめた。彼女が感情を爆発させたところを周囲のテーブル客に聞かれるのを恐れ、わざとこちらの気を静めようとしているのだろうか。だがルースは、そんなことでごまかされる気は毛頭なかった。

「どうして、マルグリットを連れてきたの？」と、強い口調で訊いた。「どんな目的があるっていうのよ？」

「信じてもらえないかもしれないけど、僕が連れてきたわけじゃない。僕が彼女につかまったんだ」

「ここで待っているのを見られたわけ？」

「いや、僕の部屋を訪ねてきて、話があると言うから、じゃあ一杯やりながらにしよう、って誘ったんだ。彼女を追い返す前に、君がここへ来てしまうといけないと思ってね」

「それで、話っていうのは――今回の件についてだったの？」

「ああ。少なくとも、僕はそう思った」

「どういう意味？」

「君とレスターが愛し合っているかどうかについて熱心に議論している最中に、君が現れて話が中断したんだ。彼女が前からそう思っていることは、昨日も言っただろう？」

ルースは、頬がヒリヒリするのを感じた。「あなたも、そう思っているのね」

腹立たしげに顔をしかめて、スティーヴンは答えた。「当の本人たちだってしばしば迷うようなことを、他人がわかるわけがないだろう。ただ、これだけは言える……」

「何?」

「どうやら――不愉快に思うかもしれないけど――かなりの人間が、マルグリットと同じことを言いふらしているようだ」

ルースは黙っていた。ガレージでチェザーレと交わした不可解な会話を思い出したのだ。チェザーレは、イギリス人女性にとってレスターは魅力的だったはずだとほのめかし、情熱とか、理性の喪失とかいった奇妙なことを口にしていた。

ルースの表情に何かを感じたらしく、スティーヴンは声の調子を変えて言った。「なにも、僕がそう思っていると言ってるわけじゃないよ。それに、僕がどう思おうと、たいした問題じゃないだろう」

「要するに、今あなたが気を利かせて省いたのは、みんな、前から私をレスターの愛人だと思っていて、愛人に撃ち殺される男は珍しくないと噂している、ってことよね。そうなんでしょう?」

スティーヴンは口ごもった。「なかには、そう思う人もいるだろう、ってことさ」

「マルグリットも?」

「ああ、そうだ」

「でも彼女は、絶対にそうは思っていないわ」

「いや、思っているんじゃないかな」

ルースは、きっぱりと首を振った。「マルグリットは、そんなこと信じていないわ。昨日、私を家に誘わなかったとか、待っていてくれと書いたメモを残さなかったとかいうのを信じていないのと同じようにね。今日わかったのは、どういう理由か知らないけれど、彼女が私を嫌っているということよ。お互い、あんまり気が合わないとは思っていたけど、まさか私を陥れる機会を狙っていたとはね。だって、そうとしか考えられないもの。私を憎んでいるんだわ――毛嫌いしているの。頭がおかしくなったのでなければ、それしか理由はないでしょう？　そりゃあ、私はそれほど立派な人間じゃないけど、そんなにひどい人間でもないつもりよ。なのに、いったいなぜ、そこまで嫌われなくてはいけないの？」

「彼女は信じていない、って君は言うけど、マルグリットは本当に信じ込んでいるんじゃないかな」

「私がレスターの愛人だと？　でも、どうしてそんなことを考えるの？　確かに同じ家に住んではいるけれど――いつだってマッジが目を光らせているのに！」ルースは冷笑を禁じ得なかった。

「思うんだけど」と、スティーヴンは言った。「マルグリットは、マッジに対しても同じことを考えているんじゃないだろうか」

「まさか！　そんなわけないじゃない」

「いや、本当に。嫉妬で曇った目で見ると、そう見えるんだよ。それに、マッジはなかなかの美人だしね。気づいてなかった？」

「じゃあ、レスターが屋敷でハーレムをつくっていたって言うの？　あり得ない！」ルースは再び笑った。「でも、嫉妬ってどういうこと？　まさかマルグリットが……？」と言いかけて、スティーヴンが怒ったような顔で自分を見つめているのに気がついた。時折見せる、まるでルースに個人的な恨みでも抱いているかのような表情だ。「それって、その、どういう意味なの？」ルースは言い訳がましい口調で訊いた。

　スティーヴンは立ち上がった。

「行こう。見せたいものがあるって言っただろう。僕の部屋に来てくれ。電話でも言ったとおり、持ち歩くわけにいかないものなんだ。これでいろいろなことの説明がつくんだが、君には多少ショックかもしれない。といっても、君に害のあるものじゃないけどね」

　ルースは立たなかった。「なんなの？　私、何か悪いこと言った？」

　スティーヴンは、脂で汚れた紙幣を数えてテーブルに置いた。

「いいから、行こう。僕が見つけたものを見てからの話だ」

「どうして、急に気を悪くしたの？　マルグリットが私に嫉妬しているんじゃないかと言おうとしたから？」

「彼女は、ものすごい嫉妬で何も見えなくなっている——君には、それがわからないのかい？　まったく、人を見る目のない女性にどう説明したらいいのか。君は、そういうことに本当に疎いよな」

　そう言ってテーブルから離れようとしたそのとき、セキセイインコの入った小さな鳥かごを肩に掛けた、さっきスティーヴンがルースに指し示した少年が、それを阻んだ。少年は、十三歳くらいだった。裸足で、継ぎの当たった、ふくらはぎの真ん中くらいまでの長さの青いコットンのズボンに、同じくコットンの白いベストを着ている。ほっそりした色黒の顔で、大きくて黒い、憂いを秘めた目をしていた。決然とスティーヴンの行く手を遮り、丸暗記したような英語で話しかけてきた。

「こんちは、旦那。旦那の未来を占うよ。ご婦人の未来も占うよ。これを見て」

　少年は、鳥かごを手でまさぐった。セキセイインコを取り出し、かごの底についているトレイの端に乗せて放す。インコはトレイの端で一、二歩飛び跳ね、羽根を逆立ててから、小さな封筒を嘴《くちばし》でつついてトレイから取り出した。あたかも、スティーヴンに封筒を差し出すかのようだった。

少年は言った。「旦那の未来だよ。手に取って読んでみて。とっても面白いよ」

「今はだめだ。また今度な」スティーヴンは、どうにか少年の脇をすり抜けた。

ルースもあとに続いた。

スティーヴンは、いちばん安く見つけた、裏道沿いの小さなホテルに住んでいた。海から少し距離があり、かなり騒々しい場所だ。サンアンティオーコでもその界隈は、どこの家も玄関前の階段で夜中まで人々が騒いでいて、朝も早くから一日の生活が始まるのだった。ここらの住民は、寝るまで始終、怒鳴り合っている、とスティーヴンは時折ルースにこぼしていた。だが、ホテルは清潔で、経営者のがっしりした大柄な年配女性と、数えきれないほどの息子や娘、従兄弟、叔母、叔父、大叔母や大叔父までいる家族は、親切で世話好きだった。が、その中で最も有能なのは、十歳の男の子だった。青いコットンの作業着を着て、力仕事を一人でこなし、兄や姉に指図し、スティーヴンの煙草をこっそりくすねた。

スティーヴンは、一階の自分の部屋にルースを案内した。ベッドと、がたの来た巨大な衣装簞笥《だんす》と、テーブルと椅子があるだけの小さな部屋だった。タイプライターが紙くずと一緒にテーブルに置かれ、中途半端に荷ほどきしたスーツケースが、床の上に開いたままの状態で転がっている。窓からは、ブドウ畑が段々に連なる丘の斜面が見えた。

スティーヴンは、大きな衣装簞笥を開けに行った。これがなかなか大変で、まずドアが開かずに苦労し、力任せに引っ張ったら簞笥が前に倒れてきそうになり、次には丸い木製のノブが外れてしまって、中のピンを回さなければならなかった。抗議でもするかのような大きな軋み音とともにようやくドアが開き、広く暗い箪笥の中央にツイードのジャケットが一枚だけ掛かっているのが目に入ったとき――一見したところ、ルースにはそう思えたのだった――まるでジャケットが首を吊っているように見えた。

しかし、スティーヴンは奥の棚の中に手を伸ばし、新聞紙でくるんだ包みを取り出した。

「レスターの服だ。何より重要な証拠というわけじゃないけど、興味深い点がある。身元の特定につながりそうなものが、すべて取り除かれているんだ」包みをベッドの白いキルトの上に置き、新聞紙を広げた。

皺くちゃの紙の真ん中にあったのは、青いコットンのズボンとチェックのシャツだった。ルースは、はっとしてスティーヴンを見た。

スティーヴンは、すっかり面食らった顔で包みを見下ろしていた。「こいつは、僕がここにしまっておいた服じゃないぞ！」シャツを手に取り、大慌てでまさぐった。

ルースはスティーヴンからシャツを取り上げると、振って広げた。ボタンホールの一つに萎《しお》れたブーゲンビリアの小枝が挿してある。思わずシャツを落とし、スティーヴンを振り返った。

「どういうこと？」

スティーヴンは催眠術にかかったかのように服を見つめていたが、ルースには、彼が懸命に考えているのがわかった。

「とにかく、犯人は本当に探していたものを見つけてはいない」と呟いた。「だが、もう一方の服を手に入れる必要があったとして、なぜ、この服を置いていったんだ？」

「あなたに処分させたかったんじゃない？」

「それって、重要なことかな」

「これ、殺害されたもう一人の服だと思う――レスターの服を着て死んでいた人よ」

「どうして、そう思うの？」スティーヴンは声を落として訊いた。「この服を見たことがあるのかい？」

「ええ」ルースもつい、小声になった。「昨日の朝、屋敷の外に男の人がいたの。この服を着ていたわ。ブーゲンビリアに見覚えがある。朝食後すぐに現れて、道路脇の塀に座っていたの。私たちがビーチから戻ったときにも、まだいたわ」

「僕は誰も見なかったけどな」

「そのときは塀に座っていたわけじゃないけど、近くにいたんだと思うの。だって、屋敷をあとにして歩き始めたときにたまたま振り返ったら、また同じ場所に戻っていたもの」

　スティーヴンは考え深げにルースを見た。

「僕は見なかった」と繰り返し、再びシャツを手に取って、じっくり検分した。「なるほど、確かに君の言うことには一理あるな。この染みを見てみろよ」

　それは血痕だった。シャツの背中側は黒々とした血の染みでこわばっていた。

「僕が今朝、広場《ピアッツァ》にいるあいだに、何者かがこの部屋へ入ったんだ。そして、レスターが殺されたときに着ていた服を持ち去り、代わりにこの服を残した。ホテルの人たちに怪しい人物を見なかったか訊いてみるけど、裏口から人に見られずに忍び込むのは簡単だと思う。問題は、僕が出かけるのを知っていたのは誰か、ってことだ」

「私は知っていたわ」と、ルースが言った。

「僕に広場で会うことを、誰かに話したかい？」

「いいえ、チェザーレにはランツィ家に行くって言ったもの」

「マルグリットは当然、知っていた。僕らと別れたあとで、ここへ来ることもできただろう」

「だけど、彼女、何も持っていなかったわ。直接ここへ来たのなら、この包みを持っていたはずよね」

「確かに」スティーヴンは、新聞紙で服を包み直し始めた。

「誰かが見張っていて、あなたが出かけるのを見ていたのかも」と、ルースは言った。「それとも留守を期待して部屋へ来て、もし、あなたがいたら適当な言い訳をするつもりだったとか」

「あるいは、僕を連れ出すためにマルグリットをよこしたとも考えられる」

「よこした？　まさか――アメデオに言われて来たっていうの？」

「誰かはわからない」スティーヴンは、だだっ広い衣装簞笥の奥の棚に包みを戻し、苦労してドアを元通りに閉めた。「何者にしろ、目当てのものが見つからなかった以上、また戻ってくるだろうな。ここは君と僕とで、よく考えなくちゃならない。このままだと、かなりまずいことになりそうだからね」

「その人が何を探しに来たのか、そろそろ教えてくれないかしら……」

「これさ」スティーヴンは上着のポケットに手を入れて、小さな包みを取り出した。「中身を見れば、人前で君に見せられなかった理由がわかるよ。この二つの書類は、ひと目で何かわかるから、本人たちは中までじっくり見られはしないと思ったのかもな」

スティーヴンの言わんとすることは、すぐにわかった。問題の書類は、二つともイギリスのパスポートだった。

表の名前を確認する。パスポートの名義は、ダンベリー夫妻となっていた。そのほかに、小切手、かなりの額のイギリスとイタリアの紙幣、小さな赤い手帳、汽船のチケット二枚が入っていた。ナポリ発ブエノスアイレス行きのチケットだ。

ルースがチケットを見ていると、スティーヴンが言った。「パスポートの中身を見てごらん」

ルースはほかのものを置いて、パスポートを開いた。なぜ、スティーヴンがこれほどの緊張感を漂わせているのかは、それを見れば一目瞭然だった。電気技師のナイジェル・ポーター・ダンベリーのパスポートからルースを見上げている写真は、誰あろう、レスター・バラードであり、主婦、ミルドレッド・アン・ダンベリーとなっている写真は、マルグリット・ランツィだったのだ。

第十一章

ルースは、顔を上げてスティーヴンを見た。

「レスターとマルグリット……。彼女の嫉妬心の話は、これを見たからだったのね」

「もちろん、そうさ」スティーヴンは苛立たしげに言った。顔が紅潮し、声にとげが混じっている。

この発見がスティーヴンにとってどういう意味を持つのか、ルースは考えた。彼はマルグリットに好意を抱いていると、彼女は確信していた。

「でも、おかしいわ。マルグリットがレスターと駆け落ちする気だったのなら、私に嫉妬するのは変じゃない？」

「結局、一緒に駆け落ちしなかったからじゃないか」ルースの理解の遅さに、スティーヴンはじれったそうに言った。「わからないのかい？　マルグリットからしたら、レスターに袖にされたと思っているんだ。自分を置いていなくなったってね。まさか、彼が死んでいるとは知らないんだよ」

「でも、マルグリットはレスターが死んだことを知っていたはずよ」と、ルースは言った。「だって――彼女は思っているのよ――峡谷で見つかった遺体がレスターだ、って」

「いや、違う」

ルースは困惑顔でスティーヴンを見た。「どういうこと？」

スティーヴンは小さな部屋を行ったり来たりし始めた。動きがせわしなく、呼吸が速くなっている。

「どうやら君は、目の前の殺人犯に気づかなかったようだね。僕だって、証拠を目にするまではわからなかった。結構いい人だと思っていたんだが。なかなかの美人だし、愉快で親しみやすい。サンアンティオーコでの暮らしを多少は面白くしてくれる存在だったのに、まさか冷徹な殺人犯だとは。僕らは完全に担がれていたんだ」

「やめて。もう、わけがわからないわ」

スティーヴンはルースの目の前で足を止め、のみ込みの悪い人間に説いて聞かせるように手ぶりを交えて話し始めた。

「つまり、こういうことだ――簡単なことだよ。マルグリットとバラードは駆け落ちしようと失踪を目論んだ。偽造パスポートを用意し、南アメリカへのチケットを手配した。だが、騒ぎにならないよう、あとをきれいにしておこうと考え、遺体を手に入れることにしたんだ。君が屋敷の前で見たっていう男がそうだろう。バラードは、ガルジューロ夫婦がナポリに行く日を狙って、その男を呼び寄せた。でも、君のことも屋敷から遠ざける必要があるから、マルグリットが君をお茶に招待し、殺人を犯す日の朝、君が約束を忘れないように確認の電話を入れた。そうしておいて、彼女自身は入り江に下りる小道のてっぺんに車を停めて、大勢の人の目に留まるよう、午後中、岩場で過ごしたんだ。犯行時のマルグリットのアリバイに、疑問の余地はないと思う。だけど、自宅で君と午後を過ごさなかったのには、別の理由があるんだ。バラードは彼女の車が欲しかったんだよ。バラードの服を着た例の男を射殺したあと、遺体を山道に運んで車で轢き、峡谷に捨ててから逃げるために、どうしても車が必要だった。いつもどおりガレージに置いている自分の車を使うわけにはいかない。帰宅後に、好きな山道への散歩に出かけて轢き逃げに遭ったように見せかけたかったんだからね。だから、彼の車はガレージに置いておかなければならなかった。だが、マルグリットの車が盗まれたことにすれば、バラードが疑われることはない。だから彼女は、君との約束を守らなかったんじゃないかな――僕を泳ぎに誘ったのも、それが理由だ。入り江に呼んで、彼女の車が盗まれた目撃者にしようと考えたんだ。ところが実際には、車がまだそこにあるのを確認することになった――あのとき、彼女の態度が少し変だとは思ったんだ。普通は、停めた場所に車があって当たり前だからね。マルグリットの誤算は、バラードが屋敷を出る直前、何者かが二人の計画に割り込んできて、彼を殺害したことだ。しかも、いまだに彼女はバラードの死を知らない。彼女の車をバラードが使わなかったのは、ほかの方法で逃亡したからだと思っているんだ。彼が自分を捨てて逃げた、ってね」

「哀れなマルグリット」もしそれが事実なら、今朝、マルグリットはどんなに惨めな思いをしていたのだろうと想像し、ルースは皮肉ではなくそう言った。「レスターがどこかから落ち合う場所を知らせてくるはずだったのに、それが来ないから、やきもきしているのね」

ルースは少しのあいだ、無言でスティーヴンの後ろの窓と、ブドウ畑が広がる丘の斜面を見つめた。

「違うわ」と、突然ルースが声を上げた。「それは変よ」

「何が？」

「二人が駆け落ちするのは、たとえマルグリットが既婚者だとしても犯罪ではないわよね。本人たちが決意したのなら、誰にも止めることはできない。失踪をごまかすために、わざわざ殺人まで犯して死んだことにする必要なんてないじゃない。荷物をまとめて出ていくだけでいいはずだわ。でも、一つ問題がある――お金よ。私の知るかぎり、二人ともイタリア以外にお金は置いていないと思うんだけど、近頃は国外に大金を持ち出すのが難しくなっているのに、南米で暮らす資金はどうするつもりだったのかしら。いくら愛のためだとしても、喜んで貧乏に耐えるような人たちじゃないもの」

「まだ、わからないことが多いってことだな」と、スティーヴンは言った。「もっとよく調べれば、きっと説明がつくと思う」

「どうやって調べるっていうの？　昨日、あんな正気の沙汰とは思えないことをしたのに、今さら私たちが手に入れた情報を人に知らせるわけにはいかないでしょう」

「そんなに気違いじみたことをしたとは思わないけどな。その前に、君に訊きたいことがある」

「こっちこそ、訊きたいことがあるわ！」

「なんだい？」

「昨日の午後、屋敷にいたの？――私がレスターの遺体といるところに入ってくる前に」

「いなかったよ。僕がいたって、誰かが言ったのかい？」

「いいえ」

「じゃあ、どうしてそう思ったんだ」

スティーヴンは食い入るようにルースを見つめた。その目つきに、ルースは少なからず居心地の悪さを感じた。

「ばかげて聞こえるでしょうけど、マッチ箱のせいなの。ランツィ家から戻ったとき、テラスのテーブルにマッチがあったのよ。あなた、いつもマッチをあちこちに置き忘れるでしょう」

「それだけ？」

ルースは頷いた。

スティーヴンは口では笑ったが、目は笑っていなかった。「君が二階で着替えているあいだ、僕がテラスに座っていたのを忘れたのかい？」

「覚えているわ。でも、ランチを食べたときにはマッチを持っていたわよ。あなたが煙草に火をつけたんですもの」

「たぶん、そうなんだろうね。僕より君のほうが、細かなことをよく覚えているみたいだ」

「この件に関しては、確かにそうよ」

スティーヴンは、また笑った。「で、君はマッチを根拠に、僕がバラードの殺害について本当はもっと知っていると思っているわけかい？」

「どう考えたらいいのか、わからないでいるの」

「僕だってそうさ！」スティーヴンは、いきなりベッドの端に腰を下ろした。その態度からは、ルースに対する反感がにじみ出ていた。「たった一個のマッチ箱が僕らのあいだに問題を引き起こすとはね――説明が簡単すぎて、かえって信じられないかもしれないけど、僕はマッチを切らさないように、あちこちのポケットにいつも二、三箱入れておくんだ。君が言うように、午前中テラスに一つ置き忘れたのにランチの席でもう一つ持っていたとしたら、昨日、初めから二つ持っていたからなんだよ。どう？　納得した？　それとも、僕が口先だけの、あまりうまくない嘘つきだと確信したかい？」

自分の気持ちがどちらなのか、はっきり決められればいいのに、とルースは思った。「確かにあなたの性格なら、ありそうだとは思うわ」

「性格！　そいつは微妙な問題だな。今の僕には、深く傷つく話題だよ。僕は常々、人の性格を見極めるのが得意だと思っていたから、物理化学者をやめて小説家になったんだ。知らなかった？　こういう状況になったいきさつを話してなかったっけ？　自業自得と言われたら、それまでだけど——小説を書く楽しみの半分は、独特な性格を持つ登場人物を生み出すことだと思っていたのに、それをたいして理解していないと言われたみたいで、なんだか不愉快だ。でも、現実の世界で目にする人たちときたら、理解に苦しむ性格の人ばかりだからね。マルグリット・ランツィに、ルース・シーブライトに……」

スティーヴンがやたらと喋ることに、ルースは違和感を覚えた。

「訊きたいことがあるって言ったわよね」

「そうだった——だけど、それも性格の問題だから、訊く意味があるかどうか。マッチについての僕の答えと同じような返答しか期待できないかもしれないからな」

「マッチに関しては、あなたを信じるわ」

スティーヴンは、ルースの目を見つめた。「いいだろう——でも、また何か妙なことで疑われるようなら、何を言っても無駄だろうけどね」

「とにかく、訊きたいことっていうのを言ってみて」

「わかったよ」と言ったものの、スティーヴンはどう切りだすか迷っているようだった。マルグリットの偽造パスポートをいじりながらもじもじしていたが、やがて意を決したように口早に言った。「君がバラードを殺したとは、もう思っていない。昨日の段階では、そうじゃないかと疑っていたけどね。君が殺害した場面に出くわしたのかと思ったんだ。でも、君が犯人じゃないのなら、なぜ、黙って僕に遺体を隠させたのか。どうして、二つ目の遺体をバラードだと証言したのか。犯人ではないとしたら、君の性格にそぐわない行動だ。そもそも君は正直で、本当のことを言うのがいちばんだと考える人だからね。常に真実を話してこそ、人に信用されると思っている。だから、たとえ奇妙に見えたとしても、それが真実なら嘘をついたりしないはずだ。真実は何にも勝ると信じている。僕は違うけどね。僕は基本的に人を信用していないから嘘だってつくし、自分のことをいちばんに考えるから、事実に向き合うのを避けて逃げることもする。僕が二人目の遺体をバラードだと証言して、警察に実は遺体が二つあるという事実を告げないとしても、別におかしくはない。僕ならやりかねないことだ。でも、君は違う。何か理由があるに違いない。僕が知りたいのはそこだよ——どんな理由があるんだい？」

答えは簡単だった。一言で済む——ニッキーだ。そう言いたかった。それを伝えて、何もかもスティーヴンの手に委ねられたら、どんなにいいだろう。スティーヴンに対する自分の気持ちに混乱していたルースは、昨日の午後、遺体といるところを見られる前に目撃した事実を打ち明ければ、すべてがはっきりするのではないかという気がした。少なくとも、自分にとって彼がどういう存在なのか、わかるのではないだろうか。一日前までは魅力的な人だと意識したことはなく、今だって、理想の男性像とは程遠いと思っている。それなのに、彼のそばにいるとドキドキして、冷静にものを考えることができないのだった。

ルースは落ち着きなく顔を背け、マルグリットの偽造パスポートを手に座っているスティーヴンから目を逸らした。

ここは、よく考えなければならない。スティーヴンは、ニッキーのことをあまりよく思っていない。ルースがニッキーに献身してきた理由に納得してはいないようだし、今は彼女のためにリスクを冒してくれているが、ニッキーのために同じことをするとはかぎらない。むしろ、ルースを守ろうとする感情が、ニッキーへの反感につながる可能性もある。

それに、スティーヴンがリスクを冒しているのが、ルースのためかどうかもわからないのだ。「私のことをかいかぶっているわ、スティーヴン」ルースはスティーヴンに視線を戻した。「私は正直者じゃないし、とてもびくびくしているの。特別な理由なんてないのよ」

スティーヴンは無言のままで、ルースの次の言葉を待っているようだった。

「本当なのよ」と、ルースは言葉を継いだ。「恐ろしくて仕方がないの。信じてくれる？」

「信じるよ――僕だって怖い」と答えたものの、急にすべての関心を失ったように、やる気のない口調に聞こえた。手にしているパスポートのページをぱらぱらとめくり、ぼんやりと言った。「こんなものをどうやって手に入れたんだろう。僕には皆目、見当もつかない。きっとバラードが手配したんだろうな」スティーヴンはパスポートを脇へ置き、赤い手帳を手に取った。「まだ、これを見ていなかったね」と、ルースに差し出す。

ルースは手帳を受け取った。自分の行動を説明して正当化したかったのに、スティーヴンがあっさり引き下がったことに、ルースはいささか落胆した。手帳を開いて、中身に意識を集中させようと努めた。

それは、レスターが丁寧な細かい字で住所と電話番号を書き込んだ住所録だった。大半はルースも知っているレスターのサンアンティオーコの友人や、イタリアのほかの土地に住む知人の名前だ。なかには、イギリスやアメリカの住所もあった。顧客の名も書かれていたが、特に気になる点はない。

「最後のページを見てごらん」と、スティーヴンが言った。

ルースがページをめくると、そこにはある番号が記されていた――Ｂ・Ａ・３４・７７４２９。

「どういう意味かしら」

「わからないけど、気になるね。この部屋を家探しした人間は、パスポートではなく、この番号を探したんじゃないかと思う。だとすると、またやってくるかもな」

「それにしても、どうしてあなたのところにあるのがわかったのかしら。あなたがレスターの服を持っているなんて、誰も知らないでしょう?」

「それは簡単だよ。昨日の午後、僕らが警察と話しているとき、屋敷に誰かがいたんだ。僕が遺体を動かして床を掃除しているのを盗み見て、事情を知っていた人間がいるのさ」

ルースは、ぽかんとした表情でスティーヴンを見た。「いったい、誰が?」

「もちろん、殺人犯だよ」

第十二章

　スティーヴンの推理は間違っている。ルースは犯人を目撃したのだ。服に血痕をつけ、自らの犯行に恐れおののいて、サンアンティオーコへ続く下り坂を全速力で自転車を走らせて姿を消した殺人犯を。それに、彼の説明には、ほかにも重大な誤りがある。スティーヴンが話している最中、ルースはしきりにそれが何かを考えていた。おそらく、彼がたった今言った内容と関係があることだ。ニッキーとルース以外に、あのとき屋敷内には何者かがいた。それは間違いないだろう。だが、考えれば考えるほど、スティーヴンの推理にどこかしっくりこないものを感じるのだった。

「これから、どうするの？」ルースは考えるのを諦めて訊いた。

「相手の出方を見るんだな」と、スティーヴンは答えた。

「出方って？」

「犯人が、この手帳をまた盗みに来るかどうかさ」

「現れた犯人を捕まえて『お前が殺人犯だな』って言うわけ？　それで、無事にその場をしのげるよう祈るつもり？」

「名案には聞こえないよな」スティーヴンは、にんまりした。「もっといい案があればいいんだけどね。でも、この手帳を手放したと公表しないかぎり――そうなると、手帳を持っていたことを警察に話すことになるんだけど——犯人はどうしたって僕をつけ狙うだろう。逃亡する以外には、これしか方法がないと思う」

「だったら、どうして逃げないの？」

「さっき、あの包みを開けてみて何が起きたかを知ってからずっと、僕も自問自答しているよ。なぜ逃げないのか？　本物のヒーローなら、そんな自問はしないんだろうが、残念ながら僕は違う。ヒーローとは程遠い人間だ。君の共犯者は臆病者だよ、ルース。もっとましなのがいたら、今すぐそっちを雇ったほうがいい」言いながらルースの手から手帳を取り、最後のページに書かれた数字に眉をひそめて見入った。

「なら、逃げればいいじゃない」と、ルースは言った。

「そうしない理由は、いろいろあってね。マッチある？」スティーヴンは、手帳から最後のページを破り取った。

ルースは慌てて声を上げた。「何してるの？　まさか燃やすつもりじゃないでしょうね！　その番号は重要な手がかりかもしれないのよ」

「大丈夫。番号に関しては記憶力に自信があるんだ。人の名前はからっきしだめだけど、数字なら覚えられる」

ルースがバッグに入っていたマッチを渡すと、スティーヴンは破り取ったページの隅に火をつけて燃やし、ポケットから鉛筆を取り出して、新たに最後のページとなった場所に番号を書いた——B・A・33・71937。

「これで、戦わずに犯人にこれを持っていかせられる。そのほうが僕にはお似合いだ」

「犯人がさっきの番号を探しているという、あなたの推測が正しければね」

スティーヴンは怪訝な顔をルースに向けた。「もしかして、僕が戦うべきだと思ってる？　嫌だよ、願い下げだ。僕は根っからの平和主義者で、慎重な人間なんだ」

ルースは思わず噴き出した。「あなたがヒーローかどうかは知らないけど――知り合って間もないから、まだそこまで判断できないもの――でも、誰よりも向こう見ずなのは間違いないわね。ソファを移動させたときから……」

「違うよ。僕は活動的なわりに自己防衛の感覚に乏しい、それだけさ。そろそろ帰ったほうがいいんじゃない？　きっと警察が君を見張っているだろうから、妙な勘繰りをされたくないしね」

「あなたは大丈夫なの？」ルースは心配して尋ねた。

「ああ、心配要らない。公共の場所にいるようにして、暗い小道は避けるよ」

二人は一緒に外に出た。

通りに出ると、すぐそばで何かが破裂した。ルースは飛び上がって、スティーヴンの腕にしがみついた。続けて破裂する音を聞いて、ルースは腕を離し、気まずそうに笑った。

「祝祭《フィエスタ》だったのね」

「うん、そうだよ」

その二発のあと、対空射撃のような音がさらに何発か続き、晴れ上がった空からちぎれた紙切れが降ってきた。道の突き当たりの、リュウゼツランが生えている小さな空き地で、若者たちが花火を打ち上げているのだった。

そのうちに、町のあちこちに破裂音が響いた。空に薄く煙がたなびき、破れた紙切れが舞った。

「つくづく騒音が好きな人たちだな」と、スティーヴンが言った。「甲高いソプラノの叫び声からバイクのエンジン音まで、とにかく騒がしい音が大好きなんだ」

「きっと、私は慣れたのね。普段は気にならないもの。でも、今日はやっぱり気に障るわ」

ルースは通りに踏み出した。「いいこと？」と、振り返る。「暗い小道は避けるのよ」

スティーヴンは、わかった、というしぐさを見せ、ホテルの中へ戻っていった。

帰宅すると、ルースが思っていたとおり屋敷内は静かで、ニッキーの消息はわからないままだった。玄関で出迎えたマッジに、少しは気分がよくなったかと訊いたら、マッジは肩をすくめ、自分の気分などどうでもいいことだ、と応えた。それほど具合が悪そうには見えなかったが、マッジの仏頂面には自己憐憫《れんびん》の表情が浮かんでいた。たいしたことではないかのように、ルースに客が来ていることを告げると、その男が誰かも言わずにキッチンに引っ込んだ。

マッジがこんなふうに不機嫌になることがあるのをよく知るルースは、あえて深追いをしなかった。こういうときは、機嫌が直るまで放っておくにかぎる。あのレスターでさえ、そのことを心得ていた。誰かが神経過敏な状態にあるのがわかるとすぐにからかいたがるレスターが、マッジに対しては決して手を出さなかった。マッジは、何を言うでもするでもなく、むっつりした目つきを向けるだけでレスターを黙らすことができるのだった。マッジの不機嫌の大半は、彼女の機嫌にただ一人鈍感な夫のチェザーレが原因だとルースは思っていたが、それにしても今朝は何に腹を立てているのだろうか。

客間に向かいながら、自分に会いに来た男というのは、おそらく警察官だろうと予想していたのだが、ルースを見て所在なげに立ち上がったのは、鼻眼鏡をかけ、皺の寄ったリネンのスーツを着た、禿げた老人だった。ナポリにあるレスターのアンティーク・ショップで支配人を務める、ルイージ・

セバスティアーノだ。

彼は明らかに動揺しており、握手をした手が震えていた。手のひらが汗ばんでいるだけでなく、禿げ上がった黄褐色の額にも大粒の汗が浮かんでいる。

「本当なんですか」セバスティアーノは震える声で尋ねた。「息子さんがお父上を殺害したという噂を耳にしたのですが、事実なんでしょうか」

「セバスティアーノさん、とにかくお座りになってください。お加減がよろしくないように見えますわ」ルースはそう言って、彼のために椅子を引き寄せた。

「本当なんですか」セバスティアーノはルースの手を放そうとしない。「違いますよね。何かの間違いだと思うのですが」

「誰にお聞きになったんですか」

ようやく椅子に座ってくれたので、ルースはほっとした。「私は大丈夫です。ご心配には及びません」と、呼吸は荒いながらも、セバスティアーノはルースを安心させようとした。「ただ、ショックが大きくて。どうしても信じられないのです。あなただって、信じられないでしょう?」

「ええ」と、ルースは答えた。「信じていません」腰を下ろしたとたん、急に疲れを感じ、泣きだしたい衝動に駆られた。セバスティアーノに対してルースは悪い感情を持っておらず、いい人だという話しか聞いていなかったし、数回顔を合わせたときも、とても親切で感じがよかった。なのに、この人に立ち向かわなければならないのかと思うと、耐えられない気がしたのだ。「何かお飲み物をお持ちしましょう」と、ルースは言った。「冷たいものか、コーヒーでもいかが?」

「あ、いいえ、結構です。どうぞお気遣いなく。それより、事件のことをお聞かせください。息子さんに、いったい何があったのです？　逃亡しているというのは本当なんですか」

「どうも、そのようです」

「でも、どうして？　ニッキーはいい子です。私たちは、みんな彼の友人なのです。なぜ、ニッキーが私たちから逃げたりするのでしょう」

「私にもわかりません」ルースは深いため息をついた。

「彼が父上を殺すはずがありません」と、セバスティアーノは言った。「もし、噂どおりシニョール・バラードが殺害されたのだとしても、犯人は絶対にニッキーではありませんよ」

「事件のことを、誰に聞いたんですか。警察のわけはありませんよね」

「ええ、直接は。でも、ニッキーについてしつこく訊かれて……。私が彼の行方を知っているかもしれないと思ったようです。ニッキーと私は親しい間柄ですから。店にある美しい商品を見せて説明するのを、彼は喜んで聞いてくれました。お父上より、よほど美しい品に対して見る目がありました。シニョール・バラードは商品的価値にはうるさかったですが、形や職人の技巧、調度品の所縁《ゆかり》や、上質な珍しい釉薬《うわぐすり》といったものには関心がありませんでしたからね。ニッキーは、そういうものへ深い理解を示しました。私にすべてを仕込んでくれたお爺様にそっくりです。お母様にも似ています。お母様のことはご存じないんでしたか？　ああ、そうでしたね。私は、あの方が子供の頃から存じ上げています。とてもお優しくて善良な、ニッキー似の美しい人でした。ただ、彼と同じように、心の奥底にいつも不幸の種を抱えていましてね。まるで、癒しようのない痛みを心に植えつけられて生まれたかのようでした。そういう女性は、得てして悪い男と結婚してしまうものです。心の痛みが一生続くのを自ら望むかのように。そうして心から相手を愛せば愛すほど、自分が傷ついていくのです」

「では、あなたは、バラードさんが悪い男だと思っていらっしゃるのですね」

「はい、彼は悪人でした」

「どういうふうに？」セバスティアーノの震える声があまりにきっぱりしていたので、ルースは思わずたたみかけるように問いかけた。

セバスティアーノは困惑顔になった。鼻眼鏡を外し、砂が入ったときのように、両目を順番にこすった。

「すみません――お亡くなりになったんですよね」と口ごもった。「口が過ぎました。親しく思っていらっしゃる方の前で」

「いいえ、私も彼を悪い人だと思っていました」と、ルースは言った。「ニッキーに対して非情で冷淡すぎると。でも、あなたのおっしゃり方からすると、彼を悪人呼ばわりする別の理由があるように思えます」

セバスティアーノは丁寧に眼鏡を拭くと、再び鼻にかけ、こすって赤くなった目で不安そうにルースを見た。

そして、意を決したように口を開いた。「私は長年、シニョール・バラードの悪人ぶりを見てきました。彼は犯罪者です。もっと前に警察に行けばよかったのですが、そのときは怖気づいてしまって。今では、行くべきだったと心から思います。適当な時期にきちんと義務を果たすべきだったと。でも、とにかく恐ろしかったのです」

「バラードさんが？　彼に脅されたのですか」

「いいえ、シニョール・バラードは、私が知っていることに気づいていませんでした。私を何も見ていない、ただの愚かな年寄りだと思っていて、それが私の狙いでもあったのですが、とてもよくしていただいて、雇い続けてもらえました。そう、私が怖かったのは、仕事を失うことだったのです。もう年で、心臓に持病を抱え、貯金もほとんどありません。こういう場合、目をつぶるのが最も楽な方法なんですよ。おわかりでしょう？　どこでも、みんなやっていることです。少しでも立ち止まって考えると吐き気を覚えてしまう腹立たしい犯罪に目をつぶっている人は大勢います。しかも、そのことで眠れなくなることすらない。私は自分の臆病さに眠れない夜もあったのですが、しょっちゅうというわけではありません。それよりも、犯罪について知っているのを感づかれるほうが恐ろしかった——警察かシニョール・バラードに気づかれたら、身の破滅ですから。警察は当然、私を共犯と判断するでしょうし、シニョール・バラードは——おそらく私を殺させたでしょう」

「その犯罪というのは——何だったんです？」ルースは勢い込んで尋ねた。

「彼は、盗品の故買屋だったのです」

「まあ……そうだったんですね！」

すぐにスティーヴンに連絡しなければ、と思った。きっと、一刻も早く知らせたほうがいい情報だろう。だが、セバスティアーノが帰るまで電話をするわけにはいかない。

「バラードさんは、宝石を扱っていました？」

セバスティアーノは警戒するような目でルースを見た。「なぜ、ご存じなのです？　以前はほとんどが絵画でしたが、近頃は、さまざまな貴石を扱っていました。しかし、どうしてわかったのですか」

「彼がお店で宝石を扱っていたかどうか、警察に訊かれたんです。かなりしつこく尋ねられたんですけど、そのときはなんとも思いませんでした」

「ということは、すでに警察も疑っているのですね」視線はルースに向けているが、どこか遠くを見ているような目つきだった。「今朝、どうあっても警察へ行こうと心を決めました。ニッキーが父上の死と関係あるはずがないですからね。これは、ギャング絡みの殺しですよ。シニョール・バラードは、裏で彼を操っていたギャングのボスを怒らせたに違いありません。私はそう思います」

「じゃあ、バラードさんがボスだったのではないんですね？」

「違います。評判のいい有名店のオーナーだったために、ギャングに利用されただけです。それも、二代にわたって築き上げた立派な評判ですからね。バラード夫人の父上とお爺様が、几帳面さと知識と誠実さで培ったものです。まさか、そんな店が実は泥棒どもの根城で、オーナーは卑しい詐欺師だと誰が思うでしょう。かつての評判を失ったというわけではないのですが、時々店内に立って、陳列されているまがい物を見まわすと、涙が出てくることがありました。それでもやはり、勇気がなくて、恐怖のあまり何もできなかったのです」

「それで、ボスは誰なんですか」

「わかりません。店に現れたことはないと思いますが、シニョール・バラードは頻繁に連絡を取っていたようです。店に来た男たちにボスの話をして、指示を出しているのを聞いたことがあります。彼は、ボスを恐れていたように思います。時々、ボスにミスを罵られて、ほかの人間に当たり散らしていましたから」

「あなたは、そのボスが彼を殺したと考えていらっしゃるんですね」

「自分では手を下さずに、部下に殺させた可能性もあります。シニョール・バラードが一味を危険にさらすようなミスをしたために、消されたのではないかと思うのです。もう一つ、私が考えていることをお教えしましょう」セバスティアーノがいちだんと身を乗り出し、震える太い指がルースの腕にぶつかった。「殺害の場面をニッキーが目撃してしまい、そのせいで逃げているのではないでしょうか。警察から逃げているのではなく、ギャングから身を隠しているのですよ。このまま、うまく隠れていてくれればいいのですが。戻ってこようものなら、とたんに殺されかねません」

ルースは、急に立ち上がって部屋を横切った。窓辺へ行って窓枠に寄りかかり、サンアンティオーコで上がる打ち上げ花火の音に耳を澄ます。一日中続いている騒音は、聖人の肖像画を肩に担いだ人々の行列が口々に賛美歌らしきものを歌いながら町じゅうを練り歩く夕方に向けて、ますます激しさを増していた。よくあることなので、スティーヴンに言ったように普段はほとんど気づかなくなっているルースだったが、今日ばかりは、遠くで花火の音が響くたびに神経を逆撫でされる気がした。

どうやらセバスティアーノは、山道の脇で見つかった遺体がレスターだと信じているらしい。彼が考えているのは、そちらの殺人事件だ。この部屋で別の殺人が行われ、顔とシャツに血糊をつけて、撲殺に使用した凶器のようなものを手にしたニッキーが慌てて出ていくのを、ルースが目撃したことは知らない。今のセバスティアーノの話は、サンアンティオーコから姿を消すためのレスターの計画に関することであって、彼自身の殺害とは関係がないのだ。

ルースは振り返って老人の顔を見た。

「これから、どうなさるおつもりですか」

セバスティアーノは両手を握り締めた。「警察に行かねばならんでしょう。今は、それ以外に方法がありません。私は、あの子を大事に思っています。彼のお母様やご家族には、本当にお世話になりました。その恩義に報いるには、怖気づいていてはいけないのです」

「あなたは、どうなるのでしょう?」

「わかりません」セバスティアーノは肩をすくめた。「判決内容より、心臓のほうが心配です。刑期が長かろうと短かろうと、おそらく私には同じことでしょう」

「あなたの告白が殺人犯の逮捕に役立てば、情状酌量もあるのではないですか」

「そうかもしれませんね。それを聞いて、希望が湧いてきました」

「それにしても、どうして私に打ち明けにいらしたんですか」

「あなたが、ニッキーを大切にしてくださっているからです。あなたのご心配を少しでも拭う一助になればと思いまして」

「それはご親切に」

「それにあの子も、あなたをとても慕っていますから」両手を椅子の肘に置き、のろのろと立ち上がった。「この件がすべて片付いても、すぐには去らないでいてくださるとありがたいです。ご自身の将来を考えねばならないのはわかりますが、ニッキーの未来も考慮していただきたいのです。彼は殺人犯ではありません。その点はご心配なく。だって、犯人は車を運転したのでしょう? 遺体を車で山道まで運んだわけですから。ニッキーが運転できないのは、誰だって知っています」セバスティアーノは、ルースに片手を差し出した。

そのとき、誰かがテラスを急いで横切る足音が聞こえた。

セバスティアーノは差し出した手を脇に下ろし、不安そうに窓のほうを見た。背の高い人影が窓の外を通り過ぎ、ドアの向こうからアメデオ・ランツィの声が聞こえた。

「入ってもいいかな、ルース」

言いながら入ってきたアメデオは、驚いた声を出した。「シニョール・セバスティアーノ！」

二人は固い握手を交わした。

「今、お暇《いとま》するところでした」セバスティアーノは、急におもねるような態度に変わった。「お悔やみを申し上げて、何かお手伝いできればと伺ったのです」

「私のために急がなくてもいいんですよ」と、アメデオが言った。「内密な話でも急用でもありませんから。どうぞ、ごゆっくりなさってください」

「いえいえ、ちょうど失礼するつもりだったのです」セバスティアーノは再びルースに片手を差し出した。

ルースがその手を握ると、アメデオが訊いた。「シニョール・セバスティアーノ、これからナポリに戻られるんですか？　車で来ていますから、少し待ってくだされば、駅までお送りしますよ」

それは助かります、と老人は答えた。本当は申し出を断りたいのだが、サンアンティオーコの警察署に用事があるのをアメデオに知られることなくそうする方法を思いつかなかったように、ルースには見えた。

「車にご案内しましょう」と、アメデオは言った。「シーブライトさんと話があるので、すみませんが、車内でちょっと待っていてください……」

二人は部屋を出ていった。アメデオが戻ってくるのを待ちながら、話というのは何だろう、とルースは思った。口ぶりからすると、人に聞かれたくない急用らしい。
一、二分して、アメデオがやってきた。足早に入ってきて、すぐにも口を開きそうだったが、何を言おうとしたのか急に忘れたかのように立ち止まり、途方に暮れた顔でルースを見た。まるで、忘れた言葉を見つけてほしい、と言っているようだ。

「話って？」と、ルースは促した。

アメデオは、はっとして顔を曇らせた。そしてルースのほうへ歩み寄ったが、その態度には、どこか尊大で威圧的な雰囲気が漂っていた。

「今朝、妻に会ったそうだね。昨日の午後、妻に誘われてうちを訪れたが、彼女が約束を守らなかったと言ったんだって？　警察の聴取の内容からして、彼らにもそう言ったようだが、それはとても愚かな行為だよ。君の不都合になる言動を僕らが喜んでするはずがないとはいえ、君のために嘘はつけない。それが何であっても、真実を話すべきだ」アメデオは一瞬言葉を切ってから、かすれ声で繰り返した。「それが何であろうとね！」

第十三章

アメデオは知っているのだ、とルースは思った。彼はマルグリットとレスターの関係に気づいている。

そう結論づけた根拠はうまく説明できないが、アメデオの表情と声のトーンには、わざと演じているような不自然さが感じられた。しかも、渋々演じている気がする。自分が言った言葉も、それを口にしたことも不本意そうだった。だが、ルースと妻のどちらを取るかという選択を迫られれば、どうしたって妻なのだろう。

ルースは不思議と怒りを感じなかった。いつも自分を臆させる彼の態度を跳ね返し、同情していることを伝えて慰めてあげたいとさえ思った。といっても、アメデオがそれを受け入れるとはかぎらないし、かえって反感を買って、ますます尊大になるだけかもしれないが。

それにしても、とルースは考えた。彼は実際、どこまで知っているのだろう。単なる憶測にすぎないのか、それとも妻がレスターと駆け落ちしようとしていたことまでつかんでいるのだろうか。レスターがナポリで行っていた犯罪や、レスターの殺人計画にマルグリットが協力していたことは知っているのか？　そもそも、ルースに責任をなすりつけようとしているのは彼女だと気づいているのだろうか。あるいは、警察の捜査によって妻とレスターの不倫が明るみに出るのを、防ごうとしているのか？

　これらの疑問について考えているあいだ、ずっと無言だったことをルースは忘れていた。考え込みながら、黙ってアメデオを見つめていたのだ。自分の言葉に対するルースの奇妙な反応に困惑した彼の目を見て、何か言わなければと気がついた。

「ええ、あなたの言いたいことはわかるわ」と口にしてから、露骨な皮肉に聞こえたのではないかと、ルースは後悔した。

「信じてくれ」と、アメデオは言った。「君を傷つける気はないんだ」

「そうね、そうなんだと思うわ」

「真実に忠実なことが最終的にはいちばんだと、いずれわかるよ」

「つまり、別のアリバイを考えなければならないってことね」

「できれば、それに越したことはない」

「信頼できるものをね」

　アメデオは、その言葉に込めた皮肉に気づく様子もなく、真剣な面持ちで頷いた。

「午後、君を見た人はいなかったの？」と、彼が訊いた。「事件が起きた時間に君がここにいなかったと証言してくれそうな人はいないのかい？」

「ここに？　警察は、殺人現場はここだと断定したの？　どうしてそう考えたのかしら」

　青ざめたアメデオの顔が、さっと紅潮した。うっかり口を滑らせたのだ。

「ここにいなかったことを証明しようとやっきになっていたのは、君じゃないか。で、誰にも会わなかったのかい？　君が留守だったことを裏づけてくれる証人はいないの？」

カマをかけられているのだと感じたルースは、慎重に対応することにした。アメデオに同情はするし、妻に対する忠節心にも感心するが、彼の術中にはまるのはごめんだ。事件が起きる前にマルグリットが電話してきたのを知っている人間か、ルースがサンアンティオーコのランツィ家に出入りするのを目撃した人間がいるかどうかを知りたいのだとしても、ルースに答える義務はない。

「考えてみるわ」と、彼女は言った。「誰かいるかもしれない。ひょっとしたら——」ルースの頭に、あることがひらめいた。どうして今まで思いつかなかったのだろう。昨日の朝、電話が鳴って、マルグリットと話しているのを耳にした人物がいるかもしれないではないか。ニッキーなら聞いていた可能性がある。

だが、電話が来たときにニッキーがまだ家の中にいたかは定かでないし、たとえいたとしても、聞いていたのはルースの受け答えだけだ。

アメデオは、じっとルースの顔を観察していた。

「思い当たることがあるんだね？」

その言い方に、ルースは微かな希望を感じ取った。ルースを裏切ろうとしている自分を戒めてほしいと願っているようにも聞こえた。だが、彼女は肩をすくめてみせた。

「わからないわ」

「シニョール・セバスティアーノをこれ以上待たせておくわけにはいかない」と、アメデオは言った。「彼にとっては大変な不幸だ。おそらく、在庫を売り払ったら店は閉じられ、彼は職を失うだろう。あの業界では知られた人で、知識も評判も申し分ないが、このご時世では、病気の年寄りを雇ってくれるところはないだろうからね。貯蓄が十分あるといいんだが」

ぎこちなく小さな会釈をし、アメデオはくるりと背を向けた。いつものように握手を求めなかったことにルースは安堵し、車が走り去る音を聞いて胸を撫で下ろした。アメデオと言葉を交わすごとに二人のあいだに緊張感が増し、しっかりした口調を保つのがつらくなっていたのだった。

アメデオがいなくなったとたん激しく震えだしたということは、思っていた以上に彼に脅威を感じていたのかもしれない。今にも泣きだしてしまいそうな気持ちになり、大声で叫びたい衝動が突き上げてきた。

レスターが酒を保管していた戸棚に駆け寄り、グラスにブランデーを注《つ》いだ。すると、そこへマッジが現れた。

「私も、もらおうかしら。付き合うわよ」

ルースからデカンタを受け取り、戸棚のグラスを出して自分で注いだ。

「ついに、あなたもまいったのね」と、マッジは続けた。「いつになったら、神経がおかしくなるかしら、って思ってたのよ。そんなに取り乱すなんて、ランツィのおやじに何を言われたの？　どんなことだろうと、私なら気にしないわ」どうやら、マッジの不機嫌は峠を越えたようだった。つっけんどんでいながら親愛の情のこもった、普段の口調にほぼ戻っている。「あの人は、大事な奥さんのことしか頭にないのよ。うまいことやる女ってのは、いるもんなのね。身持ちの悪い女だってことは旦那も知ってるのに、それでも我慢して、女房が何をしようと味方をするんだから。どうやるのか、あの女にコツを教えてほしいもんだわ」

「あなただって、チェザーレにずいぶん我慢しているでしょう？」ルースは背もたれに体を預けて座り、ブランデーのおかげで神経がほぐれるのを感じながら言った。「はたから見ると、結婚生活って不可解だわ」

マッジは小さく笑った。同じように椅子に腰を落ち着け、ブランデーを呷《あお》る。その姿を眺めながら、この屋敷の全員に影響力のある存在なのに、座っているのを見るのは初めてだ、とルースは思った。

「慣れっこになってしまうのよ」マッジは蚊に刺された足首を掻いた。「そうじゃなかったら、とっくにチェザーレと別れてるわ。ぐうたらで、金を稼ごうとしないうえに浮気者だもの。でも、人生をやり直すには、ちょっと遅すぎるの。五年前なら決断したかもしれないけど、今じゃ、もう面倒なだけよ」

ルースは不思議そうにマッジを見た。「だけど、不幸ではないの？」

「不幸じゃない人なんている？　周囲を見まわして、本当に幸福な人を見つけてごらんなさいな。できないでしょう」

「できると思うわ——少なくとも、かなり幸せな人ならいるわよ」

「それは、その人たちをよく知らないからよ。ここがいい例だわ——バラード、ランツィ夫妻、あなたと私……。数日前なら、あなたは、みんなかなり幸せだって言ったんじゃない？　でも、今はどうかしら。同じことが言える？　あのね、昔の私なら不満をぶちまけたかもしれないけど、いろいろ学んで、不愉快なことに動じなくなったの。あまりにもたくさんのことを見すぎたのね。最善の策は、慣れたら、それにしがみつくことよ。そこで我慢できるのはわかっているけど、変えてしまったら耐えられないかもしれないじゃない。でもあなたはまだ若いから、私の言うことがわからないでしょうね」

ルースは考えていた。「要するに、アメデオと私の話を聞いていたってことね」

「ご名答」と、マッジは答えた。「屋敷内で起きていることには、いつだって耳を澄ましてるの」

「だったら、どう思った？――私がランツィ家へ行った件についてのアメデオの話」

「そりゃあ、あなたとあの女のどちらを信じるかって言われたら、あなたに決まってるわよ」

「ありがたいわ」

「だけど、みんながそうとはかぎらない。あなたが難しい立場に立たされているのは確かで、そうさせたい人たちがいるんだと思うわ」

「ランツィ夫妻のこと？」マッジは、どこまで知っているのだろう。マルグリットとレスターの不倫だけでなく、駆け落ちの計画も知っていた可能性はあるだろうか。

マッジは肩をすくめた。「事件に何かしら関わっていなければ、あなたをあんなに必死にはめようとはしないわね。発覚しては困ることがあるのは間違いないけど、夫人は午後中、海辺で大勢の人に目撃されてるし、夫のほうはチェザーレや私と同じようにずっとナポリにいたんだから、二人とも犯行は無理だわ。だからといって、無関係ってことにはならない。私の推理を教えてあげましょうか……」

「何？」

「あなたが標的になったのは、この家で唯一アリバイのない人間だったからだと思うわ。個人的に恨みがあるわけじゃなくて、たまたま所在をはっきり証明できない状況にあったから、都合がよかったのよ。あなたに疑いを向けて、自分たちに関する事実から目を逸らさせたかったんだわ。例えば、ランツィさんのアリバイを詳しく調べられては困るとか。本当はナポリに行っていないんじゃないかしら」

「ナポリ行きの列車の中で、彼を見かけなかったの？」

「見なかったけど、そんなのは意味がないわ。人混みに紛れていたのかもしれないし、違う列車に乗っていたのかもしれない」

「マッジ、昨日の朝、バラードさんがナポリに行ったのは間違いないの？」

マッジはグラスのブランデーを飲み干した。「そこが面白いんだけどね、チェザーレと私で意見が食い違うのよ。チェザーレは行ったって言うけど、私に言えるのは、列車に乗るところを見たってことだけ」

「一緒に乗って行ったんじゃないのね？」

「まさか。チェザーレと私が一等列車に乗れるわけがないでしょう」

「でも、チェザーレはナポリで彼を見たと？」

「そう言ってるわ」

「チェザーレの言うことを信じないの？」

マッジは再び肩をすくめた。「信じていないってわけじゃないけど、自分の目で見ていないことは、チェザーレが何を言おうと信じないことにしているの。あの人、平気で嘘をつくのよ！　嘘をつくことを楽しんでるみたい。自分が得するわけじゃないのに嘘をつくんですもの。今朝、警察に何て話していたか知ってる？」

ルースは首を横に振った。

「彼ったらね……」チェザーレの嘘を面白がっているかのように、マッジはうっすら笑みを浮かべていた。だが、そこで言葉を切って急に真顔になり、心配そうな表情に変わった。「あなたのことなのよ。話すのは気が進まないんだけど、実はそれを伝えにここへ来たの。だから最初にお酒を飲んだわけ。言いにくいことって、あるでしょう。特に面と向かってはね。しかも、噂を広めているのが自分の夫だとしたら、なおさらよ。といっても、チェザーレ一人が広めているわけじゃなくて、ほかの人たちからも聞いたわ。そのたびに、ちゃんと私の意見を言うんだけどね。でもどうやら、ある考えが、なかでもイタリア警察の頭にこびりついてるみたいなの」

「いったい、何なの？　早く教えて」ルースは、しびれを切らしてせっついた。

「あなたとバラードさんが特別な関係だった、って言うのよ」

ルースは大きく息をのんだ。同じ噂を再び聞かされ、われを忘れるほどの怒りが込み上げてきて、ブランデーを飲んだことを後悔した。前回と違って、怒りを抑えきれなくなったのだ。

「本当に大勢の人が噂しているのね」と、ルースはうわずった声で言った。

「まあ、仕方ないわよ」言いながら、マッジが立ち上がった。「あなたのような魅力的な女性と、バラードさんみたいな人が同じ家に住んでいるんだもの。でもチェザーレは、そんなの嘘だってわかってるのよ。まったく、聞いたときには、殺してやろうかと思ったわ」

ルースが何か言うかと少し待っていたようだが、無言のままだったので、マッジは続けた。「食べたかったら、昼食を用意してあるわよ。私たちは、あなたが出かけているあいだに食べたの。たとえ、どんなに心配でも、食事を忘れてはだめ。テラスに持っていきましょうか？」

「ありがとう、マッジ」ルースは舌先で唇を舐めた。「私の噂だけど――もし、それをみんなが信じたら――私に動機があると思われかねないわよね。『痴情のもつれによる殺人』だって――そんな、なんてこと！」

「だから、あなたに教えなくちゃならないと思ったの。ランツィ夫婦があなたに疑いを向けようとしているのだとしたら、この噂は大いに彼らの助けになるでしょうから」

「だけど、そんなこと、誰も信じやしないわ」と、ルースは食い下がった。「私、レスターをとても嫌っていることを隠さなかったもの。レスター本人だって知っていたくらいよ。そう考えてみれば、彼の計画は……」

ルースは驚愕して口をつぐみ、すんでのところで間に合った。もう二言、三言、口にしていたら、レスターが駆け落ちを計画していたことばかりか、それ以上のことをやろうとしていた事実をマッジに漏らしてしまうところだった。

ルースは、不快なものを見るようにグラスを置いた。ブランデーを飲んだのは、やはり間違いだった。ルースがつい言いそうになったのは、レスターを嫌い、ニッキーの味方をする彼女への報復として、峡谷で遺体が発見される偽レスター殺害の容疑が彼女にかかるよう、レスターが自分で計画したのではないかということだった。そうだとすれば、ルースがレスターを愛していて、実は愛人なのだという噂を、マルグリットや彼自身が広める必要がある。そして、マルグリットが自分を家に誘ったのは、確かなアリバイをなくすために仕掛けられた罠《わな》だったとも考えられる。

マッジが言った。「女が男のことを嫌いだとひけらかしてみせたらね、十人中九人は、相手や自分自身、そして周囲の人から本心を隠すために煙幕を張っていると思うものなのよ。そして、男がハンサムで女にモテて、お金も十分持っている場合には、その判断は九分九厘正しいわ。今回はたまたまその条件に当てはまっただけだって、あなたと私にはわかってる――チェザーレだって知ってるのに、最低ね！　でも、だからといって噂を止められるわけじゃないの」

戸口からチェザーレの陽気な声がした。「なんだって、哀れな夫を最低呼ばわりしているのかな?」いつからそこに立っていたのか、ルースたちにはわからなかった。摘みたてのピンクのゼラニウムの束を片手に握っている。

マッジは憤然と振り向いた。

「どうしてかは百も承知でしょう、このろくでなし! あんたが嘘をついて噂を広めていることを私がどう思っているか、わかってるはずよ。何をしても許されると思ったら大間違いなんだから。いいこと、気をつけなさいよ。私にも我慢の限界があるんですからね。その気になったら、あんたに関する噂を広めることだってできるのよ……。で、その花をどうしようっていうの? 私たち、花なんて要らないわよ」

チェザーレは妻の非難を無視し、最後の質問にだけ穏やかに答えた。「だって、とてもきれいじゃないか。シニョリーナがあんまり悲しげで不安そうだから、持ってきてあげたのさ」

「ルースさんは、ピンクのゼラニウムは好きじゃないの」と、マッジはぴしゃりと言った。「それに私は、キッチンに花が散らかるのはごめんよ。持ってってどこかに捨ててちょうだい」

「シニョリーナは、ピンクのゼラニウムが嫌いなのかい?」チェザーレが不思議そうに繰り返した。

「そうよ。昨日、この部屋の花瓶にゼラニウムを生けておいたら、ルースさんはキョウチクトウに変えたもの。さあ、もう邪魔しないで、あっちへ行って」

「でも、俺は伝言があって来たんだよ」と、チェザーレは言い訳がましく呟いた。手に持った花束を気の毒そうに見下ろし、花の一つをそっと撫でている。「県警察本部《クエストゥーラ》の刑事さんがまた来て、シニョリーナと話したいって言ってるんだ」

チェザーレが一歩脇に避《よ》けると、今朝ほかの警官らと捜索に訪れた刑事が入ってきた。ルースは刑事の顔を見もしなかった。ピンクのゼラニウムの花束と、その上に覗く、微笑みを浮かべた色黒のチェザーレの顔から目が離せなかったのだ。

第十四章

あらたまってルースに挨拶をしたチリオ刑事は、ガルジューロ夫妻が出ていくまで、投げやりな、ややじれったそうな目つきで、立ったまま部屋を見まわしていた。二人になると、ルースの勧めに従って腰かけた。彼がいてくれるおかげで、奇妙にもルースの気持ちは落ち着いてきた。たった今受けたショックのせいか、チリオが味方に思えたのだった。この人には不可解な一面も、自分に対する悪意もない。友情も敵意も関係なく、その二つを巧みにごまかすこともしない。彼はただ真実を知りたいだけで、世界はまともなのだと感じさせてくれる存在だ。

ルースにとって、とても危うい瞬間だった。もし、チリオがこの場で絶妙な言葉をかけていたら、知っていることをすべて打ち明けてしまったかもしれない。

実際には、彼はどこから話していいかわからない様子でほっそりした顔をしかめ、すでにした質問に対して答えを考える時間を与えているかのように、もの問いたげな表情でルースを見つめていた。

しばらくして、チリオ刑事はようやく口を開いた。「今朝、サンアンティオーコへ行きましたね」

「はい」と、ルースは言った。

「シニョーラ・ランツィにお会いになったんですか」

「はい」

「シニョール・エヴァーズにも?」

　スティーヴンの言ったとおりだ。警察はルースを張り込んでいたのだ。

「はい」と答える。

「私は、あなたが説明してくださった昨日の行動について、彼らにも確認しなければなりませんでした。必要であることはおわかりいただけますね。関係者全員にお訊きしなければならないのです」

「当然です」

「シニョール・エヴァーズからは、あなたと一緒にいた時間についての証言が取れましたが、シニョーラ・ランツィは違いました」

「知っています」

　チリオは細くて黒い眉を上げた。「シニョーラ・ランツィに招待されたとわれわれに話したとき、彼女が証言しないとわかっていたのですか」

「いいえ、もちろん、そのときは知りませんでした」

　チリオは、少し待ってから言った。「説明していただけますか」

「そうしたいのは、やまやまですが、残念ながら私にもわからないんです。私がお話ししたことが真実で、彼女は嘘をついている。私に言えるのはそれだけです」

　この話をチリオがすぐには却下しなかったので、ルースは少し驚いた。

「あなたの話を裏づけてくれる人は、ほかにいませんか」と尋ねたのだ。

「ランツィ夫人と電話で話しているのを、ひょっとしたらニッキーが聞いていたかもしれませんが、定かではありません。すでに出かけていた可能性もあります。たぶん、もういなかったのではないでしょうか。たとえニッキーが聞いていたとしても、相手がランツィ夫人だとは証明できないでしょうし」

「そうでしょうね」チリオは片手で膝を叩き始めた。落ち着きのないこの些細な動きから、ルースは、実は彼が質問とは違うことを考えていて、答えに注意を払ってはいないのだと感じた。「そのニッキーですが、彼に関しては人によって証言がさまざまなのです」と、チリオは言った。

「だと思います」

「ニッキーの失踪は、実に不可解です。犯人は車の運転ができた人間に間違いなく、誰もがみな口を揃えて、彼は運転ができないと証言していますから、殺人に関わった可能性はありません。それなのに姿を現さないのは、偶然、犯行を目撃してしまい、身の危険を感じているためとも考えられます。その可能性は否定できません。もう一つあり得るとすれば、自らの意志でいなくなったのではないケースです。その場合、彼に何らかの危害が及んでいると考えざるを得ません」

「捜索してくださっているんですか」

「もちろん、手を尽くしています。でも今は、あなたの昨日の行動に話を戻しましょう」チリオの指はまだ膝を叩いていた。「あなたの話が正しくて、シニョーラ・ランツィが嘘をついているとして、彼女がなぜ、そんな奇妙な言動をしたと思われますか」

　チリオ刑事の口調は、きわめて冷静で落ち着いていて、倦怠感をたたえた青白い顔は不親切というのではなく、とても知的で、正直に答えても大丈夫なのだと思わせた。マルグリットがレスターと共謀して殺人計画を立てていたこと、犯行時刻にルースを自宅から遠ざける必要があったこと、レスターが使う車を用意するため、ルースを自宅で迎えるわけにはいかなかったこと、恨みからなのか自分の身を守りたい一心からなのか、ルースに疑いがかかるよう仕組んだこと、そして何より、二冊の偽造パスポートとブエノスアイレス行きのチケットを見せれば、それを証明できることを、すべて打ち明けるのが最善ではないのかという気がした。そうすれば、どんなに楽になるだろう。

あえてチリオと視線を合わせ、ルースは答えた。「私が思っている以上に、彼女は私のことを嫌っているのだと思います」

「理由もなく——一方的に嫌っているのですか」

「彼女のほうには理由があるのでしょう。自分ではわかりませんが、彼女の気に障ることをしたのかもしれません」

チリオは首を振った。

「それ以上、私には説明ができません」と、ルースは言った。

「それは残念です。なぜなら……」

「なぜなら？」

チリオの狭い額に寄った皺が険しくなった。

「よく考えてください！」と、彼は唐突に声を上げた。「思い出すんです！　あなたがランツィ家へ出入りするところを見た人はいませんでしたか。あなたのアリバイを証明するものはないんですか」

「メモがありました」と、ルースは答えた。「待っていてくれという内容のメモをランツィ夫人が客間のテーブルに残していたんです。家を出る前に、もう待てないので帰ります、と、そのメモに書きました」

「メモは今どこに？」

「捨てられたんじゃないでしょうか」

「あなたのおっしゃるとおりなら、そうでしょうね」

「本当です」

チリオ刑事は立ち上がった。「ええ、きっとそうなのでしょう。嘘だとは言っていません。しかし、われわれは、あらゆることを検証する必要があります。昨日のアリバイを説明できないのは、あなただけではありません。例えばシニョール・エヴァーズは、あなたと別れてから入り江でシニョーラ・ランツィと会うまでの時間、何をしていたか証明できていません。本人はホテルにいたと言っていて、おそらくそうだとは思うのですが、あいにく目撃者がいませんでね。ガルジューロ夫妻はナポリにいて、奥さんは義理の母親を訪ね、旦那さんのほうは何人もの友人と会っていました。シニョール・ランツィも午後はずっとナポリのオフィスにいて、それを裏づける人が複数いますし、奥さんは午後中、入り江にいました。ですが、われわれが調べなければならない人間は、それだけではありません。事件の原因が、必ずしもサンアンティオーコにあるとはかぎりませんからね」

後半は、ほとんどルースの耳には入っていなかった。

「スティーヴンが説明できない時間帯があるとおっしゃいました？」と、彼女は訊いた。「てっきり、私と別れたあと、真っすぐ入り江に行ったのだと思っていましたけど」

「いいえ、一時間以上あとだったのです」

チリオは、だしぬけに部屋の奥へ歩きだした。窓の下に置かれた緑と白のストライプのソファに近寄ったかと思うと、一方の肘掛けをつかみ、強く引っ張って壁から離した。長いことそこに立ち、無表情でソファの裏を見ている。やがて、ソファを元に戻した。くたびれたような黒い瞳がルースの目と合った。

「シニョリーナ、そのメモを見つけてください」と、彼は言った。

ルースは一言も発することができなかった。顔面蒼白になっているのがわかる。

ドアへ向かったチリオが戸口に達したのを見てルースは立ち上がり、あとについてテラスへ出た。

そこでようやく口を開くことができた。

「刑事さん、お尋ねしようと思っていたのですが、セバスティアーノさんには、もうお会いになりました？」

「ええ。今朝、ナポリで」

「いえ、そのあとのことです。ここ三十分くらいのあいだに。さっきまで彼は、ここにいたんです」

「そうなんですか。知りませんでした」

「今頃、警察署であなたを待っているかもしれません。とても重要な話があるそうなんです」

「わかりました。これから行ってみます」

「では、ここで」

「失礼します。例のメモを見つけてくださいーーぜひ捜し出してくださいね！」

チリオは停めてあったジープへと向かっていった。

彼がいなくなったとたん、ルースは踵《きびす》を返して屋敷に飛び込んだ。ソファへ駆け寄り、壁から引き離す。たいそう重く、力いっぱい引っ張らなければならなかった。裏を見て、チリオが何を見つめていたのか、ルースにもわかった。ストライプの布に、薄茶色の染みがいくつかついているのだ。

外で打ち上げ花火が続けざまに空に上がった。これまでより、かなり近かった。ルースは耳をふさぎたくなった。あの音は嫌いだ。

チリオの言葉が頭の中をぐるぐる回った。例のメモを見つけてください。例のメモを見つけてください。例のメモを見つけて……。

いや、無駄だ。もはや、メモが存在するわけがない。今頃は、灰になって風に飛ばされてしまったか、排水管に流されているだろう。打ち上げ花火が破裂したあと空から舞い落ちる焦げた紙切れのように、ほとんど原形をとどめていないはずだ。

だが、もしかすると、自分がランツィ家に入るところか出るところを見た人がいるかもしれない。必死に思い出してみれば、ひょっとして……。

ルースは思わず笑いだしていた。いるではないか。そうだ、そうだった。体の奥底から笑いが込み上げてきた。ルースは電話に飛びついた。

スティーヴンのホテルの番号を回す。相手が出ると、スティーヴンを呼んでもらった。待つよう言われ、一、二分してスティーヴンの声が聞こえた。「ルース?」

「馬車の御者《カロッツァ》よ」と、ルースは言った。「ジュリオよ。フェルト帽をかぶった御者」

一瞬の沈黙ののち、スティーヴンが訊いた。「それが?」

「彼が私を見たわ」ルースは興奮して続けた。「ランツィ家を出るところをジュリオに見られたの。私が屋敷を出たとき、ちょうど坂道を下ってきたのよ。どうして、今まで思い出さなかったのかしら。スティーヴン、彼を捜してくれる? ちゃんと覚えているかどうか訊いてみて」

「ジュリオね」と、スティーヴンは言った。「フェルト帽か。やってみるよ」また一瞬、間があいた。

「何かあった? 声が少し変だよ」

「そうなの、いろいろあったのよ。例の刑事が、さっきまでここにいたの。アメデオも……。マッジからは忠告されたし……。スティーヴン、私、どうしてもランツィ家に行ったことを証明しなければならないの。絶対に証明しなきゃ。でも大丈夫。ジュリオが屋敷を出た私を見て寄ってきて、馬車で家まで送る、って、しばらくしつこく誘ったんですもの。すぐに彼を捜しに行ってくれる？」

「うん、ここらにいてくれれば見つかるさ。ただ、客を乗せてどこかに遠出しているかもしれないから、すぐに結果がわかるとはかぎらないよ」

「いいわ。でも、彼が見つかるか見つからないかは知らせてくれるでしょう？」

「ああ、そうする。ルース、電話では話せないんだろうけど、ひどく怯えるようなことがあったんだね？」

「ええ……そのとおりよ。あの県警察本部《クエストゥーラ》の警官《アジェンテ》、彼が見つけてしまったの……」

「それ以上言うな。ジュリオを捜しに行ってから、そっちに会いに行くよ。家にいるだろう？」

「ええ」

「怖がらないで、ルース。怖気づいちゃだめだ」

　スティーヴンは電話を切った。

　ルースは受話器を置いてテラスへ出た。藤とトケイソウで陰になっているテーブルの上に、マッジが昼食を用意してくれていた。水差しが置いてあり、中の氷が急速に溶けていた。ルースはテーブルへ行き、グラスに水を注いで飲んだ。明らかにスティーヴンは、昨日の午後の行動について、ルースに嘘をついていた。彼女と別れたあと、マルグリットに会いに真っすぐ入り江に行った、とはっきり言ったかどうかは覚えていないが、ルースにそう思わせたのは確かだ。だが今は、そんなことはどうでもいいようにも思える。それよりも、突然彼の口から出た、思いがけない、保護者のような励ましの言葉のほうがずっと重要に感じられてならない。

マッジが作ってくれた食事をほぼ完食したルースは、思っていたより空腹だったことと、食べたおかげでずいぶん元気になったことに気づいた。とはいえ、昨夜眠れなかったのに加え、午後の暑さがこたえて体が重い。午前中のそよ風はやみ、靄《もや》がゆらゆらと漂って湾の向こう側を覆っていた。山々の頂だけが、空高く浮かんで見える。海は完全に凪いでいた。

ルースは座って待ちながら、スティーヴンが来るまでの時間をどうやって過ごそうかと考えた。読書をする気にはならないが、何もしないでいるとテラスで眠り込んでしまいそうだ。蟬《せみ》の声が物憂げに響き、家の白壁が日光をまばゆく反射して、自然と瞼《まぶた》が落ちてくる。

昨日のちょうど今頃、ルースはランツィ家でマルグリットを待っており、その間《かん》にここで殺人が行われたのだ。まず一件の殺人が起き、続いて別の殺人が起きた。でも、もう大丈夫。ルースがどこにいたかは証明できる。彼女にはアリバイがあるのだ。

不意に、ある言葉が頭に浮かんだ。「お姉さん、どこへ行っていたの?」「豚を殺していたよ」。あれは『マクベス』に登場する魔女の会話だ。

すると警察は、ルースを魔女だと思っていて、彼女がどこにいたかを尋ねたとき、「豚を殺していたよ」という答えを期待していたのだろうか。

なんて愚かなのだろう。もし、この事件に魔女が関わっていたとしても、自分ではない。黒魔術を使って人々の目を欺き、見えない姿となって空を飛んで邪悪な犯行を行い、肉体そのものは青い海辺の陽に焼けた岩の上で横たわっていることができたとしても、それはルース・シーブライトではないのだ。いや、ばかなのは自分だ、と、ルースは眠気に襲われながら思った。魔女は、とうの昔にいなくなったのだから、同時に二カ所にいることが可能だなどと、警察が考えるはずがないではないか。もし、遠くのほうから「パカッパカッ」という馬の蹄《ひづめ》の音が聞こえてこなかったなら、たぶんその時点で眠りに落ちていただろう。

ルースは立ち上がって、道路が見える手すりへ行った。曲がり角の向こうから、ジュリオが手綱を握る馬車が姿を現した。客席にはスティーヴンが乗っている。スティーヴンがルースに手を振り、ジュリオは彼女を見るや、緑色の古ぼけたフェルト帽を打ち振って挨拶した。門の脇に馬を止めた彼のもとへ、ルースは階段を駆け下りて迎えに行った。

スティーヴンが馬車を降りた。

「彼を連れてきたよ。ジュリオ、いくらだい？」

「五百リラいただきます」

「ぼったくりだな！」

「運賃表どおりでさあ」ジュリオは人の好さそうな顔で答えた。

「運賃表なんかないだろう」

「だったら、いくらくださるんで？　金を持ってるのは旦那で、わしじゃありませんからね」わし鼻の海賊のような風貌の老人は、愛想よく応じた。

ルースが割って入った。「ジュリオ、昨日の午後、私に会ったのを覚えているわよね」

「ええ、覚えてますとも」

「どこで会ったかしら」

「どこ？」ジュリオは思案した。「サンアンティオーコでしたかね。それともラヴェントだったかな。昨日の朝、ラヴェントに行きましたから。あそこには面白い遺跡があるんですよ。行きたいですか？お安くしときますよ。どうです？」

「サンアンティオーコのどこだったか、覚えてる？」

「ええ、ええ、覚えてますよ」

「どこだった？」ルースの鼓動が急激に速まった。

ジュリオは気さくな笑みを浮かべた。「どこで会ったことにしてほしいんですかい、シニョリーナ？」

「じゃあ、覚えていないの？」

「いえ、覚えてますとも」と、ジュリオは言い返した。

「私がシニョール・ランツィの邸宅から出てきたところを見たんじゃないの？」ルースの語気に必死さがにじんだ。

「ああ、そうでした」

「覚えてるの、覚えていないの？」

「覚えてますよ——シニョール・ランツィのお屋敷から出てきたところを見たんだ」まるで暗記するかのように言った。

ルースはたたみかけた。「何時だった？」

「ええと、時間は——午後でしたね」と、用意していたように答える。

「だから、午後の何時だった？」

「二時でさあ」

「違うわ」

ジュリオは再び肩をすくめた。「二時、三時、四時。何時がお望みですかい？」

途方に暮れてスティーヴンを振り向くと、彼はルースを安心させるように、にっと笑った。

「当てになりそうにないね」と、スティーヴンは言った。「でも、あまり落ち込まないことだ。ほら、ジュリオ、五百リラだ。あんたに悪気はないんだよな」

「もちろんでさあ」ジュリオは再び古びた帽子を振ってみせた。「二時でも、三時でも、四時でも……ちゃんと覚えていますとも。シニョリーナのことは、いつだって覚えてますからね。何時だろうと、お気に召す時間を言いますよ」

第十五章

ルースとスティーヴンは、テラスへ行って座った。スティーヴンが煙草を取り出し、珍しくマッチも持っていて、二人分に火をつけた。

「さてと」ちらりと家に目をやってから、彼は小声で言った。「何があったのか話してもらおうか」

「私が玄関で警官と話している隙にあなたが部屋の真ん中に移動させたソファの裏に、血痕がついていて、刑事がそれを見つけてしまったの」

「なんてこった！」スティーヴンの顔が青ざめた。ルースを見つめる目が険しくなり、瞼《まぶた》が引きつっている。「どうやって見つけたんだ？」

「真っすぐソファへ行って見ていたわ」

「じゃあ、誰かが情報提供したってことか」

ルースは首を横に振った。「いいえ――たぶん、警官が気づいたのよ。昨日とソファの位置が変わっていることを不審に思って、チリオに報告したんだわ」

「それで、チリオが推理をはたらかせたってわけだな」スティーヴンは両拳でこめかみを押さえた。ほとんどささやき声になっている。「だが、いったい、彼はどういう推理をしているんだろう。そこが問題だ。よく考えてみよう。バラードがあの部屋で殺されたとは思っていても、警官が来たときに遺体がソファの背後にあったとは思わないはずだ。あの時点で警察はすでに、バラードと見做《みな》された遺体を峡谷で発見していたんだからね。そう考えると、これまでも犯行現場はここではないかと疑っていただろうから、チリオの推理は、さほど進展していないってことだ。ふーっ、助かった!」スティーヴンは額をこすった。「事態は思ったほど悪くないぞ。君の苦渋に満ちた表情を拭い去ってあげられそうだ」

「あなただって、十分、苦渋に満ちた顔をしていたわよ」と、ルースは言い返した。

「そりゃあ、突然あんなことを知らされたら、そうなるさ。で、ほかには何があったんだい?」

ルースは、アメデオの話をした。セバスティアーノの訪問よりも重要に思えたからだが、スティーヴンはさほど興味を示さず、セバスティアーノの話をすると、とたんに目を輝かせた。

「こいつは、すごい。大きなヒントになりそうだ!」と嬉々とした声を上げた。「これで、いろいろと説明がつく」

「よくわからないわ。レスターが詐欺師だということがはっきりしただけのような気がする。確かにこれまでは、そうかもしれないと漠然と思っていただけだったけど」

「最近、ナポリにどんな船が停泊したか知りたいな。その中に、ブエノスアイレスから来て、乗組員の一人が行方知れずになっている船がないかどうかもだ。チェックのシャツと青いコットンのズボンをはいて上陸した乗組員がね」

「どうして?」

その問いには答えず、スティーヴンは言った。「きっと港に出入りした船のリストのようなものがあるはずだけど、どこに行けば見られるか見当がつかない。君は?」

「知らないわ。でも、なぜそんなことを思いついたの？」

「いいかい、レスターはブエノスアイレスに逃亡する計画を立てていただろう？　そして今朝、僕らは、彼が資金をどうするつもりだったのか疑問に思った。答えは、こうさ。近頃、バラードは盗品の宝石を買っていたんだよね。だけど、その宝石がナポリの店の金庫に入っていると思うかい？　あるいは、荷物に隠して税関を通る危険を冒すと思う？　いや、そうじゃない。誰かが手を貸して、少しずつブエノスアイレスに密輸していたんだ。その仕事が完了したんで、バラードはそいつを殺害した。すべてを知っていて分け前を欲しがる人間が南米にいたら、厄介だからね。これで、つじつまは合うと思う」

「赤い手帳に書かれていた番号は？」

「何か意味があるとすれば、宝石と、その隠し場所に関係しているはずだ——B・Aはブエノスアイレスで、そのあとはたぶん電話番号だろう」

「ちゃんと番号を覚えているの？」

「もちろんさ。それより、セバスティアーノのことを教えてくれ。彼は警察に行くと言って出ていったんだよね」

「ええ、そうよ」

「本当に行ったと思うかい？　土壇場で尻込みしたとは考えられない？」

「それはないと思うわ」

「だったら、そのあと、どうするつもりだったんだろう」

「家に帰るか、店に戻るんじゃない？」

「ナポリの?」

「ええ」

スティーヴンは、しきりに考えているようだった。しかしルースには、彼がすでにほかのことを決意していて、この間合いは言ってみれば、飛び板の突端に乗った飛び込み選手が、躊躇ではなく、飛び込むタイミングを計るためだけに待っているかのような気がした。突然、彼が立ち上がり、きびきびした口調で言った。「よし、じゃあ一緒に行ってみよう。あの爺さん、まだその辺にいるかな。運がよければ、いるかもしれない。見てくるから、待っててくれ」

「行くって、どこへ?」

「ナポリさ」

「でも、警察が許可するかしら」ルースは、道路への階段を下りるスティーヴンのあとを追った。

「私たちが駅へ向かうのを見たら、警察に連れ戻されるんじゃない?」

「駅は使わないさ」スティーヴンは足早に道路へ急ぎ、ルースはほとんど駆け足になった。「見ろよ、運がいいぞ」と、スティーヴンが言った。「あそこでジュリオが昼寝をしている。そんなことじゃないかと思ったんだ。これで、うまくいきそうだな」

スティーヴンは、崖に続く小道への分かれ目に馬車《カロッツァ》を停めていたジュリオのもとへ行った。ジュリオは、乗客の席に座って緑色のフェルト帽を鼻の上に乗せ、腕組みして居眠りをしていた。スティーヴンはジュリオの肩をつかんで揺すった。

追いついたルースが、スティーヴンの袖を引っ張った。

「馬車でナポリになんて行けないわ。夜中になるわよ」

スティーヴンは一向に取り合わない。「おい、ジュリオ、いくらでラヴェントに行ってくれる?」

ジュリオは、はっと目を開け、先ほどと同じように帽子を振った。

「いつ行きたいんで? 明日ですかい?」

「今だ」と、スティーヴンは言った。

「今? なんでまた、今行きたいんです? 朝行くほうが、ずっといいですよ。朝早く出発すれば、景色も見れて、遺跡も見れて、ランチが食べられますからね──わしが、とびきりおいしくて安い店を教えまさあ──よそへ行ったら、ぼったくられますがね、友達のところへお連れしますから、おいしくて安いランチが食べられますよ──それから、もっと遠出をしませんかい? ポンペイなんてどうでしょう。ラヴェントからそう遠くないし、面白くて歴史のあるところですよ。観光して、写真を撮ったりして、コーヒーを飲むあいだ、待ってますから。そうしたら、晩にはサンアンティオーコにお送りしますよ。今は満月だ。夜のドライブは、たいそうきれいでロマンチックです。明日行きますよね?」

「今、行きたいんだ」と、スティーヴンは言った。「山道を通ってラヴェントまで行くだけで、帰ってはこない。少なくとも馬車ではね。いくらだ?」

「いいですかい?」ジュリオは馴れ馴れしい口調で言った。「明日、格安の値段でお連れしまさあ。朝出発するほうが、絶対いいですよ。途中、面白い場所も歴史のある場所も撮影スポットも、わしが全部説明しますから、ラヴェントへ行って遺跡を見て──」

「今だ」と、スティーヴンは譲らなかった。

「今ねえ」ジュリオはとうとう降参したように、ため息をついた。

「いくらだ？」

「今からラヴェントに行って、お二人が遺跡を見て、安くておいしいディナーを食べるあいだ待って、晩に戻ってくるんですね？」

「違う。ラヴェントまでだ。帰りは馬車じゃない。いくらだ？」

「聞いて驚かないでくださいよ」これまで以上に打ち解けた様子で、ジュリオは言った。「三千リラもらいましょうか」

「確かに驚きだ。二千でどうだ？」

「道中、全部説明付きで、とびきりおいしくて安いレストランにお連れするんですから、三千リラは破格でさあ」

「ハイウェイ強盗だな」と言って、スティーヴンはルースを振り返った。「君のほうが、うまく交渉できるんじゃないか？」

「二千五百リラを提示して、様子を見ればいいんじゃないかしら」

「それでも、ぼったくりだと思うけどな」

「そりゃあ、そうだけど、こういうのは値段を引き上げるものでしょう。私も全然、得意じゃないけど」

結局、二千六百リラで手を打った二人は、簡単にジュリオの口車に乗ってしまったことを後悔しながら馬車に乗り込んだ。ジュリオは大げさに鞭《むち》を振り下ろし、その音とドラマチックな見栄えに満足したようだったが、痩せこけた馬には何の効果もないまま、馬車は山道へと出発した。

「ねえ」堅いシートに置かれた派手なプリント柄のクッションに身を預けたスティーヴンに、ルースは言った。「よかったら、いったいどうしてラヴェントに向かっているのか教えてくれない？　遺跡観光以外でラヴェントに行く人なんて、聞いたことがないもの」

「ラヴェントとナポリをつなぐバスがあるんだ」

「そうなの」ルースは曖昧な笑みを浮かべた。「あなたの言うとおりだといいわね」

「確かだよ。どこかで掲示を見たから」

「もしかして、掲示に何て書いてあったかは覚えていないの？」

「うん、よく覚えていない」

「あのね、バスが走っているとしても、一日に一本か二本ってこともあるし、週に一、二本かもしれないのよ。ラヴェントに着いてみて、もし、次の火曜日までバスがないなんてことになったら――」

「そのときは、遺跡を見に行って、またジュリオの馬車で帰ってこなけりゃならないだろうな。もっとも、個人的には火曜までラヴェントに滞在するほうが、よっぽどいいけど」

「すぐに警察に連れ戻されなかったらね」

「そんなに悲観的になるなよ。少しは神経を休ませなくちゃ。たとえ殺人事件の真っただ中にいてもね」

　一理あるとは思ったが、馬車が山道へ差しかかるにつれ、しばらくは、とても神経が休まりそうになかった。まもなく一行は、レスターと思われている遺体が見つかった場所を通り、そのあとすぐに、本物のレスターが眠っている地点を通り過ぎるのだ。夏の暑い陽ざしに照らされ、上の斜面にあるブドウ畑では農夫たちが働いていて、午後の空は青く澄んでいるというのに、二つの幽霊に取り憑かれた山道には、陰うつで不吉な空気が漂っているように感じられた。

遺体が発見された地点の向かいの岩場にある小さな聖廟に馬車が近づくと、スティーヴンはルースと同じように黙り込んだ。隣の席で緊張が増しているのが伝わってくる。

聖廟は、岩の裂け目に小さな聖母像が描かれたものだった。前に置かれたジャム缶に、萎《しお》れかけた花がいくつも挿してある。そこに小さな庭を造ろうとしている人がいるようで、道路脇の花壇にリュウゼツランが植えられ、短い格子棚に鮮やかなブルーのサンシキヒルガオが巻きついて咲いていた。

道の反対側には低い塀があるだけで、その向こうは断崖になっており、下を流れる川は、この時期は水がほとんど枯れていた。その場所を通るとき、ルースは崖から頭を背け、表情のないピンクの顔に金冠をかぶり青いマントを身に着けた小さな聖母に、できるだけ視線を集中させた。

ラヴェントまでは約二時間かかった。ジュリオの馬を急がせるのはとても無理で、時々、痩せた脇腹にジュリオが鞭を振り下ろし、「ア、アー！」と、まるで自分が苦しんでいるかのような奇妙な唸り声を発するのだが、馬は何の反応も示さなかった。ジュリオは冗舌で、バスが崖から転落して三十人が死亡した事故現場、地元の聖人のもとへ聖母が現れたとされる場所、山の斜面から道の上に突き出した岩が顎の張った横顔に見える場所など、興味を引きそうなスポットに来るたびに、ルースとスティーヴンにちょっとした説明をした。

「ほら、あそこ」ジュリオは鞭で指して言った。「誰かに似てませんかい？　何百年も、もしかしたら何千年も前から、あそこにああしていて、いろんな人に似てるって言われてきた岩でしてね。昔はナポレオンに似てるとみんな言ってたんですが、時代が変わると、ガリバルディ将軍に似てると言われ、そのあとはムッソリーニに似てるって言われたんです。だけど、今はまたガリバルディでさあ、ハッハッ！」

馬車はガタガタと揺れながら進んでいった。道は荒野の中を曲がりくねって続き、山肌から生えた低木や、成長の止まった小さな松の木以外は何もない土地を走っていた。それでも時折、山の斜面に、柵で囲われ丁寧に耕されたブドウ畑があった。ブドウはまだ熟しておらず、丸い緑の粒がかたまってツタにぶら下がっている。

ラヴェントはサンアンティオーコよりずっと小さな谷あいの村で、よくあるオリーブの木立とトウモロコシ畑に囲まれていた。古い修道院の遺跡は見ずに、村から一マイルほど先の、その日ナポリ行きのバスがあるかどうかがわかりそうな広場《ピアッツァ》へ直行してほしいというルースとスティーヴンの言葉を、ジュリオはなかなか信じようとしなかった。ようやく説き伏せると、ジュリオは悲しそうに馬を広場のほうへ向かわせながら言った。「旦那たちは、今日、わしと帰らないんですかい?」

「お断りだよ、ジュリオ」と、スティーヴンが答えた。「でも、きっと僕らの代わりに誰かを乗せて戻れるさ」

「おっしゃるとおりだ」と、ジュリオは頷いた。「昨日、ベルギー人の夫婦を遺跡に案内したんですがね、二、三日、ラヴェントに泊まるっていうんで、アメリカ人のご婦人を乗っけて戻りました。だけど、気が変わったら言ってくださいよ。うんと、お安くしときますから」まるで生涯の友情を約束するような言い方に聞こえた。

スティーヴンは、念を押すようにもう一度言った。「お断りだよ、ジュリオ」

「そのアメリカのご婦人ってのがね」ジュリオはかまわず続けた。「大きなイヤリングと黒いサングラスをして、真っ赤な口紅をつけてましてね。とても面白くて歴史的なポンペイに行ってきたんだって言うんですが、えらく怒ってるんでさあ。ルパナーレに入れてもらえなかったんだそうで。男はみんな入れたのに、自分は外に座って待たされたってね。とにかくカンカンなんだ。だから、『いいですかい、シニョーラ。ルパナーレってのは、遊郭だったんですよ――男のための売春宿なんでさあ』って言ってやったんだ。それでも、外で待たされたのがよっぽど許せなかったみたいで、怒りっ放しでしたよ」

「ご婦人も、さすがに、あからさまな反応をしにくかったんだろう」と、スティーヴンは呟いた。「じゃあな、ジュリオ。乗せてきてくれて、ありがとう」あらかじめ合意していた料金に少し上乗せした金を手渡した。

ジュリオが、また帽子を脱いで打ち振った。

「ポンペイでもアマルフィでも、行く気になったら、どこへでも安くお連れしますよ」と請け負った。「このジュリオ様を呼んでくれれば、どこだって行きまさあ」

ジュリオの馬車は去っていき、ルースとスティーヴンは小さな広場を見まわした。

何も起きそうにない静かな広場にはほとんど人けがなく、たくさんの風船を持ってのんびり歩いている男が一人と、教会の高い青銅のドアに向かって階段を上っていく二人のフランシスコ会修道士くらいしかいない。モチノキの陰で遊んでいた数人の子供が、風船を持った男に気づいて物欲しそうについていった。その頃ルースとスティーヴンは、歩道の脇にバスの時刻表が貼られたポストを見つけていた。急いで広場を横切り、時刻表を調べる。

「あった！」少しして、スティーヴンが勝ち誇ったように言った。「だから言ったろう？　僕の理解が正しければ、約一時間後にナポリ行きのバスがある。ナポリから午前中に一本バスが来て、午後、それが戻っていくんだ。それとも、ほかに解釈があるかい？」

「いいえ、あなたの言うとおりみたい」と、ルースは答えた。

「それなら、一杯飲んでくつろぐ時間はあるね」スティーヴンはルースの腕を取り、広場の角にあるカフェへ誘《いざな》った。

ストライプ柄のパラソルの下のテーブルに座り、二人はビールを注文した。色の薄い泡立った酒は、よく冷えていた。

「さあ」と、ルースが切りだした。「次に何をするのか、説明してちょうだい。どうして、そんなに急いでナポリに行こうとしているの？　アルゼンチンからの船について調べるつもり？」

「できればね」と、スティーヴンは言った。「でも、いちばんの目的は、セバスティアーノをつかまえることとさ。ギャングについていろいろと訊きたいことがあるんだ。彼は、君に話したこと以外にも何か知っているかもしれない」

「じゃあ、あなたはギャングがらみの殺人だと思っているの？」

「君は違うのかい？」

ルースの目にニッキーの姿が浮かんだ。「そうかもしれないわね」と、彼女は答えた。

「いずれにしろ、急がなきゃ。本物のバラードの遺体が見つかるのは時間の問題だし、そうしたら警察は、今以上に君への疑いを深めてしまうだろう」

「もしかしたら、もう発見しているのに黙っているのかもしれないわ」

スティーヴンが鋭い目つきでルースを見た。「そう思う？」

「いいえ、根拠があるわけじゃないの。ただ、あの刑事は予想以上にいろいろとつかんでいる気がして……。あら、見て。生演奏するみたいよ」

三人の男たちが、うち一人はギターを、一人はヴァイオリンを持って広場の向こうからやってきて、ルースたちの近くで立ち止まった。ギターを抱え、尖った顎にうっすら白い髭を生やして潤んだ青い目をした年配の男が、そっとギターを爪弾き始めた。ヴァイオリンもあとに続く。すると、小柄でがっしりした、ウェーブのかかった黒髪に赤ら顔をした三人目の男が頭をのけぞらせ、うるさいまでにテナーの大声を張り上げて「サンタルチア」を歌いだしたのだった……。

「この国には、一曲しか歌がないのかと思うことがあるよ」と、スティーヴンが言った。「それとも、この曲のイメージが強すぎて、ほかの歌も全部同じに聴こえてしまうのかな」

「でも、スティーヴン……」ルースの意識は、すでに演奏家たちから離れていた。「まさか、私がセバスティアーノさんの住所を知ってるなんて思っていないわよね。もし店にいなかったら、どこを捜せばいいのか見当もつかないわ」

スティーヴンはポケットに手を入れた。「ここに、バラードの住所録がある」

「赤い手帳ね！」

「ああ」スティーヴンは手帳を取り出した。そのとき、一緒にポケットから紙切れが出て地面に舞い落ちたことに、本人は気づかなかった。「セバスティアーノは『S』だから……」彼は手帳をめくり始めた。

ルースは、反射的に屈んで紙切れを拾った。細くたたんだ紙切れの端に燃えた痕跡がある。スティーヴンに返そうとして、外側に見えていた手書きの文字にふと目がいった。そして彼女は、わが目を疑った。

赤ら顔の男の歌声が、急にたまらなく大きくなったように思えた。頭の中でギターをかき鳴らされているようだ。耳鳴りを覚えながら、ルースは、ぎこちなく固まった指でおそるおそる紙を広げた。

そこにあったのは、マルグリットの文字で書かれたメモだった。「悪いけど、急用で少し留守にします。すぐ戻るので待っていてください。マルグリット」

その下に、ルースが書いた文字もあった。「ごめんなさい、もう待てないので帰ります」

第十六章

もし、手にしたメモを見ながらルースが冷静に考えられたなら、すかさず折りたたんで、こっそりバッグにしまっただろう。

スティーヴンは赤い手帳のページをめくるのに忙しく、彼女のほうを見ていない。知られずにメモをしまって何事もなかったように振る舞い、この訳ありのナポリへの旅を続けて、彼の真の目的を突き止めるのは簡単なはずだった。そのあとで、メモを持って警察に駆け込み、発見した経緯を話せばいい。そうしたらスティーヴンは、いろいろと説明を迫られることになる。その釈明を聞くのは、とても興味深いだろう。

だが、ルースはあまりの驚きに、彼女にとって重大な意味を持つその紙切れから目を離すことができなかった。じっと見つめたあげく、我慢できずにメモを突き出して言った。「スティーヴン!」

スティーヴンは返事の代わりに鼻を鳴らし、相変わらず手帳を見るのに夢中だ。

「スティーヴン……」ルースの声が震えた。「お願いだから、これを見てくれない?」

スティーヴンは手帳をポケットにしまった。「大丈夫、彼の住所はわかったよ」と言ってから、メモに目をやった。「これ、何?」

メモを取ろうとしたが、ルースはその手から守るように紙切れを自分のほうへ引いて尋ねた。「これをどうやって手に入れたの？」

　スティーヴンは戸惑い顔でメモを見つめ、質問に集中できないようだった。

「僕がどこで手に入れたかって？」スティーヴンは、ルースの目を見つめた。「わからない。君はどこで手に入れたんだい？」

「たった今、あなたが手帳を取り出したときにポケットから落ちたのよ」

「で、それ何なの？」

「よく見て」

　スティーヴンの鼻先に近づけたが、しっかり握って離さなかった。

　メモを二度読んで、スティーヴンはようやく敵意を含んだルースの態度に気づいたようだった。彼の顔が不安げに曇った。

「それ、何なんだ？」先ほどより強い口調で繰り返す。

「マルグリットのメモよ。事件のあった午後、私が訪ねるのを彼女が知っていたことを明らかにする証拠――それが、あなたのポケットから落ちたの」

「なんてこった！」と、スティーヴンは低い声で言った。

　動揺したように、ぼさぼさの髪をかき上げるのを見て、ルースは思わず腹立たしげに言った。「ちゃんと髪を切ったらどうなの？　それじゃあ、ひどすぎるわよ！」

「そうだね」と、スティーヴンは応えた。「僕もそうしようと思っていたんだ……それより、このメモ……ルース、本当に僕が取ったと思っているのかい？」

「そうじゃなければ、どうやって、あなたのポケットに入ったって言うの？」

「わからない。僕のポケットには、いろいろとおかしなものが紛れ込むことがよくあるんだ。ポケットから落ちたのは間違いない？」

「突然、空からラヴェントに降ってきたりしないわ」

「僕がずっと持っていたと思っているんだね。僕とマルグリットが……」

「どうやって手に入れたの？　どうして、このメモを持っていることを言ってくれなかったのよ？　これをどうするつもりだったの？」

「黙って――ちょっと待ってくれ！」理解可能なことをつなぎ留める錨の役目を果たすとでもいうように、自分の後頭部の髪を握り締めた。「考えさせてくれ。これがポケットに入っていたということは、僕がどこかで入れたってことだ。それは間違いない。問題は、どこで入れたかだ」

「知らずに持っていたっていうの？　それを信じろと？」ルースは冷笑した。

「信じてくれてもいいじゃないか。信じられるか信じられないかは、物事自体ではなくて、関わっている人間を見て決めることなんだよ」

「マッチ箱の件と同じようにね。そういうことでしょう？　あなたは一つも持っていないときもあれば、いくつか持っているときもある。でも、ほかの人みたいに一つだけ持っていることはめったにないのよね。それを聞いたときは、とても説得力があるように感じたけれど、今はもう、信じていいのかどうかわからなくなってしまったわ。そういう少し変わった行動って、答えに窮する質問に直面したときには、とても便利ですものね」

「マッチ箱だ！」スティーヴンは、その言葉に飛びつき、それ以降のルースの話には注意を払っていなかった。「ありがとう、たった今、君がヒントをくれた。そうさ、そうだったんだ。マッチがなかったんだ」と、安堵したように微笑んだ。

「何を言ってるのか、さっぱりわからないわ」

「それを、ちょっとだけ貸してくれないか」と、スティーヴンはメモを指した。

すかさずルースは、メモをさらに遠ざけた。

「頼むよ」スティーヴンは熱心に言った。「その紙を破ったり焼いたりは絶対にしない。三十秒後には、元のままの状態で返すと誓うよ。信じてくれたっていいと思うけどな。だって、僕が本当にその気になれば、力ずくで奪うこともできるんだから」

「彼らが見ている目の前で？」

「ああ、そうさ。きっと彼らは、ちょっとした痴話喧嘩だと思って、伴奏にロマンチックな曲でも弾いてくれるだろう。でも、そんなことはしたくないし、どうしてもって言うんなら、君が持ったままでもいいよ。ただ、君に見せたいものがあるんだ」

ルースは、ためらいながらメモを渡した。愚かな行為かとも思ったが、確かに、その気になればメモを奪い取れるという点には一理ある。

スティーヴンはメモを細くたたんで、ポケットから落ちたときと同じ形にした。

「ほら、持ってごらん。そんな心配そうな顔をしなくたっていいよ。これで、何があったかわかるだろう？」

「いいえ」

「僕はね、マッチを持っていなかったんだ」スティーヴンは、子供に噛んで含めるかのように説明した。「だから、これを手に取って、煙草に火をつけるのに使った。そして無意識にポケットに入れたたってわけさ。それだけのことだよ」

「でも、いつ？　いったい、いつ入れたっていうの？」ルースは語気を強めてたたみかけた。「それに、どこで？　私はこのメモを、マルグリットの家の客間に残したのよ。いつ、あそこへ行ったの？」

　スティーヴンは、顔を赤らめた。そわそわした様子で座り直してビールを一口飲むのを見て、急にルースは、こんな質問をするのではなかったと後悔した。答えを聞かずに済めば、どんなにいいだろう。紙切れを見つけたとき、黙ってバッグにしまって何も言わなければよかった。

「教えてくれないか」スティーヴンは、話題を変えるように切りだした。「初めて会ったときから、なぜ君はマルグリットにかこつけて僕を避けようとするんだ？　単に僕を見るのが嫌なのか、それともほかに理由があるのかい？」

　ルースは当惑し、思わず眉を寄せた。スティーヴンも睨むように見つめ返した。

「僕が知りたかったのはそれなんだってことが、わからないのか？」ほとんど怒鳴るような口調だ。

「全然わからないわ」

「まったく……いいかい！」スティーヴンは、せわしなくテーブルクロスに図形のようなものを描き始めたが、ルースに伝えたいのは、もちろんそれではなかった。「僕は昨日の午後、ランツィ家へ行った。ああ、行ったさ。正直に言うよ。認めたくないけど事実だ。いったんはホテルの部屋へ戻って仕事に取りかかりかけたんだが、何がどうなっているのか確かめたくなって、それにはランツィ家へ行くしかないと思ったんだ。君とマルグリットが一緒にいればいいけど、もしそうじゃなかったら──くそっ、そのときは僕の立場がはっきりする。これでわかっただろう？」

ルースは、かぶりを振った。三人の演奏家が新たな曲を奏で始めていた。聞き覚えがあるのに知らない歌のような気がするのはイタリア語のせいだと、少し経って気づいた。曲は「ウィスパリング《ささやき》」だった。

「わからないわよ」と、彼女は言った。「何が起きていると思ったの？　まさか、すでに疑っていたわけじゃないわよね——あのあと起きたいろいろなことを予見していたとでも言うの？」

「違うよ」スティーヴンは苛立たしげに答えた。「ただ、君がどうしていつも僕を避けるのか、どうしても知りたかったんだ。初対面から一、二週間は僕のことを気に入ってくれていると思ったのに、そのあと突然、いくら誘ってもマルグリットを口実にして応じてくれなくなった。最初は気づかなかったけれど、そのうちに、だんだんと腹が立ってきた。僕にまとわりつかれるのが嫌なら、はっきりそう言えばいいのに、ってね。それが、いつだってマルグリットの名を出されて……とうとう昨日は、かっとなって冷静さを失ってしまった。だって、ラヴェントに一緒に行かないかと誘ったら、マルグリットとお茶をするって言うじゃないか。マルグリットが泳ぎに行ったのを僕は知っていた。彼女から電話で誘われていたからね。だから相当頭にきたけど何も言わずに部屋へ戻ったんだ。でも不意に、もうこんなことには耐えられない、真相を突き止めなければ、と思った。君が僕を嫌っているなら、そう言ってくれればいい。だけど、万が一、別の理由で僕を避けているとしたら——つまり、バラードとかニッキーに関することが理由だとしたら——具体的な理由を想定していたわけじゃないが、ただ嫌い、ってだけじゃない気がして仕方なかった。僕の見栄だと言われたらそれまでだけど、とにかく違う気がした。つまり……いや、どう言ったらいいんだろう。とにかくランツィの屋敷に行った僕は、君は来なかったと確信したんだ。思ったとおり、君がいた痕跡はなかった。ひょっとしたらマルグリットと合流しているかもしれないという一縷《いちる》の望みを託して入り江に行ってみたけど、君の姿はなくて、マルグリットも君が来る予定はないと言った。それで、僕がどういう気持ちでいるかを訴えようと、その足でバラードの屋敷に行ったら……もちろん、言えなかった」

「そうね」ルースは小声で言った。「それは――言える状況じゃなかったわよね」

二人のあいだに沈黙が流れるなか、三人の演奏家は、ナポリ風の甘美な「ウィスパリング」を奏でていた。

「このメモは」指に挟んだ、たたんだ紙切れをもてあそびながら、ようやくルースが口を開いた。「何よりの証明に――」

「いい加減にしてくれ！」スティーヴンが激昂した。「僕はメモを盗んだわけでも、マルグリットと結託してそれを隠して、君を殺人犯に仕立てようとしたわけでもないし、メモを使って脅そうなんてことだって、これっぽっちも考えていない！　確か、ランツィ家の客間で煙草を吸うのにマッチがなかったから、その紙を使ったんだ――そう、そうだった！　電気ヒーターのスイッチを入れて、紙の端を押しつけてマッチ代わりにしたんだよ。そのあとポケットに入れて忘れていたんだ」

「私が言おうとしたのは」ルースはビールのグラスを一心に見つめながら言った。「このメモは、私があなたを避けていない、何よりの証明になるということなの。私は実際にランツィ家に行ったのであって、それだって数日前に約束したからにすぎないのよ。そうじゃなかったら、あなたとラヴェントへ行っていたわ」

「いいよ、そんなこと言ってくれなくたって」スティーヴンの口調は、よそよそしかった。「君がそのメモをひらひらさせて、僕が君を殺人犯として死刑にしようとしていると責めたりしなかったら、何も言うつもりはなかったんだ。僕を犯人だと疑いたければ、好きにすればいい――僕だって、君のことをかなり疑ったからね――でも、決して君をはめたりはしていない」

「少し黙ってくれない？　あなた、喋りすぎだわ。私が言いたかったのは――」

「気にしないでくれ。変なことを言いだして悪かった。もう、今日はこの話題はやめよう」

「ねえ、黙っててってば。私は、全然あなたを避けてなんかいないって言ってるの。ただ、私よりマルグリットと一緒にいるほうが好きなんだと思ったから、だから――わざと距離を置くように努力したの」

「いいんだ、説明なんて要らない。君の同情を買おうとしたわけじゃないから」スティーヴンは、あくまで頑《かたく》なだった。「メモのことは、本当にごめん。君がどんなにそのメモを必要としていたか、よくわかる。もし、ずっとポケットに入っていたと知っていたら、僕は――」

そのとき、ルースが跳び上がった。

「バスよ！」と大声を出した。「走らなきゃ間に合わないわ！」

だが、たとえ走ったところで、座席に座れないのは明らかだった。スティーヴンが慌ててビール代の小銭を探し、ルースが演奏家へのチップを払うためにバッグの中を引っ掻きまわしているあいだに、横道から広場《ピアッツァ》に勢いよく入ってきたバスは、怒鳴ったりわめいたりする群衆であっという間にいっぱいになった。情け容赦なく肘で互いを激しく押し合う人々はみな、そんな状況を楽しんでいるかのようで、肘では足りずに、大きな紙包みや、野菜の入ったバッグまでも武器にして、バスに乗ろうとひしめいている。

ルースとスティーヴンがその人混みの中へおそるおそる加わったときには、すでに勝利の雄叫びとともに座席が陣取られたあとで、どうにか乗車はできたものの、運転席の後ろでつり革にもバーにもつかまれずに、ぴったり体を寄せて立っているしかなかった。ただ、席に座れなかった人々で身動きが取れない状態なので、バスが発車してもどうにか倒れずに済むことを願うだけだった。

平穏な広場内では、三人の演奏家が少しのあいだ演奏をやめていたが、やがて別の歌を奏で始めた。曲は「サンタルチア」だった。

バスが発車した。道が曲がりくねっているため、クラクションをほとんど鳴らしっ放しにしなければならなかった。ルースは、とても目を開けていられなかった。見通しの利かない曲がり角の向こうから、平然と猛スピードで姿を現す死の恐怖を目の当たりにし続けることに耐えられなかったからだ。バスが大きく揺れ、ルースとスティーヴンの体がぶつかった。スティーヴンはルースの体に腕を回し、しっかりと抱き寄せた。突然、二人は笑いだし、ルースはそのとき、根拠があってもなくても、メモやマッチやマルグリットに関してスティーヴンが言ったことを、すべて信じようと思った。

耳元でスティーヴンが大声で言った。「きっと生きて到着できるさ。なんたって、運転手は一日に二度もこれを乗り越えているんだからね」

ルースも大声で返した。「それに、イタリア人の運転テクニックは驚異的ですもの」

「驚異的ねえ」と、スティーヴンが怒鳴ったとき、クラクションの音がけたたましく鳴り響き、大きく突き出した岩壁を避《よ》けようと大回りしたバスは、丸太を積んだ大型トラックと正面衝突しそうになった。すると、バスは軽く二、三歩ダンスステップを踏むかのようにトラックをかわし、元の車線に戻って走行を続けた。

夕闇が迫り、所どころ道路脇の岩壁が行く手をふさぐように突き出している箇所があって、旅の危険は増す一方だった。それでも最後のほうはようやく平坦な道になり、埃っぽい郊外を走りながら、ルースはスティーヴンがナポリに来ることを主張した理由について再び考えることができるようになった。いまだにルースには、無意味な行動のような気がして仕方がなかった。

目的地が近づくにつれ、スティーヴンがぼんやり考え事をしている様子になったのを見て、ルースに見せないようにしつつも、内心では不安なのだろうかと思った。バスを降りると、スティーヴンは周囲を見まわして時刻表を探し、食い入るように見つめた。

心底疲れきっていたルースは、声を大にして抗議した。「まさか、同じルートで帰るつもりじゃないわよね。忘れているといけないから念のため言っておくけど、快適な電車というものが存在するのよ」

「忘れてやしないさ。けど、電車を使えば、疑問点がはっきりするかもしれないな。いずれにしても、明日の朝までラヴェントに戻るバスはない」

「助かった。それで、これからどこへ行くの？」

「セバスティアーノのフラットだ。タクシーで行こうと思う」

「今日いちばんの名案ね。スティーヴン、あの道を走っているあいだずっと、私が自制心を保つために自分に何を言い聞かせていたか知ってる？　『最後は誰も避けられない。死ぬときは死ぬ』（『ジュリアス・シーザー』第二幕第二場）っていうシェイクスピアのセリフよ」

「ずいぶん知的だね。僕が言い聞かせていたのは――まあ、恋しているときに誰もが言うようなことかな。考えてみれば、それも知的と言えなくはないか」

「あなたのほうが勇敢なんだわ。私なんて、死ぬ心構えをするのに必死で、ほかのことを考える余裕はまったくなかったもの」

「勇敢じゃないさ、僕だってとても怖い。実を言うと、今だって……」

「何？」

「わからない。なんだか虫の知らせのようなものを感じて、嫌な気分なんだ。今、僕が心からやりたいことが何かわかるかい？」

「何なの？」

「研究所に戻って、ゆったりとくつろぎながら、吹きガラス作りのような平和で楽しいことをしたいよ。けど、とにかくタクシーを探そう」

見つけたタクシーの運転手に、スティーヴンが赤い手帳に書かれていた住所を告げた。車内では二人とも黙り込み、スティーヴンの虫の知らせが何かはわからないが、ラヴェントからのバスの旅がいかに安全で気楽なものだったかを、ルースは今になって思い知ったのだった。

セバスティアーノのフラットは、みすぼらしい地区の中でも高い建物が並ぶブロックにあった。そのブロックにだけは優雅さの名残があるものの、近くの細い路地は喧騒にあふれた汚いスラム街で、嫌な臭いが漂い、例によって家から家へと洗濯物が旗のように干してある。ルースとスティーヴンは、長い階段を上っていった。狭い吹き抜けの周りを幾重にも折れ曲がった階段は、各階の踊り場に二つずつドアが設けられていた。一つのドアの向こうから激しい口論が聞こえたかと思うと、別のドアからは赤ん坊のけたたましい泣き声がし、いくつかのドアからは、ラジオから同じ音楽が大音量で流れていた。

二人は、さほど汚くはないが、とりたててきれいな建物でもない。ようやくセバスティアーノのドアに到着した。

「彼は、ここに一人で住んでいるのかい？　それとも結婚しているの？」と、スティーヴンが尋ねた。

「知らないわ。セバスティアーノさんのことは、ほとんど何も知らないの。でも、こんなに階段のある家に住んでいるなんて大変ね。きっと彼には、かなりしんどいでしょう」

　スティーヴンが呼び鈴を押した。

「君に説明してもらわなくちゃな。彼は僕を知らないんだから」

　フラットの中から足音と話し声が聞こえ、ドアが開いた。

「ああ、来たんですか」チリオが、驚きもせずに二人を見た。「よかった。あなたがたを捜しに人をやる手間が省けました。どうぞ」

　脇にどいてルースたちを招き入れ、ドアを閉めた。

　小さな玄関に、三人は窮屈そうに立った。

　ルースが言った。「では、セバスティアーノさんは、やはり刑事さんに知っていることを話しに行ったんですね？」

「いいえ、シニョリーナ」と、チリオは答えた。「彼は何も話していません。シニョール・セバスティアーノは、警察署《コミッサリアート》にたどり着かなかったのです。今日の午後、サンアンティオーコの通りで、頭部を撃たれた遺体となって発見されました」

第十七章

狭い玄関の空気はむっとして、息苦しかった。

「通りで、ですか」と、スティーヴンが言った。

「ええ。それなのに銃声を聞いた者も、目撃者もいません。不思議ですよね」チリオに案内されて部屋に入ると、別の男が手際よく入念に箪笥や食器棚を捜索していた。「今日は祝祭《フィエスタ》があって、一日中大きな音がしていましたから、犯人には好都合だったのでしょう。それでシニョリーナ、あなたにぜひもう一度、話をお訊きしたかったのですよ。セバスティアーノがサンアンティオーコに来ていて、警察に重要な話があると言っていましたよね」

ルースは頷き、部屋を見まわした。室内の暑さは、耐えられないほどになっていた。

チリオは続けた。「シニョール・ランツィは、屋敷にあなたを訪ねた際、セバスティアーノに会って駅まで車で送り、入り口で降ろしたと言っています。その三十分後、路地裏で彼の遺体が発見されました。シニョール・ランツィには、ナポリ行きの次の列車に乗らないとは一言も言っておらず、むしろ急いでその列車に乗ろうとしているように見えたそうです。でもあなたは、彼が警察署《コミッサリアート》に行くつもりだったとおっしゃった」

「ええ、そうです。セバスティアーノさんは列車に乗るつもりはありませんでした。そう見えたとしたら、それはランツィさんを遠ざけたかったからでしょう。撃たれたとき、おそらく彼は刑事さんに会いに行く途中だったのだと思います」

ルースは、疲れ果てて座り込んだ。疲れていなかったときのことを思い出せない気がした。山道を走るバスの中でスティーヴンに体を預け、腕に抱えられて笑い合っていたのが、前世の出来事に思える。

スティーヴンは、ドアの近くに立ったままだった。真剣な顔で彼女を見つめ、何かを伝えようとしているようだが、それが何なのか、ルースにはわからなかった。

ルースは、思い出せるかぎり、セバスティアーノから聞いたことをすべてチリオに話した。話しながら、フラットの中を見まわす。セバスティアーノ老人が雇い主の犯罪を黙っている代わりに手にした報酬は、決して高くはなかったようだ。持ち前の知識をもとに安く手に入れたのであろう美しい家具が数点あるものの、彼が貧しかったのは明らかだった。フラットには、一続きになった部屋が二つあるだけだった。二部屋とも壁は染みだらけで、天井にはひびが入っている。

チリオは、ルースの話に熱心に耳を傾けた。だが話が進むにつれ、ルースは、話の内容をすでに彼が知っていて、実は中身よりも、何を話して何を話さないかといった彼女の話し方に注目しているのではないかという気がしてきた。罠を仕掛け、ルースが引っ掛かるのを待ち構えているのだろうか。だがルースが口ごもり、老人から聞いた話が多少混乱しても、チリオはただ黙って話の続きを待った。

ルースが話し終わったとたん、ドアのそばに立っているスティーヴンがチリオに言った。「あなたは、今の話の大部分を知っていたんじゃないですか？」

つまり、スティーヴンもチリオに対して、ルースと同じ印象を抱いていたのだ。

チリオは答えた。「もし殺されていなかったら、シニョール・バラードの犯罪が長くは続かなかったのは確かです」

「彼は、それに気づいていたんですか」

「可能性はあります。なぜです?」

「ちょっと気になったんで」と、スティーヴンは言った。「もしかすると……もし、裏で糸を引いていると思われるギャングが、バラードが警察に目をつけられていると知ったら、彼を消そうと考えた説明がつくかもしれません。ギャングが誰なのかは、わかっていないんですよね」

チリオは肩をすくめた。「われわれは、思った以上に、いろいろとつかんでいるかもしれませんよ」

「つかんでいないかもしれない。知りたいことをすべてつかんでいたなら、バラードを泳がせておく理由がありませんからね」

「たとえ知っていても、証拠が必要な場合があります。それに、今回の事件がギャングの仕業だと決まったわけではありません。少なくとも、シニョリーナは、そう考えてはいないようです。セバスティアーノの話を聞いてもなお、彼女は懐疑的だ。あなたにも私にもまだ話していないことがあって、それがセバスティアーノの推理を信じない理由に違いありません」

ルースが慌てて訊いた。「なぜ、私が信じていないと思うんですか」

「だって、信じていないでしょう。違いますか」

「私にわかるわけがないじゃありませんか。ギャングや盗品の話を、今日初めて聞かされたんですよ。それまでだって、たくさんショックが続いたんですもの。何を信じて、何を信じてはいけないのか、すっかりわからなくなっているんです」

「あなたは信じていない」と、チリオは繰り返した。「この推理がおそらく真実を突いていると思われるだけに、その点が興味深いのです。なぜ信じないのか、理由をお聞かせくださるとありがたいのですが」

「どうして、私が信じていないとお考えなんですか」ルースは身構えた。

「あなたは顔に出やすいんです。本気で言っているのかそうでないのか、ご自分で思っている以上に相手に伝わっていますよ」

ルースは首を横に振った。「刑事さんは、私に何か言わせようとしているんですね。でも何を言わせたいのか、私にはわかりません。はっきりお訊きになったらどうです？」

「彼女が言っていないことを、僕がお話ししましょう」スティーヴンが口を挟んだ。「メモを見つけたんです。マルグリット・ランツィが昨日の午後、彼女が自分を訪ねてくるのを知っていた証拠のメモです。彼女に見せてもらってください」

「本当ですか」と、チリオはルースに尋ねた。

ルースは、バッグからメモを取り出してチリオに手渡した。

それをじっくり見てから、チリオは訊いた。「どこで見つけたのですか」

スティーヴンが答えた。「僕のポケットの中です。単純な話なんですが、信じてもらえるかどうか。でも、とにかく聞いてください」

スティーヴンは事情を話しだした。ルースにしたときと同じような口調で話し、途中、彼女に微笑みかけた。ルースは頬が赤らむのを感じた。もしかしたら、それがかえってスティーヴンの話に信憑《しんぴょう》性を与えたかもしれない、と思った。

話を聞き終えると、チリオは警戒した口ぶりで言った。「このメモが、もっと早く出てくるとよかったのですがね」

「まったく出てこない可能性のほうが高かったんですよ」と、スティーヴンが口を尖らせた。

「しかし、いちばん必要なときに都合よく出てくるとはね」

「これが偽造だと言いたいのなら――」

「なにも、そこまでは言っていません」

「言葉にしながら考えているのはわかってますよ。僕は、あなたの考えを先読みしたんです。悪い癖でしてね。いい結果を生んだためしがない。けれど、メモは本物だし、どうやって僕のポケットに入ったかという話も事実です」

「まあ、可能ではあるでしょうね」チリオはルースに視線を戻した。「本当に、今回の三件の殺人に関して、ほかに私に話すことはありませんか」

「三件？」

「二件でした」と訂正し、チリオはメモをたたんで財布にしまった。「すみません。三件などと言うべきではありませんでした。ただ、ニッキー少年のことが気になっていまして。彼の身に何かよからぬことが起きているのではないかという気がして、そういう恐れの気持ちから、つい口が滑ってしまいました。本当に申し訳ありません。ショックを与えてしまって、お詫びします」

ルースの心臓が、早鐘のように打っていた。チリオの説明に納得したふりをしようと努めたが、内心は動揺していた。彼は故意にルースにショックを与えたのだ。彼の言った三件目の殺人とは、決してニッキーのことではない。だが、なぜ知っているのだろう？　レスターの殺人が二件あることが、どうしてわかったのだろうか。二つ目の遺体、つまり本物のレスターの遺体が見つかったのか？　レスターの遺体をどうするかスティーヴンとルースが相談しているときに、屋敷内に潜んでいた人間がいたとスティーヴンは考えているが、その人物が警察に通報したのだろうか。

だが少なくとも、チリオがルースに言わせようとしていることが何なのかは見当がつく。彼は、死体安置所で見た遺体の男はレスターではなかったと認めさせたいのだ。

もしそうなら、チリオはまだ、それほど多くのことをつかんではいないということになる。そうでなければ、ショックを与えて認めさせるようなことはせずに、直接ルースを責めるはずだ。

少し気持ちが落ち着いてきて、ルースは、ようやくスティーヴンにちらりと目をやった。スティーヴンは入り口脇の本棚に寄りかかり、怪訝そうな、といっても困惑しきってはいない表情でチリオを見つめている。その瞬間、ルースの脳裏に、マルグリットがスティーヴンについて用いた言葉がよみがえった。「得体が知れなくてぱっとしないけれど、実は優しくて、いざというときに頼りになるタイプ……」マルグリットでも、時には真実を見出すことがあるということか。

「刑事さん、ほかに僕らに協力できることはありますか」と、スティーヴンが訊いた。「なければ、そろそろお暇《いとま》したいのですが」

「これ以上お話しいただけることがないのなら、用件はありません」チリオは幾分、落胆したように答えた。「ですが、サンアンティオーコへ真っすぐ戻っていただきますよ。そこは、文句を言いっこなしです」

「文句を言いたいところですが、どうしてもと言うのなら従いますよ」スティーヴンはルースの手を取った。

チリオが、さらに言った。「ナポリに来たのには、理由があったんでしょう？　そしてそれは、シニョール・セバスティアーノと話す目的だけではなかった。しかし……」彼は肩をすくめ、ドアのほうを指し示した。

ルースとスティーヴンは、何も言わずにフラットを出た。

いったん閉まった玄関のドアが、すぐにまた開き、箪笥と食器棚を捜索していた男が出てきて、階段を下りていく二人のあとを追った。通りに出た男は建物のあるブロックの入り口付近に停まっていた車に合図し、顎でルースとスティーヴンを指して二人が乗ることを伝えると、運転手に彼らを駅まで送るよう指示した。駅では、切符を買う二人に運転手がついてきて、列車に乗り込むのを確認し、発車するまでホームで待っていた。

「今のところ扱いは丁重だけど、態度は厳しいな」窓際の席に向かい合って座ると、スティーヴンは言った。「本当に厄介なことになるのは、いつだろう？」

「スティーヴン、あの刑事は知っているのよね。だって、三件って言ったとき……」人に聞かれる恐れのある場所でそれ以上口にするのを躊躇し、ルースは不安そうに周囲を見まわした。

「何かつかんではいるようだけど、君に思わせようとしたほど多くのことは知らないさ」

「私も、そう思ったわ。でも、もし警察があれを見つけたのだとしたら――」

「たぶん、見つけていないと思う。もう一方の件について新たな発見があったのかもしれないな。そっちのほうが可能性が高そうだ。彼の身元確認をしたのは君だから、本物がどうなったのか君が知っているかもしれないと考えて、ショックを与えて口を割らせようとしたんだ」

「で、顔に出やすい私は、彼の狙いどおりになってしまっていた？」

「いや、とてもよく頑張っていたよ」

「あなたもね。でも、わざわざナポリへ来たのは無駄だったんじゃない？」

「そんなことないさ。本来の目的を果たせただけじゃなく、それ以外にも有益な成果があったよ」

「本来の目的って、何だったの？」

「そうだな、僕らのあいだの誤解が一つ二つ解けたのは、有益だったと言えるんじゃない？」スティーヴンは身を乗り出して、ルースの両手を握った。「誤解は、ちゃんと解けたんだろう？　僕らは、二人とも同じ気持ちなんだよね？」

「ええ、そうよ。でもね、スティーヴン、あなたに話さなければならないことがあるの——」

スティーヴンは握ったルースの手を引き寄せて、指先にキスをした。

「公共の乗り物の中で殺人事件の話をするのは、どうかと思うよ」

「わかってる、しないわ。でも、二人きりになったら真っ先に聞いてね。あのとき、すぐに言うべきだったんだわ。部屋へ入ってきたあなたに、私とあれが一緒にいるところを見られたときに……あのときは、あなたのことがまだよくわかっていなかったけど、今なら言える」

「わかった。君と屋敷に行くから、そのとき話してくれ」

「ええ」と言いながらも、ルースは後悔し始めていた。さっき、ナポリに来た本当の目的を尋ねた際、スティーヴンが質問をはぐらかしたのが気になったのだ。

もしかすると、たいしたことではないのかもしれないし、もしかすると重要なことかもしれない。もしかすると、自分はまだ彼のことを何もわかっていないのかもしれない。もしかすると、彼を信じるに足る根拠が、まだないのかもしれない。もしかすると、もしかすると……。

ここへきて、ルースは思った。人が他人に対する不信感を完全に拭える日は、はたして来るのだろうか。それには、どのくらいの時間が必要なのだろう。数日か、数週間か、それとも何年もかかるのだろうか。

サンアンティオーコ駅に到着した二人は、馬車《カロッツァ》に乗った。だが祝祭《フィエスタ》を祝いに繰り出した大勢の人混みのせいで、屋敷のずっと手前で広場《ピアッツァ》を抜ける道がふさがれてしまっていた。ひしめき合う人々は、通り抜けたがっている車のために道を開けようとする気配もない。打ち上げ花火が空中で破裂し、宗教的な行列が聖人の絵を掲げて歌いながら広場へ向かって行進していた。行列が通る道ができると、それ以外の場所はさらに混雑した。

打ち上げ花火の音が銃声のように恐ろしく響いており、群衆の凄まじい圧力に圧倒されて、ルースは閉所恐怖症になったような恐怖を覚えた。しかし、ようやく馬車は静かな通りへ抜けることができ、スピードを上げた。背後から、聖歌を詠唱する子供たちの物悲しい歌声が聞こえてきた。振り向くと、人々の頭上で、聖人の絵が上下しているのが見えた。

馬車の御者はルースたちに、その日の午後サンアンティオーコで起きた銃殺事件の話を始めた。彼は勘違いをしていて、セバスティアーノが闇取引の世界の大物で、競合相手に殺害されたのだと思っていた。が、ルースもスティーヴンも訂正することはしなかった。ルースは、屋敷に着いたらスティーヴンにするつもりだった話のことを考えていた。本当に話していいものかどうか迷いだし、衝動的に行動してはすぐに後悔する自分に不安が募っていた。たとえ今、彼にここまで話そうと決断したとしても、いざとなったら、途中までしか話さないか、あるいはそれ以上に話してしまいそうだ。いずれにしろ、事前にあれこれ考えても無駄な気がする。

屋敷に着いたら話があると言ったことを彼が忘れてくれているのが、いちばんありがたいのだが……。そうすれば、少しは考える時間が稼げる。

だが、スティーヴンは忘れてはいなかった。馬車を降り、御者が馬をUターンさせてサンアンティオーコへ引き返していくと、スティーヴンはルースを強く抱き締めた。

「なあ」と、耳元で言った。「何も話さなくていいよ。聞きたくない。もう、どうでもいいことだ」

「でも――」

「いいんだ。終わったことだ。話さないでくれ」

スティーヴンが唇を重ねてきたとき、もしかすると彼は、話の内容がレスターとの関係についてだと誤解しているのかもしれないと気づいた。彼を信用してレスターを殺した犯人の名を教えようとしているとは、考えてもいないのだ。

「こんちは、旦那」傍らの闇の中で声がした。「旦那の未来を占うよ。ご婦人の未来も占うよ」

道路脇の暗がりから、小さな人影が近づいてきた。月明かりに照らされたその顔は、セキセイインコを連れた少年だった。

「未来を占うよ」少年は懇願するように繰り返した。「とっても、いい未来だよ。とっても大切な未来だよ」

鳥かごに手を入れてインコを取り出すと、かごの前についているトレイの端に乗せた。すぐさま、インコは小さな封筒を嘴《くちばし》で拾い上げた。少年はその封筒をスティーヴンに差し出した。

スティーヴンは笑って、「わかったよ」と言いながら、小銭を出そうとポケットに手を入れた。

ところが少年は、「ノー、ノー」と、スティーヴンのもう一方の手に封筒を押しつけ、くるりと後ろを向くと、暗闇の中へ走り去ってしまった。姿が見えなくなる直前、少年は一度だけ肩越しに振り向いた。月明かりの下、その顔は青ざめ、怯えているように見えた。

スティーヴンは立ち尽くし、ただ少年の後ろ姿を見送っていた。

ルースは、彼の手から封筒を取り上げて開いてみた。が、暗くて、中に入っていた紙に何が書かれているのか読めないので、屋敷への階段を上り、ドアを開けた。玄関の明かりのおかげで、鉛筆で走り書きされた、子供っぽい、見慣れた文字が目に飛び込んできた。

「怖がらないで。僕が助けるから」

それは、ニッキーの字だった。

第十八章

ルースは、メモをスティーヴンに見せた。

「ニッキーからだわ」

それを読んだスティーヴンは、階段を駆け下りた。

ルースもあとを追う。「どこへ行くの?」

「あの少年を追うんだ。ニッキーの居場所を知っているはずだ」

「そうね——ええ、きっとそうだわ」

「いなくなってしまったかもしれないが、なんとか捜し出すよ」

「いつ戻ってくる?」

「できるだけ早く。心配要らないから、寝ていてくれ」

「わかったわ」スティーヴンの姿が見えなくなるまで、ルースは階段に立って見ていた。

それから、再びメモに目をやった。丁寧にたたんでバッグにしまう。メモの意味がルースには見当もつかなかった。ニッキーは、いつも以上に混乱してしまっているに違いない。

そう考えたら、昨日の午後ここで見た事実を告げないままスティーヴンを行かせてしまったのは間違いだった、とルースは思った。彼は、ニッキーを殺人犯とは知らずに捜しに行ったのだ。今は、捜し出せないことを祈るしかない。おそらく見つかりはしないだろう。夜の闇と祝祭《フィエスタ》の人混みの中では、セキセイインコの少年は、粗砂《あらすな》にこぼれた一滴の水のように姿を消してしまうはずだ。

ルースは家の中に入った。誰もいないかのように静まり返っているが、客間に明かりが灯っていた。ドアまで行ってみると、マルグリットがソファに座っているのが見えた。身じろぎ一つしないので眠っているのかと思ったが、目は開いていた。しっかりと戸口を見据えるその瞳からは、じりじりして待ち構えていたのが見て取れる。それなのに、ルースを見ても少しも動かず、唇だけがわずかに開いた。

戸口に立ったまま、ルースは尋ねた。「ここで何をしているの？」

マルグリットに震えが走り、凍りついたように固まっていた体がようやく動いた。

「話があるの」と、彼女は言った。

「私たち、話すことなんてあるかしら」

マルグリットは、ソファの端を強く叩いた。

「あの人がどこにいるか、教えて。知ってるんでしょう？」

「誰のこと？」ルースは、それ以上室内へ足を踏み入れなかった。

「レスターよ。彼はどこ？」

「峡谷で、遺体で発見されたんじゃないの？」

マルグリットが弾かれたように立ち上がった。顔に怒りが浮かんでいる。「私と同じで、あなただって、あれがレスターじゃないことを知っているくせに」

「違うの？」

「とぼけたって、だめよ。全部お見通しなんだから。彼はどこ？　どこへ行ったの？」

ルースは後ろを向いてドアを閉めた。自分でも意外なことに、マルグリットを気の毒に思う気持ちが芽生えていた。彼女はレスターを愛しているのに、相手が本当に死んだことを知らない。冷酷な殺人まで手伝わせておきながら、自分を捨てていなくなったと思い込んでいる。レスターが実は永遠に彼女のものではなくなったことを、マルグリットは、これから知ることになるのだ。

ルースは数歩、部屋の中へ進んだ。

「お役に立てないわ、マルグリット。私は、何も知らないの」

「いいえ、知ってるわ。あなたも行こうとしている、彼の居場所を教えなさいよ」マルグリットが一歩近づいた。「レスターのためにあんなことまでしたのに、彼をほかの女に渡せると思う？　すべての計画を立てるところから手伝ったのよ。邪魔をさせないためにあなたを呼び出して、彼が使えるよう車を置いて――」

「やめて！」ルースは思わず周囲を見まわした。「何を言っているか、わかってるの？　誰かに聞かれたら、どうするの」

しかし、マルグリットは警告が耳に入らないようだった。

「彼がなぜ、こんなふうに去ってしまったのかがわからないと、頭がおかしくなってしまいそうなのよ。もう耐えられないわ。これ以上、何も知らずにじっと待っているなんて無理。どうして彼は、車に乗っていかなかったの？　車なしで、どうやって始末ができたっていうの？　使わないんだったら、なぜわざわざ、あそこに置けなんて言ったの？　私を嘲笑《あざ》うために最初から仕組んだことだったの？どうして彼から連絡がないのよ？　ねえ、教えて！」

「もう一つ、質問を忘れているわ」と、ルースは言った。「もし、私がレスターの計画を知っていたのなら、なぜ彼は、私を呼び出して遠ざける必要があったのかしら」

だが今のマルグリットには、そんな理屈さえ冷静に考えられないらしかった。

「そうよ、なぜ？　私も、それを知りたいわ」と、吐き捨てるように言う。「彼は、どうしてそんなことをしたの？」

「違うのよ。私は何も知らなかったの。どうして私が知っていると思うわけ？」

「あなたが彼を愛しているからよ」

「レスターが、そう言ったの？」

「そうよ。仕方ないんだ、って言って、よく笑ってたわ。でも今思えば、あれは目くらましだったのね。彼が本当に信頼していたのは、あなただったんだわ」

「目くらましじゃなくて、ただの嘘だったのよ」と、ルースは言った。「レスターは私が嫌っているのを知っていて、うぬぼれ屋の彼にはそれが許せなかったんだと思う。本当よ、マルグリット。あなたにだって、わかっているはずよ。そんなの嘘だって」

「彼は、どこ？」マルグリットは、ルースから二フィートの距離まで近寄ってきた。「私の目をちゃんと見て、彼の居場所を知らないと言えるの？」

ルースは、一瞬ためらってから答えた。「ええ、知らないわ」

マルグリットは薄ら笑いを浮かべた。ルースのためらいを見逃さなかったのだ。その直後、マルグリットの態度が変わった。

「お願いよ、ルース――どうか、お願い」と、哀願するようにささやく。「私を憎んでいるのも、その理由もわかってるわ。うちに招待した件で、私は嘘をついた――それは事実よ。でも今、私を助けてくれれば、本当のことを言うわ」

「助けることはできないわ。できるなら、そうしてあげるかもしれない――絶対とは言えないけど。でも、私にしてあげられることはないのよ」

「いいこと、警察には、あなたの望むとおりのことを証言するわ」と、マルグリットは言葉を続けた。ルースの言ったことが聞こえていなかったのかもしれない。「本当よ。あなたを家に誘ったことも、メモを残したことも、全部話す。だからあなたも、レスターについて真実を教えて――それがどんなことであっても。約束する。あなたに何を聞かされようと、警察には本当のことを言うわ」

「約束を守ってくれるとは思えないわ」と、ルースは言った。「それに、話せることなんてないもの。ただ……いいえ、私にできるのは忠告をすることだけ。でも、どうせあなたは耳を貸さないでしょうから、無駄でしょう？」

「どんな忠告？」マルグリットが、すかさず訊いた。

「レスターのことは忘れなさい」

「聞いて、ルース、お願いだから……」マルグリットは胸元で両手を握り合わせた。「あなたを誘っていない、って言ったのは、傷つけたかったからじゃないわ。レスターに言われたとおりにしただけなの。あのときは、あなたがどんなに危険な立場になるか、よくわかっていなかったのよ。まさか、男が殺されたのがバレて、あなたが疑われることになるなんて思いもしなかったの」

「やめて！　もうやめて！」その場にいるのが、急にルースには耐えられなくなった。「帰ってちょうだい。これ以上、話すことはないわ」

突然、マルグリットの口調が再び変化した。「でも、あなたが何か知っているのはわかってるのよ」と、声を荒らげた。「昨日の晩、ここへ来て、別の男の遺体確認をしたばかりのあなたを見てわかったの。どうも態度がおかしかったから。懸命に感情をごまかしているのが一目瞭然だった」

「きっと、自分がごまかしているから、そう思ったのよ」

「そうかもしれない——でも今、私はごまかしていないけど、あなたは相変わらず、ごまかしているわ！」

痛いところを突かれてルースは動揺し、ドアのほうに体を背けた。

マーガレットは続けた。「ほら——否定できないじゃない。わからないとでも思ったの？　後ろめたいことが何もなかったら、さっきの私の告白を聞いて、すぐに警察に電話していたはずだわ。でも、あなたはしなかった。私と同じで、安置所にある遺体がレスターでないことを知られるのが怖いからよ」

「だけど、警察はもう知っていると思うわ」

それを聞いて、紅潮していたマルグリットの顔から突如、赤みが消えて、灰色がかった、ぞっとするような青白い色に変わり、ルースは彼女が気絶するのではないかと思った。

「嘘よ」ややあって、マルグリットはどうにか声を発したものの、その目は恐怖で血走っていた。

ルースは首を横に振った。

「いいえ、嘘よ」マルグリットは繰り返した。「でも少なくとも、あの男がレスターじゃないと知っていたことは、やっと認めたわね。うっかりでしょうけど、もう引き返せないわよ。だから、いい加減、お芝居はやめにしましょう。お互い、折り合いをつけられるはずよ。あなたがレスターに関して本当のことを話してくれたら、私は警察に昨日のことを証言する。あなたが喉から手が出るほど欲しがっていたアリバイが手に入るわ――そうしたら、もう安全よ。メモの話もする。私が置いていったメモだと言って、新しく書いたのを渡したっていい」

「警察は、すでに本物のメモを手に入れているわ」と、ルースは言った。「スティーヴンが見つけて、提出したの」

「嘘よ！」

たった今、自ら提示した約束を、舌の根も乾かないうちから破りそうなその叫び声に、ルースはつい笑いそうになった。だが同時に、自分が彼女にしていることに恐ろしさも感じていた。マルグリットが何をしたにしても、これほどの恐怖と苦痛を相手に課している事実に自己嫌悪を覚え、冷静さを失って、彼女が知りたがっていることをすべて話してしまいそうだった。

「嘘よ」と、マルグリットは再び繰り返した。「信じないわ」しかし、その声に力はなく、とても自信がありそうには聞こえなかった。

「本当なの」と、ルースは言った。

「じゃあ――じゃあ、私が嘘をついていたことがアメデオにバレてしまうのね。なぜ私が嘘をついたかをあなたから聞いたら、彼はあなたの言葉を信じるわ。そして、レスターは去ってしまった……アメデオは決して私を許さないし、レスターはいなくなってしまった」最後のほうは喉を詰まらせた。

「アメデオも、あなたの嘘に気づいていたと思う。だから、何があってもあなたの味方になってくれるわ」

「いいえ、あなたは彼を知らないのよ。プライドを傷つけられて、黙っている人じゃないわ。とても冷酷な人間なの。私を殺しかねないわ。これまでにも、人を殺してきたの。戦時中にね。私には話したけど、ほかの人は彼の本性を知らない。私はずっと彼を恐れていたの。だから、レスターと恋に落ちたのよ。彼はアメデオとは全然違うタイプだった。でもレスターがいなくなった今、アメデオに何もかも知られてしまうわ」

「だけど、彼はもう知ってるわ」夫の人物像についてマルグリットはどのくらい本気なのだろうと訝りながら、ルースは重ねて言った。

マルグリットがドアを開けた。「もしもアメデオが知っていたのだとしたら、彼がレスターを殺したんだわ」と言って、部屋を出ていった。

足音が遠のいてから一、二分して、車が走り去る音が聞こえた。スティーヴンとサンアンティオーコから戻ってきたとき、屋敷の近くにマルグリットの車があるのには気づかなかった。おそらく、明かりを消して道路脇に停めてあったに違いない。わざと明かりを消し、待っていることをルースに知られないようにしたのだろう。

ルースは寝ようと思ったが、ベッドに行く代わりに椅子に座り込んだ。疲れ果てて二階に行く元気もなかった。とりあえず、これだけ疲れていれば眠れるだろう。大事なのは、もう考えないことだ。だが、一人で静かにしていると次から次へとたわいもない考えが浮かんでくる。

柱となる三つの考えが、ぐるぐると頭の中を巡っていた。レスターがチェックのシャツの男を殺害した。ニッキーがレスターを殺害した。ニッキーではない、ほかの誰かがセバスティアーノを殺害した。

ほかの誰かがセバスティアーノを殺害した。

誰なのだろう？　その人物は、ニッキーにとっても、ルースにとっても、スティーヴンにとっても危険な存在だ。

するとまた、同じ考えが浮かんできて堂々巡りだった。

その一方で、深刻なこの状況とはあまりにかけ離れ、まるで別室で静かに音楽が流れているかのように、スティーヴンのことがちらちらと頭に浮かんでくる。こんなときに幸せなことを考えてはいけないと、思いを遮ろうとするのだが、しだいに幸福感が募って恐怖や疑念を押し流していくのだった。

眠くなってきたルースは、立ち上がって二階へ向かった。

階段を半分ほど上ったところで、マッジがキッチンから姿を見せた。あくびを手で覆い、瞼《まぶた》が重そうで顔色が悪い。

「ずいぶん遅かったわね」と、マッジが言った。「どこへ行ってたの？」

「ナポリに行っていたの」と、ルースは答えた。

「なるほど、それなら納得がいくわ。なんだか、これまでと違う表情をしているもの。夕食は済ませたんでしょうね」

「そういえば、まだだったわ。でも、大丈夫」

「お腹はすいていないのね？」

「疲れすぎて、空腹は感じないわ。出かけているあいだに、何かあった？」

「哀れなセバスティアーノ老人の件は聞いた？」

「ええ」

「あなたとエヴァーズさんは、犯行時に出かけていたんだから、警察に疑われることはないわね」

「警察に何か訊かれた？」

「訊かれたなんてもんじゃないわ！」マッジは、またあくびをした。「警察の聴取にはうんざりよ。チェザーレだって、自分がどこにいたか証明できないばかりか、そんな気さえないのよ。あの人がどこにいたか私は知ってるし、いくらばかでも、自分のためになるなら認めればいいのに」

「チェザーレは、どこにいたの？」

「サンアンティオーコの女のところよ。私が知らないと思ってるみたいだけどね。たぶん、私が後ろを向いた隙に警察に話しているんでしょう。自分の身を危険にさらすような人じゃないから」

「もう寝るわ。おやすみなさい、マッジ」

「おやすみなさい。その顔を忘れないで。あなたらしいわ」

ルースは二階へ上がり、自室に入って電気をつけた。自分の考えていることが表情に出やすいとは、今日まで思ってもいなかった。そんなにも簡単に人に読み取られるとは。

まず鏡台に向かった。マッジが言った表情がどんなものか、鏡を見て確かめようと思ったのだ。

部屋の中ほどまで来たところで、ルースはぴたりと足を止めた。

鏡台の鏡の前に、ピンクのゼラニウムを生けた花瓶が置かれていたのだった。

第十九章

顔を殴られたような衝撃だった。

これを置いたのはチェザーレに違いない。この花に、嘲笑と脅しの意味を込めているのだ。花瓶ごと窓から投げ捨ててしまいたかったが、そんなことをすれば、この花にルースを怯えさせる力があるのを認めることになる。

それにしても、チェザーレはなぜ、この花の持つ意味を知っているのだろう。直観による推測という可能性はあるだろうか。階下の部屋を掃除していてソファの裏についた血痕に気づいたマッジが、そのことをチェザーレに話し、ゼラニウムがキョウチクトウに交換されていたというマッジの話と照らし合わせて、何らかの結論を導き出したのかもしれない。だとすると、事実に気づいていることを知らせるためではなく、ルースが彼の疑いを裏づける行動を取るのを期待した罠という線もある。

彼がルースをはめようと画策してゼラニウムを使った可能性が捨てきれない以上、この花に動揺したと悟られないことが肝心だ。だがルースには、単なる当て推量とはどうしても思えなかった。どうやってかは知らないが、チェザーレは昨日家の中で起きたことを知っている気がする。彼自身のアリバイが確かなのだとすれば、誰かが教えたことになる。ニッキーとルース以外の人間が家にいて、彼女とスティーヴンがしたことを見ていたのだ。スティーヴンの言うとおりだった。すべてを目撃した何者かがチェザーレに指示し、ピンクのゼラニウムを使ってルースを脅している。

スティーヴンの部屋に忍び込み、レスターが殺されたときに着ていた服を持ち去って、代わりにもう一人の被害者の衣服を置いたのも、同じ人物だ。これも、やはり警告と脅しのためだろう。

こんなことをするのは、セバスティアーノが言っていた正体不明のギャングのボスに違いない。セバスティアーノを殺したのも、その人物だ。

しかし、チェザーレが友人に偽のアリバイ証言をしてもらい、実は犯行時に屋敷内にいたという推理のほうがシンプルとも言える。彼がギャングの一味だとすれば、決して難しいことではない。その点について、警察の捜査はどこまで進んでいて、どの程度、事実をつかんでいるのだろう。いずれにしても、ルースの推理までたどり着いているとは思えない。ナポリに滞在しているあいだ、マッジはチェザーレと一緒ではなかったと警察は言っていた。マッジは、自堕落な息子より嫁を頼りにしている病弱な義母をよく訪ねており、この日も一日、義母のもとにいた。だがチリオ刑事の話では、チェザーレは何人もの友人に会っていたという。チリオが本当はどう考えているのか知りたいところだが、突き止める術《すべ》がない。

すっかり眠気が覚め、ベッドに横になっても、時折聞こえる蚊の羽音を気にしながら暗がりの中で天井を見つめているしかなかった。今夜は、いつも以上にうだるような暑さだった。

ルースは、何もかけずに横たわっていた。疲れきっているのだが、頭の中を空にすることも、筋肉をリラックスさせることもできなかった。鏡を背景にゼラニウムの輪郭だけが見える。

何度も何度も、ルースの思考はスティーヴンとニッキーへと戻った。スティーヴンはニッキーを見つけただろうか。見つけたとすれば、何がわかっただろう。それに、ナポリに行った真の目的は何だったのか。目的は果たせたと言っていたが、ルースの見るかぎり、セバスティアーノのフラット内部を見た以外には何もしていない。

告白をするために、わざと目的のない旅にルースを連れ出したかのようにも思えるが、それならサンアンティオーコでもできたはずだ。

だとすれば、目的はナポリに行くことではなく、ルースをサンアンティオーコから連れ出すことだったのか？

ルースは、すぐにその考えを打ち消した。どこかの時点で、人を信用する決断をしなければならない、と思う。その人のすべてを知ることはできないが、これから起きる殺人事件に対する自分たちのアリバイを確保するためにルースを連れ出したかどうかなど、あれこれ考えるべきではない。そういう疑念を抱くのは、もうやめよう。論理的には可能性があるにしても、それを考えたらきりがない。

たとえ昨日、確かにこの家の中にいて、ルースの部屋を探ることができたとしても。

ルースの心臓が、再び激しく打ちだした。喉元で脈打っているかのようだ。「口の中に心臓がある」という表現は、こういう状態を言うのだろう。蒸し暑い暗闇に横たわるルースの脳裏に、新たな可能性が浮かび上がってきたのだ。それはまさに、恐ろしい可能性だった。

彼女の部屋を探ったのがスティーヴンだったら、どうだろう。彼が欲しいものをルースが持っていると思って探したのだとしたら。探しているものは見つからなかったが、屋敷内のどこかで、レスターが殺した男の服を見つけたとしたら。レスターの遺体を脱がせたのではなく、ただポケットを探って偽造パスポートとチケットと赤い手帳を取り出し、最初に殺された男の血痕がついた服と一緒にホテルに持ち帰ったとしたら。ルースを怖がらせるために血のついた服を見せ、さらに怯えさせるため、それとなくピンクのゼラニウムをちらつかせるよう、チェザーレに命じたのだとしたら。手帳をルースに見せたのは、最後のページに書かれた番号の謎を彼女が解いてくれると思ったからだとしたら。彼女の部屋を探ったのは、あの赤い手帳を見つけるためだったとしたら……。

だが不意に、ルースはこの推理の穴に気がついた。些細な穴で、推理全体を打ち崩すものではないにしても、見逃すわけにはいかないものだった。赤い手帳を探すとしたら、最初に探るのはレスターのポケットだ。スティーヴンは、そうやって手帳を見つけたのだろう。ならば、彼がルースの部屋を探った目的は手帳ではない。彼にしろ、別の泥棒にしろ、ルースがどんな重要なものを持っていると思ったのだろうか。

まるで貴重な宝石ででもあるかのように、ルースの思考はこの小さな穴にしがみついた。

宝石！　それが答えということはないのか？

だが、宝石は寝室ではなく南米に保管されていて、赤い手帳が重要なのは、宝石の隠し場所が記されているからだ。手帳を欲しがる人間が、ダイヤやルビーを求めてルースのワンピースやブラウスを引っ掻きまわすとは思えない。

それなら、いったい何のために部屋を荒らしたのだろう。

この疑問に対する答えを見つけられないまま、ルースは眠りに落ちた。

睡眠は、長くは続かなかった。朝陽が差し込んで間もない頃、窓の下からいきなり呼びかけられて目覚めたのだ。「ルース！　そこにいるかい、ルース？」

それは男の声だった。ぼーっとした頭でスティーヴンの声だと思ったのだが、窓に駆け寄って下を覗き込んでみると、アメデオがテラスに立っていた。彼女を見上げるその顔には、疲労が色濃く出ていた。ひどく動揺しているように見える。

「頼むから、下りてきてくれないか。マルグリットのことで話があるんだ」

「彼女に何かあったの?」

「わからない。どこにいるのか、わからないんだ。頼む、下りてきてくれ」

ルースは窓辺を離れ、ガウンを羽織って階下のドアへ行った。アメデオは後ろ手に固く手を握って、テラスを行ったり来たりしていた。ルースの姿を見ると、足早に駆け寄ってきた。

「起こしてしまって、本当に申し訳ない。ほかの人たちを起こしてはいけないと思って、直接君のところへ来たんだ。許してくれるかい?」

ルースはテラスへ出た。暑苦しい寝室に比べ、空気は爽やかで涼しかった。

「何があったの?」と、彼女は尋ねた。

「わからないが、もう耐えられないんだ」アメデオはしわがれ声で答えた。「昨夜、マルグリットが君に会いに行くのは聞いていたから、何か知っているかと思って。彼女は来たんだろう?」

「ええ」ルースはテーブルへ歩み寄った。朝靄《もや》に霞んだ湾の青さが、しょぼつく目をリフレッシュさせてくれる。「あれから、彼女を見ていないの?」

「ああ、そのあと帰ってこなかったんだ」

「ここに長居はしなかったわ」

「どこへ行くか、言っていなかったかい?」

「家に帰るものとばかり思っていたんだけど」昨日のこともあって彼を信用しきれず、ルースの口調は警戒ぎみだった。

アメデオは再び行ったり来たりし始めた。

「出かけるとき、一時間もしないで帰ると言ったんだ。ついてこなくていいと言われた。行きたかったんだが、私がいたら君が正直に答えてくれないかもしれないと言うものだから。本当の理由は、そうじゃなかったのだと思う。きっと、私に聞かせたくないことがあったからなんだろう。だが私は、彼女のしたいようにさせて待った。なかなか帰ってこないので心配になって、最初は君に電話をして、まだマルグリットがいるかどうか訊こうとしたんだ。でも昨日、君に言ったことを思えば、私に対していい感情を持っていなくて、本当のことを答えてくれないかもしれないと思った。それに——ほかに不安なこともあってね。だから待つことにしたんだ。だが、彼女は戻らなかった。私は一晩中起きて待っていた。狂人のように部屋を歩きまわり、彼女を呪ったり呼び求めたりした。ルース、マルグリットに何があったんだろう。いったい、どうしたんだと思う?」

「わからないわ、アメデオ。私にもまったくわからない」ルースはテーブルの前に座り、両手で頭を抱えた。「電話をかけないことにした不安っていうのは何なの?」

「それはいいんだ。気にしないでくれ。私がばかだった。心配することはない。あまりに不安に駆られると、恐怖も増大するんだよ」アメデオはテーブルに近づき、ルースに面と向かった。「マルグリットがここに来たとき、何があったんだい? 本当のことを教えてくれ」

「話をしたの」

「ああ、それはわかってる」

「それだけよ。そのあと、出ていったわ。車で走り去るのが聞こえたの」

「いいかい」アメデオは身を乗り出して言った。「君たちが話したのは知っている。話の内容も想像がつく。バラードとの不倫が話題だったことを私に告げるのを恐れているのなら、心配は要らないよ。もしかして、マルグリットがあんなことを君にしようとしたのに彼女に義理立てしているのか、それとも私を傷つけたくないと思ってくれているのかい？　だが、私なら大丈夫。傷ついたりしない。そんな段階は、とうに越えている。それに、マルグリットに義理立てする理由だってないだろう。彼女は君に殺人容疑がかかるよう仕向けたんだぞ。彼女が――」アメデオは口をつぐみ、乗り出していた体を引いて咳払《せき》いをした。「彼女が、君は無関係だと知っていた殺人のさ」

ルースは怪訝そうに眉をひそめた。「今、彼女が犯した殺人、って言おうとしたわね。そうなんでしょう？　でも、マルグリットは犯人じゃない。彼女は午後ずっと海辺の岩場にいたんですもの。何人もの人が証言しているわ」

「わかるもんか」と、アメデオは呟いた。ルースに背を向け、湾を見つめる。「彼女に何ができたか、誰にもわからないよ」

「レスターを殺すことはできなかったはずよ」

アメデオは大きく息をついた。「ああ……そうだね。だが、やはり……ルース、君ではなくマルグリットを信じているふりをして昨日言ったことで、私を憎んでいるんだろうね」

「憎んでなんかいないわ」と、ルースは答えた。「腹は立ったけど、妻を愛していることを憎んだりはしない」

「彼女が、とても心配だったんだ。だが、本当にひどいことをしてしまったと思う」

「レスターとの不倫の件をあなたが知っているって、マルグリットに言ったの。昨日のあなたの言葉で、それがわかったから。でも、彼女は信じようとしなかった。知っていたなら、あなたはレスターを殺しただろう、って言うの」

「遅かれ早かれ、そうしただろう。やつが今生きていたら、殺してやるところだ」

「マルグリットは、生きていると思っているわ」

アメデオがルースに向き直った。くぼんだ目が光っている。「どういう意味だ?」

「彼女、そのことを話しに来たの。どうやら、峡谷で発見された遺体が実はレスターではないと思っていて、彼は生きていると言い張るの。今どうしているかを私が知っているに違いない、って」

「本当なのか?」アメデオは驚いた顔をした。

「レスターが生きているなんて、嘘よ。彼は死んだわ」

「君は、その目で見たんだよね? 身元確認をしたんだろう?」

「ええ」

「だが、マルグリットはレスターが生きていると思っている。やつに捨てられたと思っているんだな。だから昨日、あんなに取り乱した様子だったのか。やつの死は耐えられなくても、捨てられたとなれば……。間違いの可能性はないのかい、ルース? 君の見た遺体が、本当はレスターではないということはないか? よく見なかったとか。遺体をじっくり見るなんて無理だろう。ひょっとしたら、君の勘違いで、レスターは本当は生きているのかもしれない。だとしたら、マルグリットはそこへ行ったんだ――やつに会うために!」

「いいえ、アメデオ」ルースは、きっぱりと言った。「レスターは死んだのよ」

「だったら、彼女はどこにいるんだ。なぜ、家に帰ってこなかったんだ」

「わからないわ」

「彼女を怖がらせたのか？　彼女に何かしたのか？」

「怖がらせたとは思うし、彼女のほうも私を怖がらせたわ。でも、相手に手を出したか、という意味なら、二人ともそんなことはしていない。ただ、正直言って、そうなってもおかしくない瞬間はあったわ。電話をして、そう言われるのが怖かったの？――別の殺人事件が起きたと？」

アメデオは肩をすくめた。「かもしれない。いや、実はそうなんだ。マルグリットの思いつめた様子になんとなく気がついていたもので、君を招待していないと嘘を言いだしたとき、私はてっきり……だが、彼女は確かに海辺にいたんだよな……でも昨夜、帰ってこなかったから怖くなったんだ。もしかしたら君たちのどちらかが……ルース、自分でも頭がおかしくなっているのはわかっている。ずっと前からおかしいんだ。マルグリットののぼせがいつか治まると信じて我慢していたあいだ、ずっとだ。気違いじみた希望ほど頭をおかしくするものはない」

「気違いじみてなんかいないわ。ただ――ただ少し、寛大すぎただけよ」

「マルグリットがどこへ行ったか、本当に知らないんだね？」

「ええ、本当よ、アメデオ。知っていたら、教えてるわ。彼女は車に乗り込んで走り去ったの」

「どんな様子だった？」

「そうね――とても動揺していたわ」

アメデオはテーブルのそばに腰を下ろした。「何を考えるべきかも、どうしたらいいかもわからない。レスターが生きている可能性があるなら、考えようもあるんだが……でも、君はあり得ないと言う。その言葉を信じるよ。どうやら確信があるようだからね。それに君は、マルグリットがレスターの死と関係ないことも確信しているみたいだ。私だって、昨日の彼女の奇妙な行動さえなければ、そんなことを考えたりはしなかったさ。君のアリバイを否定した件は別として、彼女は、その――悲しみに打ちひしがれているというより、絶望し、恐れ、怒っているようだった。だから、あの二人のあいだに何かあったのではないかと考えるようになった。レスターがマルグリットに飽きて別れを切りだし、彼女が報復をしたのではないか、と……そう、確かに犯行時、彼女は岩場にいた。だが彼女に代わって、ほかの誰かが殺したのかもしれない。例えば、マルグリットにのぼせ上がっていて、レスターを消してしまえば自分のものにできると思った、エヴァーズのような馬鹿野郎がね」

ルースは立ち上がった。「コーヒーを淹れてくるわ」自分が動かなければ、アメデオは延々と喋り続けるだろうと思った。「とても疲れているみたいよ。コーヒーを飲めば、少しは気分がよくなるんじゃないかしら」ルースは急いで家の中に入った。

キッチンへ行って水を火にかけ、コーヒーをフィルターに入れた。お湯が沸くのを待ちながら、ふと時計を見ると、もう七時近かった。そろそろスティーヴンのホテルの人間が起きていていい時間だ。今、電話をすれば、誰か出るだろう。

ルースは電話をかけに行った。応対した女性は、スティーヴンを呼んでほしいと頼むと渋った。シニョール・エヴァーズは早起きが何より嫌いだと言うのだ。だが、緊急の要件だとルースに説得されて呼びに行った。

一、二分して、女性が戻ってきた。

「残念ながら、シニョール・エヴァーズはお部屋にいらっしゃいません」

「もう出かけたんですか？」ルースは驚いて訊いた。

「いいえ、昨夜はお戻りにならなかったようです。ベッドを使った様子がありませんから。お戻りになったら、メッセージをお伝えしましょうか」

「いいえ、結構です。あとでかけ直します」ルースは受話器を置いた。キッチンへ戻り、フィルターにお湯を注ぐ。手がひどく冷たく、口が乾いていた。心配要らない、と自分に言い聞かせる。きっと、ニッキーを捜して思ったより遠くまで行っているだけだ。スティーヴンの身に何かが起きたわけではない。彼は自分の身を守れる人だ。私は心配などしていない。

だが、テラスに持っていこうと持ち上げたトレイをきちんとつかんでいられずに、危うく落としそうになった。

襟《カラー》をつけず、裸足で髪も梳《と》かしていないチェザーレが階段を下りてきて、驚いた声を上げた。「もう起きているのかい、シニョリーナ！　俺がトレイを運んでやるよ」

チェザーレはルースの手からトレイを取り、彼女のあとについてテラスへ出た。

アメデオは両手で顔を半分隠し、テーブルの前に座ったままだった。彼はルースを見上げた。

「マルグリットが何をしたのか、わかった気がする」と、力なく言った。「前にも一度、やろうとしたことがあるんだ。そのときは私が止めた。おかげでそれ以後、彼女から重荷を背負わされることになった。私は毎日、不安で仕方なかった。彼女の陽気さとユーモアは見せかけだ。うわべだけのものなんだ。心の中には、常に大きな恐怖を抱いていたんだよ。いつか、欲しいものを手に入れられずに遠くへ旅立つことになるかもしれない、ってね。彼女はとても弱い人間だったんだ」

チェザーレはトレイを置き、二人のためにコーヒーを注いでいた。

「こんな格好で、すみませんね」と、明るく言う。「まさか、この時間に人に会うとは思わなかったんでね。まあ、この暑さじゃ、なかなか眠れませんよね。俺自身、あまり寝られなかったんですよ」

チェザーレの声は、相変わらず呑気そうだった。テーブルから一歩下がったところに立ち、二人に微笑みかける。そして、さりげなく片手をズボンのポケットに入れた。無意識にやっているかのようにさりげなく、再びポケットから手を出した。その手には、赤い手帳が握られていた。

第二十章

カップの半分近くのコーヒーが、ルースのガウンにこぼれた。アメデオが驚いて跳び上がった。

「どうしたんだ、ルース」アメデオはこぼれたコーヒーではなく、ルースの顔を見ていた。

チェザーレが、てきぱきと言った。「布巾を持ってきます」

「いいの」と、ルースは言った。思ったより大きな声になった。「たいしたことないから」

だが、チェザーレは家の中へ入っていった。

アメデオは、まだ心配そうにルースの顔を見ていた。「なんだったんだい？　どうして、そんな顔をしたんだ」

「なんでもないわ」ルースはコーヒーポットに手を伸ばし、カップに注《つ》ぎ足した。「マルグリットが見つからないことを警察に言うべきなんじゃない？」

「帰ってみて、まだ戻っていなかったら、すぐに警察に通報するよ」再び腰を下ろし、コーヒーに砂糖を入れてかき混ぜた。「なあ、さっきチェザーレが手に持っていたものに気がついたかい？」

「なんだったの？」ルースは、顔を引きつらせて訊いた。

「手帳だよ。小さな赤い手帳だ。不思議なのは……いや、思い違いかもしれない」

「何を言おうとしたの？」一心にコーヒーカップを見つめながら尋ねる。

「いやね、レスターの手帳じゃないかと思ったんだ。住所録なんだが」

「そうだったかもしれないわね」

「だとしたら、チェザーレはあの手帳をどうしたんだろう」

「どこかで見つけたんじゃないかしら」アメデオを見る勇気はなかった。口調のさりげなさとは裏腹なまなざしでこちらを見ているのでは、と怖かったのだ。

「レスターは、あの手帳をいつも持ち歩いていたよ」と、アメデオはなおも言った。

「でも、同じ手帳とはかぎらないでしょう」

「表紙に『住所録』と英語で書かれていた。チェザーレが、そんなものを持っているかな」

彼のしつこさに、ルースは強い苛立ちを覚え始めた。「わからないわ。見当もつかない」

アメデオは黙ってルースをじっと見た。そして言った。「すまない――どうでもいいことだよね。でも、細かいことが妙に気になるときがあるだろう?」と言って、コーヒーをすすった。「ニッキーからは、まだ連絡がないんだよね?」

「ええ」

「マルグリットとニッキーが二人とも行方不明とは……おや!」アメデオは立ち上がって、道路が見える手すりに近寄った。「警察だ。彼らの車の音じゃないかと思ったんだ」

「ずいぶん早いのね」ルースはコーヒーを飲み干して腰を上げた。「着替えてくるわ。そんなに時間はかからないから」

だが、ルースが家の中に入る前に、チリオと二、三人の男たちがテラスへの階段を上ってきた。ルースはその場に立ち尽くし、アメデオはルースの横へ来て、警官らと向き合う格好で待った。

今朝のチリオは、いつもより顔色が悪く不機嫌そうに見え、昨日とはどこか雰囲気が違う感じがした。具体的に何が異なるのか、うまく言えないのだが、確かに違っている。ルースは怖くなった。

何か重大なことが起きようとしていて、それはルースにとって厄介なものだという予感がした。相変わらず無表情なこの男は、今や明らかに彼女の敵であり、危険な武器を振りかざしてきそうな気がする。

チリオは静かにルースに挨拶した。「またお訊きしたいことが出てきました。重大な内容なので、警察署《コミッサリアート》までご足労いただきたいのですが、お望みなら、ここでお話ししてもかまいません」

「ありがとうございます」ルースは言った。「ここでお願いします」

「僕は、いないほうがいいかな」と、アメデオが尋ねた。

「いてくださってもかまいません」と、チリオは答えた。

だが、アメデオの問いはルースに対してのもので、彼はもう一度繰り返した。

「いてちょうだい」と、ルースは言った。「みんな座りましょう」

一同はテーブルを囲んで座った。

チリオにコーヒーを勧めたが、彼は首を振った。ルースは自分のカップにコーヒーを注ぎ、煙草に火をつけた。

「それで、何のお話ですか」と、彼女は訊いた。

チリオは黙って憂うつそうに湾を眺めていたが、いきなり首を回してルースの顔を見た。

「昨日、シニョーラ・ランツィのお宅に残してあったというメモをくださいましたね」

ルースは頷いた。

「そのときのメモに間違いないですか」

「間違いありません」

「シニョール・エヴァーズと別れたあと、真っすぐシニョーラ・ランツィのお宅に行って、一時間ほど待ったという話も間違いありませんか」

「はい」

「その供述を変えるつもりはありませんか。メモは、あなたに頼まれて、あなたを守るためにシニョーラ・ランツィがあとから書いたものではないんですか」

アメデオが何か言いかけたが、ルースがすかさず目で合図を送ったので、口をつぐんだ。

「ランツィ夫人にお会いになったんですか」と、ルースは訊いた。「彼女が、そう言ったんですか」

「私の質問にお答えいただけませんか」

「お渡ししたメモは、あの日の午後、ランツィ家で私が見つけたものです。ランツィ夫人が、私を守るためにそんなメモを書くわけがありません」

「友人なんですよね」

「いいえ、違います」

たまらず、アメデオが割って入った。「刑事さん、お願いですから教えてください。昨夜以降に妻に会ったんですか？　夕方、シーブライトさんに会いに出かけたあと、帰宅していないんです。私は、心配で気が狂いそうだ」

「彼女が、ここへ来たのですか」

「はい」

「そのあと、彼女を見ていないんですね」

「ええ——刑事さんは会ったんですか？」

「いいえ、残念ながら」と、チリオは答えた。「話を続けましょう」視線を再びルースに注ぐ。「あなたの供述が本当なら、つじつまが合わないんですよ。ランツィ家にいたという時間に、あなたがこのガレージからシニョール・バラードの車に乗って山道の方角へ行ったあと、戻ってきて車をガレージに入れたところを目撃されているのです」

まったく予想外の言葉に、ルースの困惑は、はっきりと顔に出た。あまりに事実とかけ離れ、あり得ない内容だったので、真面目に取り合えと言うほうが無理だと思った。こんな話、どうということはない。とんだ言いがかりだ、と言えばいいだけだ。そう言いさえすれば、信じてもらえる。

だが、口を開いたルースの声はかすれていた。「でも、それは事実ではありません」

「目撃者がいるのです」と、チリオは言った。

「だって、目撃されるはずがありません。そこにはいなかったんですから」

「目撃者が名乗り出てきましてね。あなたがランツィ家にいたと主張する時間に、今言った行動をしているのを見たと言うのです」

「それは誰なんですか」

「崖に通じる分かれ道の角にある売店の店主です。戸口に座っていた彼女は、あなたが車で走り去り、ほどなく戻ってきたのを見たと言っています」

「あり得ません——本当に、絶対にあり得ません」

しかし、そう言いながら、ルースの心の中にしだいに危機感が募ってきた。テラスにいる男たちの顔には一様に、恐ろしいまでに冷ややかな表情が浮かんでいる。アメデオさえ、ルースには冷淡に見えた。しかも、本当の危機はまだ姿を現していないと彼女は感じていた。たった今突きつけられた突拍子もない嫌疑の中に、看過できない何かが隠れている。それは、いったい何だろう。どうやったら、突き止められるのだろうか。

座っているルースの顔は、不安の色が隠せなかった。考え事に気を取られている彼女を引き戻すかのように、チリオの口調が強くなった。「この女性は、あなたの顔をよく知っています。午前中、同じワンピースを着て、同じスカーフを頭に巻き、同じサングラスをしたあなたが海に行くのを見たそうです。いつでも宣誓して証言すると言っています」

「そうですか」だが、彼女にはまだ、大事なものの姿が見えていなかった。嫌疑の陰に潜んでいる重大なものは、いったい何だろう。

と、そのとき突然、ルースは気がついた。何者かがガレージから車を出し、また戻ってきたのを店の老婆が目撃したのだとしたら、しばらくあとに同じことをしたスティーヴンのことも見ていたはずだ。まだ戸口に座っていたなら、まず間違いなく目撃している。だとすれば、そのこともすでに警察に話しているだろう。

だが午後遅い時間に、はたして老婆は戸口に座っていただろうか。ルースは目を覆い、警察の車で前を通ったときの小さな店の様子を懸命に思い出そうとした。あの太った老婆の姿は、戸口にあっただろうか。

チリオはルースの動作を誤解した。弁明を崩されて泣いていると思ったのだ。この瞬間を利用しようと、彼は優しく話しかけた。「さあ、知っていることを正直に話したほうがいい。なぜ、あんなことをしたのですか」

　両目を指で強く押さえていたため、瞼《まぶた》の裏の暗闇に奇妙な模様がぐるぐる回った。確か、道端に女性の一団がいた。バケツや水差しを手に、サンアンティオーコからやってくる給水車を待っていた。赤いネッカチーフを頭に巻いた太った老婆が、女性たちの真ん中に座っていた。売店の老婆だ。だが、坂道を下りる途中で給水車とはすれ違わなかった。よくあることだが、予定より遅れていたのだろう。老婆は、しばらく道端で待っていなければならなかったはずだ。それから給水車が到着して運転手が女性たちの持ってきた容器に水を入れるあいだ、車の周りでお喋りや冗談に興じ、そのあとも、お開きになるまで、女たちはさらに長いこと話し込んでいたことだろう。すると老婆は、スティーヴンがガレージから車を出して戻ってくるのを見ていない可能性が高そうだ。

　ため息をつき、ルースは顔を上げた。その目に涙はなく、瞳は輝いている。

「彼女が見たのは、私ではありません」と、ルースは言った。「私の服とスカーフとサングラスを身に着けた、別の人間です」

「午前中、同じ服とスカーフ姿のあなたを、近くで見たと言っているんですがね」

「水色のワンピースと紅白のスカーフですか？」

「ええ」

「泳いだあと、着替えたんです。グリーンのワンピースを着て、スカーフもサングラスもしていませんでした」

「では、別の人間が故意にそれらを身に着けて、あなたになりすましたと？」

「そのとおりです。遠くから見たら、老婆には同じ人に見えたでしょう。頭にはスカーフをかぶって、濃いサングラスで顔を隠しているんですから。実際、もし見慣れない化粧でもしていれば、あの売店より近くからでも、それほどよく知らない人を見分けるのは難しいと思います」

「確かに」と、チリオは認めた。「ですが、だったら誰があなたの服を着たのです?」

「レスター・バラードです」と答えることもできたが、ルースは肩をすくめた。「刑事さん、私はそのとき、ここにいなかったんですよ」

「それでもあなたは、それを証明しなければなりません」

「これ以上、どんな証拠をお望みなんですか」

少したためらってから、チリオは言った。「私はまだ、あなたが話していないことがあると思っています」

ルースは頷いた。「一つあります。たった今、刑事さんから私を見たという老婆の話を聞かされて思い出したのですが、バラードさんが亡くなった日の夜、寝室に上がったとき、部屋が荒らされたことに気がつきました。そのときは、訳がわかりませんでした。所持品を探られる理由に心当たりがなかったからですが、いくつかの品が、確かにいつもの場所とは違うところにあったんです。でも、やっとわかりました。部屋を荒らしたのではなく、誰かが私の服を借りたあと、元の位置に戻さなかったのでしょう」

ルースはこの弁明に満足していた。あのときは無意味な家探しに思えたが、ここへきて重要な意味を持ったのだ。

チリオが質問した。「そのことを誰かに話しましたか」

「いいえ」

「なぜ話さなかったんですか」

「よくわかりません。もう遅かったですし、とても疲れていましたから。それに、バラードさんの死で大きなショックを受けていましたし」

「でも、あの時点では、彼が殺されたとは知らなかったんですよね」

「もちろんです」

「だったら、部屋を荒らされたのは、とても奇妙な出来事に思えたはずです」

「そのとおりです」

「なのに、そのことを誰にも言わなかった。もしかして、この家の中でほかにも奇妙なことが起きていると、すでに疑っていたんじゃありませんか」

ルースは、ようやく罠に気がついた。それで、できるだけ引っ掛けに気づいていないふりをした。

「何も考えることができなかったのだと思います」

「普段だったら、部屋を探られたら誰かに言ったでしょうね――例えば家政婦とか、雇い主のシニョール・バラードとかに。それとも、人に所持品を引っ掻きまわされても気にならないタイプですか」

「そんなことはありません」

「でも今回は、誰にも話さなかった」チリオは椅子をルースに近づけた。「もし、殺人が起きたことをすでに知っていたなら、話はわかるんです。殺人事件があったら、ほかに妙なことが起きても不思議ではない。人が来るのを待って、部屋が荒らされたと告げるのは、かえって危険かもしれない。殺人に遭遇した人は、いろいろなことを隠すものです」

「私が殺人だと知ったのは、翌朝です。誰かに話す時間がなかっただけです」

チリオは、ルースのほうへ身を乗り出した。「本当は、部屋を荒らされてはいなかったのではないですか。何者かが自分の服を着てレスター・バラードの遺体を車で運んだという話の裏づけになると思って、今、とっさにでっち上げたのではないですか。犯行時、あなたはランツィの屋敷ではなく、ここにいた――」

「違う！」

門のほうから大きな声が叫んだ。

テラスにいた全員がそちらを向いた。

「彼女は、ここにはいなかった。何もしていないし、何も知らない」テーブルを囲む人々のほうへ向かって歩きながら、ニッキーが言った。「僕が証明できる。だって、ここにいたんだから。父を殺したのは僕だ」

第二十一章

ニッキーは背が高く、とてもスリムで色黒だった。顔立ちの繊細さ以外は、あまり父親に似ていない。普段は猫背気味で、せっかくの格好いい体形がもったいないと思うような歩き方をするのだが、今日はしっかりと背筋を伸ばしていた。わざと毅然とした態度を装っているようだった。ルースが最後に見たときと同じ服装だが、着ているシャツに血痕はついていなかった。誰かに洗ってもらったのだろうか。手に、新聞紙にくるんだ包みを持っている。

「ほう」チリオが静かに言った。「とうとう戻ってきたんだね」

「自白するために戻ってきました」と、ニッキーは言った。

ルースを見ようとしないことに違和感を覚え、彼女は黙っていた。何かが彼女に、動くなと警告を発しているような気がした。ニッキーの姿を見て泣きそうになったが、そんなことをすれば、すべてが台無しになってしまう。たちまちニッキーは動揺し、ルースが何年も心を砕いてここまで来たのに、また取り乱した手に負えない子供に戻ってしまうだろう。だが二日間、彼を守るために人を欺き続けてきたルースにとって、目の前に立つニッキーを見るのは、言葉にならないほど胸が痛んだ。

「では、自白を聞こうじゃないか」腹の立つことに、チリオの言い方は面白がっているように聞こえた。

父親の嘲笑に耐えながら暮らしてきたニッキーには、最も危険な口調だということをルースは知っていた。しかし、ニッキーはその口調に反応を示さなかった。彼は、持っていた新聞の包みをテーブルに置いた。

チリオが包みを開いた。中に入っていたのは、茶色い錆がこびりついた重いスパナだった。

「父を殺した凶器です」と、ニッキーは言った。

「これなら人を殺せるな」と、チリオは呟いた。「いいだろう、続けて」

アメデオが立ち上がった。「これは不当ですよ、刑事さん。彼は子供です。こんなふうに尋問すべきじゃない」

「僕が話したいんだ」と、ニッキーが言った。

いまだにルースを見ようとはせず、思いつめたような目つきで真っすぐ前を見据えている。その視線に何か意味があるような気がするが、ルースは驚きと不安が大きすぎて、集中して考えることができなかった。

「続けてくれ」と、チリオが言った。「なぜ、お父さんを殺したんだ」

「大嫌いだったからです」と、ニッキーは答えた。「ずっと前から殺そうと思っていて、いつでも実行するつもりでした。そうしたら二日前、朝食のときに口論になったんです」あまりにもすらすらと早口で話す様子から、セリフを練習してきたのは明らかだった。「いつもと変わらない口喧嘩だったんですけど、今回はシーブライトさんが巻き込まれてしまったんです。父はシーブライトさんにひどく失礼で、彼女はとても怒っていました。そのことを、電話でランツィさんに話しているのを聞いたんです。シーブライトさんは、もうこれ以上我慢できないから、イギリスに帰ると言っていました。

そうなったら、もう二度と会えなくなると思いました。でも、父を殺して財産を手にすれば、僕もイギリスに行けると思ったんです。だから、その日に計画を実行することにしました。自転車であちこち走りまわりながら、どうやろうか考えました」

「家庭教師のところに行かずに、だね」

「はい。しばらくして戻ってきて、ガレージの車の中からスパナを取り出して家に入りました。そしたら、父が――」

「ちょっと待ってくれ。お父さんがその日早く帰宅するのが、どうしてわかったんだ」

「知りませんでした。だから、父を見て驚きました。自分の部屋で父の帰りを待つつもりだったんです。ところが、僕が家に入るのを聞きつけたみたいで、父が客間の戸口にやってきたんです。ショックでした。まだ心の準備ができていませんでしたから。父の様子も変でした。見たことのない茶色のスーツを着て、夕陽とヤシの木の模様が入ったネクタイをして――」

「どんなネクタイだったって?」半ば無関心だったチリオの態度が一変した。緊張したように背筋を伸ばして座り直す。

「趣味の悪いネクタイでした。父はいつも服装に気を遣うタイプだったのに、そのときのネクタイは、夕陽とヤシの木が描かれた、いやに派手な色のものだったんです。すぐに目がいきました」

「それに、茶色のスーツだったんだね」

ルースは震えていた。しかし、いったん始まってしまった自白を止める術《すべ》はなかった。

「はい」と、ニッキーは言った。「でも、ネクタイほどはっきりとは覚えていません」

「実に興味深い」と、チリオが呟いた。

アメデオが突然、大声を上げた。「そんなばかな！　レスターが着ていたのは――」

チリオが怒ったようなしぐさで、それを制止した。「続けなさい」と、ニッキーを促す。

ニッキーは、ごくりと唾をのんだ。細く長い指を、もじもじと動かしている。

「ええと、父が声をかけてきました。その――僕が家庭教師の先生のところへ行かなかったことについて、とやかく言っていました。父のあとについて客間に入って、スパナで殴ったんです。簡単でした。僕のほうが背が高いから。数回殴るだけでよかったんです。父は――倒れて死にました。何も言葉は発しませんでした」

アメデオが拳でテーブルを叩いた。「まったく、ばかばかしい！　レスターは頭を銃で撃たれて死んだんだ」

「それはどうでしょう」と、チリオが言った。「ランツィさん、これ以上、口を挟むようなら、この子を署に連れていって、あなたの邪魔が入らないところで尋問することになりますよ」彼はニッキーに視線を戻した。「それから、どうしたんだ？」

「ええと、父が死んだのを見て、遺体をなんとかしなければと思ったんですが、どうしていいかわかりませんでした。僕は車の運転ができませんから。どうすべきか決断する前に、誰かが入ってくる物音を聞いてパニックになりました。慌てて家を出て自転車に乗って、全速力で逃げました。話せるのはそれだけです。新聞で、父の遺体が峡谷で発見されたという記事を読んだんですが、どうして遺体がそこに運ばれたのかはわかりません。誰かが僕を助けるために事故に見せかけてくれたのかもしれません。だけど、警察は事故じゃないと思っているのを知っていましたから、誰かほかの人が僕の代わりに容疑者にされると思いました。それで、戻ったほうがいいと考えたんです」

「まあ、ニッキー！」ルースの口から声が漏れた。

ニッキーはそれでもなお、ルースを見ようとしない。そして不意に、ルースはその理由に思い至った。なぜ、誰のことも見ずに、険しい目で真っすぐ前を見つめているのか。ニッキーは嘘をついているのだ。

だが、どんな嘘をついているのだろう。ルースの信じるかぎり、彼はここで起きたことについて真実を語っている。ニッキーが話した父親殺害の経緯は、血痕をつけた彼が屋敷を飛び出すのを見て以来、ルースが想像していたとおりだった。

どうやらニッキーが知らないらしい事実は、峡谷で発見された遺体が父親のものではないという点だ。ならば、彼の視線をあれほど頑《かたく》なにしているのは、その嘘のせいなのか？　実は、二つの殺人があったことを知っているのだろうか。供述より本当は長く家にとどまっていたのか？　最初の殺人を目撃したのか？　それとも、まったく違う嘘なのだろうか。

チリオが話を続けていた。「今まで、どこにいたんだい？」

「山に隠れていました」

「一人で？」

「はい」

「食べ物はどうしていたんだ」

「少しはお金を持っていたので、村に行って買いました」

「新聞も？」

「はい」

「それで、お父さんの遺体が発見された記事を読んだんだね」

「そうです」

「しっかり読んだかい?」

「当然です」

「だったら、お父さんがスパナで殴られたのではなく、頭を撃たれて殺されたと書かれていたのを、どう思った?」

ニッキーは片足からもう一方の足へ体重を移した。「理解できませんでした。だけど、新聞なんて信用できないでしょう? みんな嘘ばっかりだ。わざと嘘を書くこともあるし、ただ頭が悪いだけのこともある」

「そうかい?」チリオは、わずかに微笑んだ。「だが、峡谷で発見された遺体が頭を撃ち抜かれていたというのが嘘ではなかったとしたら? 見つかったとき着ていたのが茶色のスーツと、夕陽とヤシの木が描かれたネクタイではなく、お父さんが普段着ているシルクのスーツだったとしたら? 君はどう思う?」

ニッキーは不安げに顔をしかめた。「わかりません」

「実際に起きたのは、そうなんだ——それが真実なんだよ。だから教えてくれ。そうなると、われわれが峡谷で見つけた男は、お父さんではなかったかもしれないとは思わないかい?」

ニッキーの顔に戸惑いの色が広がると同時に、それまでなかった恐怖も浮かんだ。理解できないことに立ち向かわなければならないときに、いつも浮かべる表情だ。自分が理解できないのを認めることに、彼は極度の恐怖を感じるのだった。

つまり、この件に関してニッキーは嘘をついてはいない。彼は二つ目の殺人のことは知らなかったのだ。

「でも、僕が父を殺したんです」ニッキーは途方に暮れたように言った。「本当です、僕が犯人なんです」

「われわれが発見した遺体を見たら、お父さんかどうかわかると思うかい？」

顔がますます青ざめたが、ニッキーは「はい、わかると思います」と答えた。

「シニョリーナ・シーブライトは、遺体を見て君のお父さんだと言った。だが、私は違うと思っている。彼女が本当にそう信じているのかはわからないがね。しかし不思議なのは、もしその遺体がお父さんではないとしたら、彼の遺体はどこにいってしまったのかということだ」

「刑事さん」アメデオが決然と口を挟んだ。「例の遺体がレスターではないと考える根拠は何ですか」

「手首が均等に陽焼けしていたからです。それなのに、遺体は幅広い金のバンドがついた腕時計をはめていました。時計は新しいものではなく、シニョリーナ・シーブライトが本人のものと特定しました。それに、彼女の話では、シニョール・バラードは水泳をしなかったそうです。よく海に行く人なら当然、腕時計は外すでしょうから、時計をしない状態で太陽の下に長時間いて手首が均等に陽焼けし、腕時計のあとが白く残ることはないかもしれません。だが、彼は泳ぎが好きではなかった」チリオはそばにあった椅子をつかんでニッキーのほうへ押しやった。「座りたまえ。私の推理を話して聞かせよう」

ニッキーは座りたくないようだった。椅子の背を両手でつかみ、その場に立っているつもりのように見えた。しかし、急に気を変えて椅子に座った。

チリオは、ニッキーだけでなく、テーブルを囲む全員に向かって話し始めた。「レスター・バラードは、近いうちに警察の手入れが入ることに気づいていたのだと思う。バラードが窃盗団の一味と関係があることを知ったわれわれは、少し前から彼を監視していた。われわれは、ナポリにある彼の店がギャングの根城であることをつかんでいた。しかし、バラードがギャングのボスではないこともわかっていた。彼に指示している人間が別にいる。まだ警察に尻尾をつかまれていない人物だ。バラードはもちろんだが、われわれのターゲットは、そのボスだった。だから、彼を泳がせていたんだ。だが、バラードはそれに気づいて逃亡を企てたのだと思う。そして、できるだけ安全に逃げるため、自分が死んだことにしようと考えた。どういう方法でか、身代わりになりそうな男を見つけ、一昨日の午後ここで会う手筈を整えた。何だ?」チリオは、背後の物音を聞いて苛立たしげに振り向いた。

「何の用だ」

テラスに出てきたのはチェザーレだった。

「すみません、刑事さん、俺も聞かせてもらっていいですか」

チリオは頷いた。「予定どおり二人はこの家で落ち合い、バラードがその男の頭を拳銃で撃って殺害して自分の服を着せ、自分は茶色のスーツと、息子に不快感を抱かせたネクタイを身に着けた。それから、庭の小道を通って遺体をガレージの車へ運んだ。ここからは、今組み立てた推理だ。今朝ここへ来たときは、シニョリーナ・シーブライトが車を運転して山道へ行き、事故に見せかける工作をして、この正体不明の男の遺体を峡谷に投げ捨てたのだと思っていた。遺体の男は小柄だし、彼女は力のある若い女性だ。やってできないことはないだろう。彼女がバラードの共犯者なのは間違いないように思えたので、彼の現在の居場所を訊き出しに来たんだが、どうやら、車を運転していたのは、彼女の服とスカーフとサングラスを身に着けたバラードだったようだ。遺体を遺棄して家に戻り、いつものように車をガレージに入れて家に入り、逃亡の最後の準備をしているところへ息子が現れた。あとほんの数分で出ていくところだったのにだ。どうやって逃げるつもりだったのかはわからない。自分の車は使えなかった。駅から乗って帰ってガレージに入れ、いつもの山道への散歩に行ったと思わせたかったわけだからな。何かしら、逃亡の手段を用意していたに違いないんだが――」

「いいえ、違うわ！　待って！　その推理は間違っているわ。ああ、なんてばかだったのかしら！」ルースは興奮して跳び上がった。頬が紅潮している。チリオの推理には、スティーヴンの推理と同じ穴があることに気づいたのだ。「私は、あなたが犯人だと思い込んでいたの！」ルースはニッキーに向かって大声で言った。「嘘をついているのはわかっていたけれど、そのことについてだとは思わなかった。そうよ、あなたに犯行は無理だった。刑事さんも私も間違っていたのよ。もっと早く気づくべきだったわ」

ルースを押しとどめる手があった。ニッキーがいきなり立ち上がったのだ。体が激しく震えている。「僕がやったんだ！」と、彼は叫んだ。「彼女の言うことを聞いちゃだめだ。僕を助けようとしているだけなんだ」

「彼が私を助けようとしているのよ」と、ルースは言った。「私がやったと思ってるの。でも、私も犯人じゃない。誰が犯人か、今わかったわ」

いきなり笑いだした人物がいた。甲高い、ヒステリックな笑いだ。笑い声の主はアメデオだった。

「わからないさ、わかるわけがない」立ち上がり、ぞっとする笑い声に体を震わせながら叫んだ。

「証明できないよ。何も証明できはしないんだ。彼女はずっと海辺にいたんだからな。彼が使えるように車を置いたかもしれないが、自分ではここに来ていない。彼女がやったなんて、証明できないんだ」ふらつきながら門に向かい始めた。

「シニョール・ランツィ、戻ってください」チリオが声をかけた。「今の言葉を説明してくれますか」

立ち止まろうとしないアメデオのあとを二人の警官が追い、腕をつかんで連れ戻した。

「私が説明します」と、ルースが言った。「彼は、奥さんがバラードさんを殺したと思っているんです。でも、彼女はやっていません。できたはずがないんです。犯行のあった日は、午後中、海辺の岩の上にいたんですから」

「犯人が誰なのか教えてくれるんじゃないんですか」チリオが皮肉っぽく言った。

「その前に、なぜ犯人がニッキーではないのか、彼の告白が真実ではないのかをお話しします」

チリオはじれったそうにルースを見た。彼の注意をニッキーから逸らそうとする策略としか思っていないのは明らかだったが、何も言わないのでルースは続けた。

「レスターにとって重要だったのは、普段どおりに見えることだったんですよね。刑事さんも、そうおっしゃいました。普段と違ったのは、彼が早く帰宅したことです。それはどうしても避けられないことでした。それ以外は、あらゆる点で、いつもと変わらない行動に見えるよう細心の注意を払ったはずです。そうですよね」

「ええ、そうです」と、チリオが言った。「そのとおりです」

「駅から帰宅して、車を家に置き、日課の山道への散歩に出かけて轢き逃げ事故に遭ったように見せたかったんですよね」

「ええ、それが私の推理です」

「だったら、なぜ、峡谷に遺体を遺棄して戻ってきたとき、車をガレージに入れたのでしょう。どうして門のところに停めなかったんでしょうか。チェザーレ！」ルースはチェザーレを振り返った。

チェザーレは唇から舌先をちらりと出した。油断のない目つきに怒りと恐怖が浮かんでいる。「なんだい、シニョリーナ？」

「バラードさんは、自分でガレージに車を入れたことがあったかしら？」

「いいや」

「ほらね」ルースはチリオに言った。「レスターは、人に仕えられるのが好きでした。ほかの人間にやってもらえることは、決して自分ではしませんでした。彼にとって、車をガレージに入れることは、普段とは違う行動に思えたでしょう。何もかも普段どおりにすることが何より大事なときに、彼らしくない行動を取ろうとしたはずがありません。山道から戻ったレスターは、車を門のところに置いて、真っすぐ家の中に入ったのだと思います。売店の女性からは門は見えません。見えるのはガレージだけです。ですから、車が戻ったことは知らなかったでしょう。でも、少しあとに、茶色のスーツを着て安っぽいネクタイをし、たぶん帽子か何かとサングラスを身に着けた見知らぬ人が通りを歩いてきて、マルグリットの車を盗むのを目撃することになったかもしれませんでした。レスターの大型車をガレージに入れたのは別の人間で、それはニッキーではあり得ません。ニッキーは運転ができないのですから」

「つまり」と、チリオがおもむろに言った。「車をしまったのはバラードを殺した犯人で、あなたの服を着たバラードを真似たのだと？」

「そうです。レスターは山から戻って車を門のところに停め、屋敷内に入って私の服を脱ぎ、茶色のスーツを着ました。犯人は家の中で待ち構えていて、彼の行動を見張っていたに違いありません。でも、犯人は彼を逃亡させる気はなかった。そこで、スパナで彼を襲って殺害しました。そして私の服を着て、車をガレージに戻したんです。それから、レスターの遺体を車に運ぶつもりでした。おそらく峡谷に遺棄しようと考えていたので、そうせざるを得なかったんでしょう。そこへ、ある人物が入ってきて、計画が中断されたんです」

「誰です?」

「僕です」

ニッキーが泣きじゃくるような声を出した。「いいから――何も言わないで、ルース」

ルースは続けた。「私は、ちょうど車をガレージに入れたところに帰ってきたのだと思います。レスターはすでに客間で死んでいたに違いありません。私は真っすぐ二階の自分の部屋へ上がったので、何も見ませんでした。でも犯人は、私が物音に気づいて戻ってくるのではないかと不安になった。すると、ニッキーが帰ってきて、父親が死んでいるのを発見したんです。彼は二階で動きまわる私の気配に気がついて在宅していることを知り、レスターを殺したのが私だと勘違いしたんです。朝、マルグリットと私の電話での会話を全部聞いていたとしたら、ただの言葉の綾だったのですが、そんな雰囲気に聞こえたとしてもおかしくなかったと思います。それで、即座に私を守ろうと決意して、凶器のスパナを持って逃げ、自分に疑いがかかるようにしました。ところが、新聞や人々の噂話から、思ったとおりになっていないことを知り、自白しに戻ってきたんです」

「遺体は?」と、チリオが言った。「バラードの遺体はどうなったんです?」

その質問に、ルースは不意を突かれた。興奮して早口で話していた彼女は、事件の概要がわかったことと、ニッキーが殺人者ではなく、ずっと思っていたとおり愛情深く優しい、勇敢な少年であることがわかってうれしくなっていて、自分の説明がどこにつながっていくかを考えていなかったのだ。チェザーレは危険な笑みを微かに浮かべており、ニッキーは、ルースが自滅しようとしているのを案じて、心配そうに彼女を見ていた。

チリオが静かに語りかけた。「今、たいへん興味深いことをおっしゃいましたね。では、バラードが峡谷で発見された知らせを伝えに警官が訪れたとき、彼の遺体はどこにあったのですか」

ルースの体がわずかに揺らいだ。頭がくらくらし始めた。こうなってしまっては、彼女とスティーヴンが遺体をどう始末したかを打ち明ける以外、道がない。

関わっているのが自分だけなら、すぐに話したかもしれない。だが、スティーヴンが罪に問われるかと思うと、どうしても躊躇してしまい、言葉に詰まったそのとき、道の向こうから音が聞こえてきた。「パカッパカッ」という馬の蹄《ひづめ》の音と、馬車《カロッツァ》の御者の「ア、アー!」という奇妙な唸り声だった。ほどなく、曲がり角から馬車が姿を現した。ジュリオが手綱を握る馬車に乗っていたのは、スティーヴンだった。

ルースは手すりに駆け寄って、大声で呼びかけた。

スティーヴンも何か叫んだが、その声は、曲がり角からいきなり猛スピードで現れたジープのけたたましいクラクションにかき消された。ハンドルを切って馬車を避《よ》けたジープは、門の前に急停止した。警官たちが降り、そのうちの一人が階段を駆け上がってきて辺りを見まわすと、チリオに近寄って耳打ちした。

チリオは立ち上がり、テラスにいた仲間たちといったん席を外して話し込んだあと、テーブルに戻ってきた。

「シニョール・ランツィ、たいへん悪いお知らせです」と、チリオは言った。「奥さんが発見されました」

アメデオの表情が硬くなった。息もしていないようだ。

「奥さんは、亡くなりました。サレルノ方面へ向かう途中で、彼女の運転する車が道路から数百メートル下の海に転落したのです。即死だったと思われます」

アメデオは石になったように座ったまま動かなかった。が、やがて十字を切り、声は出さずに唇を動かした。

スティーヴンがテラスへ上がってきて、ルースの傍らに立った。ルースは自分に驚いていた。こんなときだというのに、スティーヴンが髪を切ったことに気づいたのだった。

第二十二章

　髪を切ったスティーヴンを見て、ルースは可笑しなくらいときめきと幸福感を感じた。これほど大変な事態に直面しているさなかでもそんなことを覚えているなんて、本当に自分のことを愛してくれている、と思ったのだ。しかも、スティーヴンの外見は格段によくなっていた。今までよりきっぱりとして、たくましく、だらだらした感じがしない。だが、この変化は、単に髪を切ったからだけではなかった。たぶん、髪を切ったことだけでは、頭の形がいいという事実が判明したにすぎない。それも、ルースにとって満足のいく発見には違いなかったが。

　チリオがルースに向き直ったので、それ以上、スティーヴンのことを考えることはできなくなった。

「私の質問に答えていただいていませんよね」と、チリオは言った。「レスター・バラードの遺体はどうなったんです？」

　スティーヴンが驚いたのがわかった。ルースは彼の手を強く握って、何も言わないよう牽《けん》制した。そして自分でも驚くことに、その質問に対してきわめて冷静に答えたのだった。

「最終的にどうなったのかは知りません。でも、警官が訪ねていらしたときにどうなっていたかは想像がつきます。スティーヴンが玄関をノックしたのを聞いて、私が一階へ下りてくると、例の大きな緑と白のソファがいつもの場所にありませんでした。部屋の隅に動かされていたんです。それを見て妙だとは思いました。そこで立ち止まって、誰かが部屋にいたことに気づけばよかったんですけど、そのときはまだ、まさか殺人事件が起きたなんて知りませんでしたから、ソファの後ろに遺体が隠れているかどうか確かめようとは思いもしませんでした。きっとあのとき、遺体はそこにあったのだと思います。それに気づいたのは、刑事さんがいらしてソファの裏を見たあとです。帰られてから、私も血痕を見つけました」

「だったら、遺体はいつ家から運び出されたのですか」

「その日の夕方です。警察署から帰ったら、ソファが元の場所に戻っていました」

「で、犯人は……?」

ルースは、テラスの反対側に目をやった。「チェザーレ、犯人はあなたなんでしょう?」

チェザーレの細身の体がこわばった。一瞬、その目が怒りで燃えたが、取ってつけたように肩をすくめ、ルースに笑みを向けた。

「ああ残念だよ、シニョリーナ。認められるものなら、あんたのためにそうしてやるんだがな。俺は喜んで自分を犠牲にする人間だが、今回は無理なんだ。犯行時にここにいたと言ったって、刑事さんが納得しない。俺が一日中ナポリにいたことをよくご存じだからね。徹底的に訊き込みをしてもらったら、俺がどこにいたか、逐一、警察が証言してくれるだろうよ」

「そのとおりです」と、チリオが言った。「彼には何人もの証人がいます。それは動かしがたい事実です」

「だったら、チェザーレ」ルースは言った。「刑事さんに、あなたがどうやって赤い手帳を手に入れたか説明して」

危険な賭けだった。手帳を見つけた場所を話す度胸がチェザーレにはあるかもしれず、ルースの推測では、それはスティーヴンの部屋に違いなかった。彼が留守だった夜のあいだに、部屋に忍び込んで盗んだのだろう。そうなると、ルースとスティーヴンは深刻な事態に陥るかもしれない。

だが、チェザーレは急におどおどし、ミスを犯した。「赤い手帳って何だ？」と怒鳴るように訊いたのだ。「そんなもの持ってないぞ」

アメデオがわれに返った。「いいえ、持っています。間違いありません」と大声を出した。「今朝、手にしているのを見ました。あれは、レスターの住所録でした。レスターはその手帳を常に持ち歩いていて、知り合いに電話をしたいときには、すぐに取り出して番号を調べていました。身代わりにした男の遺体が手帳を所持していなかったのなら、それはレスターが手帳を手放したくなかったからでしょう。だとすると、チェザーレは本物のレスターの遺体から奪い取ったに違いない」

「違う！」と、チェザーレが叫んだ。「そんなことはしていない！　俺は遺体を見てないんだ！」

「彼の言うことは、おそらく本当ですよ」と、スティーヴンが言った。

ルースは驚いて彼を見た。

「ええ、そうです」スティーヴンは続けた。「事実なんです。チェザーレは、セバスティアーノを殺害したが、バラードは殺していないし、遺体を目にしてさえいない。彼の言うとおり、一日中ナポリにいたんです。完璧なアリバイを作ってから、犯行がすべて終わったあとに帰ってきた。だがその日、ナポリにいなかった人物が別にいる」スティーヴンは握っていたルースの手を放し、手すりのところへ行った。「おい、ジュリオ！」と声をかける。

ジュリオは馬車に座り、くたびれた緑色の帽子で顔を隠して、どうやら居眠りしていたようだったが、二度目で目を覚ました。馬車から降りると階段を上ってきて、テラスにいる一同に、帽子を胸に当ててお辞儀をした。皺の寄った、細い無害な悪党顔には、不安げながらも、意に添いたいという凛《りん》とした思いがにじんでいた。

「旦那、お呼びですかい？」

「ジュリオ、あそこのご婦人をよく見て、二日前にサンアンティオーコへ乗せてきたアメリカ人の女性じゃないか、教えてくれないか」そう言いながら、スティーヴンは屋敷のドアの方向を指さした。

ルースが信じられない面持ちでスティーヴンが指したほうに目をやると、戸口の陰にマッジが立っているのが見えた。

マッジはオーバーオールを着て、両手をポケットに突っ込んでいた。肉づきのよい整った顔に、ぞっとするような笑みを浮かべている。普段より少し顔色が悪く見えるが、燦燦《さんさん》と陽射しが降り注いでいる中で、日陰に立っているせいかもしれない。

「最初はチェザーレで、今度は私だなんて――ずいぶん、やってくれるじゃないの」マッジはルースに向かって皮肉っぽく言った。これまでにないほど、ヨークシャー訛りが強かった。「私をアメリカ人と間違える人がいたら、医者に頭を診てもらったほうがいいわよ」

「ジュリオ、どうだい？」と、チェザーレが訊いた。

ジュリオはマッジに近づき、上から下までじろじろ見つめた。顔を覗き込み、肩や胸の形を吟味しても、見惚れるだけで見覚えはなさそうにしていたのだが、足首を見て表情が変わった。そして、うれしそうな笑い声を上げた。

「ハッハッ、ポンペイで売春宿に入れなかったアメリカのご婦人だ！」クスクス笑いに合わせて、痩せて年老いた体が揺れた。「顔はわかりません――サングラスをしてましたからね。髪も見ませんでした――派手なスカーフをかぶってましたから。真っ赤な口紅をして大きなイヤリングはつけてましたがね。でも、足首は知ってまさあ。ほら、痕がいっぱいあるでしょう。蚊に好かれちまってて、いっぱい食われるんだ。馬車に乗るのを手伝ったときに、蚊に食われたこの痕を見て、こんなきれいなご婦人の足首にこんなに傷痕があるなんて、気の毒だな、と思ったんでさあ」

「嘘つき！　あんたは大嘘つきのじじいだ！」マッジは激昂した。「これを言わせるために、いったいこの爺さんにいくら払ったのよ」

「わしに金を払ったって？」耳を疑うと言わんばかりに、ジュリオは大きな声を出した。「この旦那は五百リラで、坂道を上って家の前で待ってろと言った。たったの五百リラで、運賃表どおりでさあ。もっと払ってもらいたいもんだ！」

「嘘よ！」マッジが叫んだ。「私は一日中、ナポリでチェザーレの母親と一緒だったわ」

「そうだ、そうだ」と、チェザーレが擁護した。「ずっと、おふくろと一緒だった。おふくろが誓って証言するさ」

「そうだろうな」スティーヴンが言った。「ですが、刑事さん」――チリオに向き直る――「この線でもっと訊き込みをすれば、ガルジューロ夫人が夕方、夫とともにナポリからの列車を降りたところを見たという人間はサンアンティオーコには一人もいないことがわかりますよ。それに、その日の朝、ナポリからラヴェントへ行くバスに乗った乗客の中に、サングラスと大きなイヤリングをつけたアメリカ人女性を覚えている人たちがいると思います。彼女は、ジュリオの言うようにポンペイから来たのではありません。売春宿を見たかったのに入れてもらえなかったという話も、ジュリオにそれを印象づける手でした。サンアンティオーコからの列車移動のあいだ、その日に逃亡しようとしているバラードをどうするか夫と話し合った結果、ナポリからラヴェントへ向かったんです。二人はバラードの計画に気づいていて、チェックのシャツを着た男がサンアンティオーコからの坂道を歩いてくるのを見て、その日が計画の実行日だと悟ったのでしょう」

「どうして私が、そんなことにかまうのよ」マッジが小ばかにしたように言った。「あんな男が愛人と逃げようがどうしようが、私には関係ないでしょう」

「だって、彼は貴重な部下だったんだろう？　あんたは、自分の企みを実行するためにバラードと、彼の店と、その評判が必要だった。だから、たとえ彼が裏切っていなかったとしても、手放したくはない存在だったはずだ。ところが実際には、バラードはあんたの目を盗んで数多くの宝石を国外に密輸していた。そこであの朝、ナポリに着いたあんたは、チェザーレを母親のもとへ行かせて、アリバイ工作を持ちかけた。母親にはずいぶん気に入られているんだろう？　彼女の面倒をよく見てきたんだもんな——きっと、あんたのためなら何だって引き受けてくれるさ。そのあいだに変装用のサングラスとスカーフを買った。この時期には、身に着けている女性が多いからね。そして目立つイヤリングをし、アメリカ訛りを真似て、ラヴェント行きのバスに乗った——」

「嘘だ、全部嘘っぱちだ！」チェザーレが震える高い声で叫んだ。「俺は女房が何をするつもりなのか知らなかった。何一つ知らなかったんだ。ただ、用があるからと言われて、おふくろにメモをことづけられた。メモの内容は見なかった。たぶん、会いに行けなくてすまない、とでも書いてあるんだろうと思ったんだ。俺は知らなかったし、思いもしなかった——」

銃声が響いた。前日、一日中サンアンティオーコに鳴り渡っていた打ち上げ花火の音のようだった。

突然、チェザーレの顔が呆けたように虚《うつ》ろになった。それから両手で胸をつかみ、体がねじれたかと思うと、テラスの床にどさりと倒れ込んだ。

オーバーオールのポケットから出したマッジの手に握られていたのは、小型の自動拳銃だった。

「せいせいしたよ」マッジは、ぼんやりと言った。「薄汚くてずる賢い、役立たずだった――私にいいことなんか何もしてくれなかった。それと、これもやったら、すっきりするだろうね――」拳銃を再び持ち上げ、スティーヴンのほうを見た。

もう一発、テラスに銃声が鳴ったが、今度のは、チリオが握ったリボルバーから発射された音だった。

とっさに腕を振り上げて目を隠そうとしたルースをスティーヴンが抱きとめ、マッジ・ガルジューロは、夫の傍らに崩れ落ちたのだった。

第二十三章

　その日の午後遅く、小さな入り江の水面に崖の影が伸び始めていた。活気は消え、海水浴客は服を着て、三々五々、崖の小道を上って姿を消していった。だが、空は依然として真っ青だった。海水もまだ温かい。海の穏やかさは昼間よりいっそう増したように見え、さざ波をキラキラと照らす陽射しはすでにないが、岩々はまだ太陽の熱を残していた。

　平たい岩の上に長々と寝そべり、ルースとスティーヴンは、ほかの海水浴客が去ったあと、その場を確保してから動かずにいた。涼しいそよ風と辺りの静けさが、とても心地いい。しばらくのあいだ、二人とも喋ることはしなかった。ルースは半分眠っていたが、どのくらい経った頃か、「残りはどうする?」というスティーヴンの声でふとわれに返った。

「まだあったんだったかしら?」と、ルースは眠たげに訊いた。スティーヴンに答えてもらっていない疑問があることをぼんやりと思い出したが、何も起こらない時間をゆったりと楽しむ、この素晴らしい感覚と引き換えにするほど重要とも思えなかった。

「あと少しあるよ」と、スティーヴンが言った。「今じゃなくてもいいけど?」

「いいえ、いいわ。続けて」ルースは肘をついて体を起こした。「でも、とっても眠くて集中できないかもしれないわ。ただ不思議なんだけど、この二日間で初めてちゃんと目覚めている感じがするの。

なんだか眠りながら歩いていたみたいだったのよ。階段の踊り場でニッキーを目撃してから、ずっとね」

「ゆうべ、僕がニッキーを捜しに飛び出したときに話そうとしていたのは、そのことだったんだね」

「そうよ」

「僕はてっきり……」

「何を考えていたのか知ってるわ。今も、そう思っているの?」

「とんでもない。もう思っていないよ。だけど、君みたいな魅力的な女性がバラードのような男と同じ屋根の下に住んでいたら……」

「マッジのことを忘れてるわ」

「ああ、そうだった。マッジがいたね」スティーヴンが上体を起こした。「彼女がバラードを殺害した本当の動機は、どっちだったんだろう。宝石だったのか、マルグリットの件だったのか」

「両方だと思う。たぶん、マッジはレスターの愛人だったのね」と、ルースは言った。「なにしろ、マルグリットへの敵意をいつもむき出しにしていて、レスターはどう感じているのかしら、と思うことがあったわ。でも今思うと、レスターは、いつもマッジを恐れていたのね。家政婦として自分の生活を快適にしてくれる存在だから大目に見ているのかと思っていたけど。それにしてもスティーヴン、どうしてマッジのことがわかったの?」

「ジュリオのおかげさ。君がランツィ家を出たとき、ジュリオは空の馬車《カロッツァ》で坂道を下りてきたんだよね。でも、ジュリオはあの日、ラヴェントに行って戻ってきたと言った。ということは、坂道の上のほうで、乗せてきた乗客を降ろしたってことだ。だけど、あの辺りに、アメリカ人観光客の興味を惹きそうな場所はないだろう？　そういう客なら、きっとサンアンティオーコまで乗っていくはずだ。だから、その観光客のことを疑い始めたんだ」

「でも、私たちはジュリオがアメリカ人女性の話をする前に、ラヴェントへ向かっていたじゃない」

と、ルースは異議を挟んだ。

「そうだけど、ジュリオがラヴェントに行ってきた話を聞いて、ナポリから戻るルートになり得るんじゃないかと思いついたんだよ。だから、ジュリオの馬車でラヴェントへ行ったら、そのときの乗客の話を聞けるかもしれないし、バスの時刻表を確認して、実際に僕の推理が成り立つかどうかわかると思った。そして、まさにぴったりのバスがナポリから出ていることがわかったんだ」

「じゃあ、ナポリに行った本当の理由は、それだったの？」

「ああ」

「だったら、どうしてセバスティアーノさんに会いたがったの？」

「マッジに関して、彼が何か知らないかと思ってさ」

「知らなかったと思うけど」

「おそらく、そうだろうね。彼女はいつもバラードと夫の陰に隠れていたからな」

「あなたの部屋に侵入してレスターの服を探したのは、マッジだったのね。具合が悪いと言って自室で休んでいるふりをして、ホテルへ行ったんだわ。きっと、電話であなたと広場《ピアッツァ》で会う約束をしているのを盗み聞きしたのよ。そういえば、屋敷内で起きていることには、いつだって耳を澄ましているんだ、って言っていたわ。でも、チェザーレはどうやって赤い手帳を手に入れたのかしら。あれを見たときは本当に震え上がったわ」

「僕を殺して手に入れたんだと思った？」

「ええ、そうかもしれないと思ったの」

「君に警告したかったんだけど、また盗み聞きされるのが怖かったからね。ゆうべ、インコの少年を見つけられなくてホテルの部屋に戻った僕は、わざと手帳や書類をテーブルに放り出して、誰が盗みに来るか確かめようと、例のばかでかい衣装簞笥に隠れたんだ。あの哀れな男は、明け方近くになってようやく現れた。もう二度と衣装簞笥とはお近づきになりたくないね」スティーヴンは前屈みになり、痛みを思い出したように両膝をさすった。

ルースは体の向きを変え、海面を見下ろした。小魚の群れがゆらゆらと泳いでいる。

「レスターの遺体は、あとどれくらいで見つかるかしら」

「もう見つかっていてもおかしくないと思う」

「でも、どうやって？」

「今朝、君とニッキーが家の中に入ったあと、チリオと話しているときにヒントをやったんだ」

「それじゃあ、彼は知っているってこと……？」

「君と僕が、あの日にやったことをかい？　いや、それはないな。疑ってはいるかもしれないけど、これ以上は深く知りたいと思っていないだろう」

「チェックのシャツの男の身元については？」

「警察は、アルゼンチンから入港した船を調べるだろうな。自分たちで推理するはずだ。チェザーレが持っていた赤い手帳と一緒に、アルゼンチン行きのチケットと偽造パスポートを発見したんだからね」

「スティーヴン……」ルースは水中に手を入れた。魚の群れが一気に散り、緑色の水は再び澄み渡った。「あなたって、なかなか信用させてくれないのね。人のために頭をはたらかせすぎよ」

「結婚したら、この頭にも歯止めが利くかもしれないよ」

「どうかしら」

「きっと、研究所に戻れば……あの世界へ戻ろうと思っているんだ。言ったっけ？」

「小説は？」

「もちろん、ゴミの山行きさ」

ルースは岩を抱き締め、頭をもたせかけた。半ば目を閉じて呟く。「イギリスに戻るなんて、妙な感じだわ。この太陽も空も、もうなくなるのね。すべてがぼんやりとした灰色になる。だけど、それを楽しみにしている自分がいるの。ただ、ニッキーが気に入ってくれるかしら。ねえ、スティーヴン、ニッキーのことはどうしたらいいと思う？」

「どうにかなるさ。問題ない。君のニッキーは、たいしたやつだよ」

「そうよね。人生って、どう転がるかわからないものなのね。レスターが殺されて、ただ一人泣いていたのがマッジだったって知ってる？　不思議でしょう？　あの涙の本当の理由は何だったのかしら――住所録に書かれた大事な番号がわからなくなった怒りだったのか、それとも彼に対する愛情だったのか……」

ルースの瞼《まぶた》が下りた。かと思ったら、彼女は突然、目を見開いた。

いきなり体を起こして言った。

「スティーヴン！　番号よ！」

スティーヴンが、ぎくっとしたのがわかった。

「番号って？　それより、眠りかけているときにそんなふうに叫ぶのは、やめてくれよな」

「手帳に書かれた番号よ。宝石の隠し場所の手がかりの」

「それが？」

「あれは、でたらめの番号じゃないの！　あなたが本当の番号を消して、書き換えたでしょう。だったら、警察はどうやって宝石を追うの？」

スティーヴンは不思議そうにルースを見た。

「本当だ、どうやるんだ？」

「だって……」ルースはあきれたようにスティーヴンを見返した。

するとスティーヴンの瞳がきらめき、それを見てルースは笑いだした。

スティーヴンも笑っていた。

「ものすごい財産になっただろうね」と、彼が言った。「ルビー、エメラルド、真珠……僕以外、誰もその番号を知らない――誰一人として。ところがね、実はチリオたちが話し込んでいるあいだに、こっそり手帳に本当の番号を書き込んでおいたんだ。だから、アルゼンチンで豪勢な暮らしをする夢は諦めてくれ。僕らはロンドン郊外でありふれた平穏な暮らしをすることになるんだよ」

「すてきだわ」と、ルースは言った。「本当に素晴らしいわ。ただ……」

「今度はなんだい？」

「ちょっと思ったんだけど、あなたが番号を間違えていて、本当の番号をいつか思い出すなんてことはないかしら……」

訳者あとがき

本書は、一九五二年に発表されたエリザベス・フェラーズの*Alibi for a Witch*を訳出したもので、私にとっては、同じく論創社から出版された『カクテルパーティー』*Enough to Kill a Horse*（一九五五）に続く、二作目のフェラーズ翻訳となる。訳出にあたっては、Hodder & Stoughton社のペーパーバック（一九九三年版）を使用した。

"The Crime Club" Alibi for a witch（1952,Collins）

人物描写に優れ、会話や、些細なしぐさを通して、登場人物の人間性、心の内に抱える葛藤、それぞれの関係性が見事に描き出されているあたりは、実にフェラーズらしいと言っていいだろう。彼女の作品は、訳す際に人物設定に迷うことがない。喋り方、眉や目、手足の動きといった、さまざまなヒントから、登場人物が目の前に生き生きと浮かび上がってくるからだ。複数の登場人物の視点から書かれた『カクテルパーティー』とは異なり、本作には一人の主人公が存在する。女性キャラクターの描写に定評のあるフェラーズだけに、彼女の人物像は丁寧に描かれており、読む者はおのずと主人公の思考に添って、ハラハラしながら事件を推理していくことになる。

エリザベス・フェラーズ（本名、モーナ・ドリス・マクタガート）は、一九〇七年九月六日、当時イギリス領だったビルマのラングーン（現ヤンゴン）で、木材と米を扱うスコットランド出身の商人のもとに生まれた。アイルランド系ドイツ人だった母の影響もあって、幼い頃はドイツ人の子守りに面倒を見てもらい、やがてはベルリンで教育を受ける予定だったのだが、イギリスとドイツの政治的緊張が高まったのを受け、六歳のときにイギリスへ戻って、ハンプシャーにある寄宿学校、ベダレス・スクールに入学した。幼少期にドイツ語の厳格な文の構造と複雑な文法に触れていなければ、推理小説は書けなかったと、のちに本人が語っている。一九二五年にロンドン大学に進学したが、ラテン語とギリシャ語を勉強していなかったフェラーズはイギリス文学を取ることができず、ジャーナリズムを専攻した。その経験が、あまり多くはないシリーズ物の一つで、初期に集中して書かれた、ジャーナリスト探偵、トビー・ダイクを主人公とする作品（全五作）に生きている。

最初の夫と結婚した一九三〇年代初頭に本名のモーナ・マクタガートで二冊小説を書いているが、本格的にミステリ小説を書き始めたのは、二人目の夫となるベッドフォード大学の植物学者ロバート・ブラウン博士と出会った一九四〇年だった。この年に出版された初めてのミステリ小説が、トビー・ダイクが初登場する『その死者の名は』*Give a Corpse a Bad Name* である。正式に離婚が成立し、ブラウン博士と再婚したのは一九四五年のことだった。一九五一年、コーネル大学で教鞭を執ることになった夫とともにアメリカに移住するが、マッカーシズムの台頭を嫌い、一年後にイギリスに帰国。一九五七年に夫がエジンバラ大学の教授となってからは、七七年に退職するまでエジンバラに居を構えた。晩年は気候の温暖な南部のオックスフォードシャーに位置するブルーベリーという村で暮らした。そして一九九五年三月三十日、フェラーズは急逝する。亡くなる直前まで作家として活動を続け、死後、最後の作品となった *A Thief in the Night*（一九九五）が出版された。

五十年近い執筆活動において、フェラーズは七十一作品の長編小説と二冊の短編集を発表した。一九五三年、ジョン・クリーシーらとともに英国推理作家協会（ＣＷＡ）の創設に加わり、七七年には会長に就任している。また、一九五八年には、アガサ・クリスティが会長を務めたこともある、ディテクションクラブ（イギリス推理作家クラブ）にも名を連ねた。アメリカでは、売り込みに有利だとする出版社の意向で、Ｅ・Ｘ・フェラーズというペンネームで作品が出版された。

Alibi for a Witch
(*1993,Coronet Books*)

本書『魔女の不在証明《アリバイ》』の舞台は、イタリア南部の海辺の町だ。不可解な殺人事件に遭遇して渦中に巻き込まれた若きイギリス人主人公の驚愕と苦悩は章を追うごとに募り、緊迫感が高まっていく。誰が信用できて、誰が嘘をついているのか。全員のアリバイは本当に成立するのか。最後まで読者を迷わせる展開が続くが、実はさまざまな手がかりがちりばめられている。読了後にもう一度読み直すと、フェラーズの巧みな仕掛けをあちこちに再発見して、あらためて目を見張るに違いない。ぜひ、全編に漂う異国情緒を満喫しつつ、謎解きを楽しんでいただきたい。

二〇一九年七月

友田葉子

海外を舞台にしたフェラーズ作品・イタリア編

横井　司（ミステリ評論家）

今なお優れたミステリ作家事典として揺るぎない地位を占める *St. James Guide to Crime & Mystery Writers*（一九九六）において、エリザベス・フェラーズの項目を執筆しているメアリー・ヘレン・ベッカーは、フェラーズ作品の舞台は、ギリシャからオーストラリア、アフリカからマディラにまで及んでいるものの、そのほとんどがイギリスやスコットランドの地方を舞台としていると述べている。ためしにアレン・J・ヒュービンの *Crime Fiction II: A Comprehensive Bibliography 1949-1990*（一九九四）を繙いて、フェラーズの作品でイギリスやスコットランド以外の海外を舞台とする作品を抜き出してみると、以下のようなラインナップとなった。

Hunt the Tortoise（一九五〇）＠フランス
Alibi for a Witch（一九五二）＠イタリア　魔女の不在証明《アリバイ》　友田葉子訳　論創海外ミステリ　二〇一九　＊本書
Murder in Time（一九五三）＠フランス　間に合った殺人　橋本福夫訳　ハヤカワミステリ　一九五六

The Swaying Pillars（一九六八）@アフリカ
Skeleton Staff（一九六九）@ポルトガル
The Small World of Murder（一九七三）@オーストラリア
Witness Before the Fact（一九七九）@ポルトガル
The Crime and the Crystal（一九八五）@オーストラリア
Come and Be Killed（一九八七）@オーストラリア

フェラーズの長編は全部で七十一編を数え、右にあげたのは僅か九編にすぎないわけだが、ここに上梓される『魔女の不在証明《アリバイ》』は、その数少ない海外を舞台にした作品のひとつなのである。

なお、右ではポルトガルとした二編は、*Crime Fiction II* の表記ではマデイラとなっている。ポルトガル領マデイラ諸島のことで、いずれも警察署長のラポソが探偵役を務めるシリーズだ。この伝で、スコットランド西岸に広がるヘブリディーズ諸島を舞台とした『さまよえる未亡人たち』（一九六二）も、海外を舞台とした作品に加えてもいいかもしれない。

『魔女の不在証明《アリバイ》』の舞台となるサンアンティオーコは、現実に存在するイタリアの島嶼部のひとつ、サンタンティーオコ Sant'Antioco と名前が似ているが、訳者からご教示を得たところによれば、原文の表記は San Antioco で、とてもナポリまで馬車なり列車なりで行ける距離ではなく、作者が創造した架空の地名である可能性が高いとのことである。作中にも島嶼部であることを示す表現はないので、やはり架空の地名だと判断すべきなのであろう。

ちなみにフェラーズは一九七〇年代に入ってから、ヘルシングトン Helsington という架空の村《ヴィレッジ》を創造し、*A Stranger and Afraid*（一九七一）、*Foot in the Grave*（一九七二）、*Alive and Dead*（一九七四）、*Blood Flies Upwards*（一九七六）という四長編の舞台としており、これなどアガサ・クリスティーのセント・メアリ・ミード村を彷彿させる。

同じ架空の土地でも、サンアンティオーコがヘルシングトンの場合と異なるのは、主人公が当り前のように過ごしていた日常が、事件を契機に非日常に変わるサスペンスと恐怖が、異国というエキゾティックな場所がセッティングによってクローズアップされる点であるといえようか。母国イギリスであれば、警察の捜査は民主的であると信頼でき、不安を感じることもないのだが、これ異国の警察となるとそうもいかない。かててくわえて、狭いコミュニティの中のイギリス人同士は気心が知れているように見えて、別の顔を持った他人であることに気づかされるというプロットになっているため、サスペンスはいや増すことになる。

先に紹介したメアリー・ヘレン・ベッカーは、異国というエキゾティックな場所が選択されても、プロットはドメスティックな筋立てになる傾向があるといい、ひとつの家に同居する人々や友人間で起きる殺人事件を描くので、やや閉鎖的《クローストロフォビック》な傾向があるけれども、普通の人々の動機や感情を探求する機会を与えると述べている。『魔女の不在証明《アリバイ》』は、ベッカーの指摘のひとつの証左ともいえる作品に仕上がっているといえよう。

ここで『魔女の不在証明《アリバイ》』のストーリーに入っていくことにしよう。

サンアンティオーコに息子とやもめ暮しをしている、ミラノのアンティーク・ショップのオーナー、レスター・バラードに、息子のニッキーへ「道徳的によい影響を与える存在として住み込みの家庭教師兼叔母代わりに雇われた」ルース・シーブライトは、四年の長きにわたった滞在を顧みて、そろそろイギリスに帰還しようかと思うようになっていた。父親と息子との間で毎度のように諍《いさか》いが繰り返されていたが、今日の諍いはいつもと違い、何か悪いことが起こりそうな気もしていた。そしてルースの予想通り、悪いこと——殺人事件がおきてしまったのである。

雇い主の友人の夫人であるマルグリットを訪問する約束をしていたのに、訪ねたところ留守で、何時間か待ったあとに帰ってみると、レスターが殺されているのを発見したのだ。死体を発見する直前、息子のニッキーが逃げ出すのを目撃したルースは、ニッキーが犯人なのではないかと怖れるのだが、死体を前に途方に暮れている折も折、警官が訪ねてきて、レスターの死体が自宅から離れた山中で発見されたと告げたのだった。

開巻50ページ目にして、いきなり仕掛けられるサプライズ——一人の被害者の死体がまったく別々の場所で発見されるという驚きはかなり強烈なもので、ルースと同様の眩暈感にとらわれる。読者はフェラーズの術中にはまり、早く真相を知りたいと思ってページを繰る手が止まらなくなることは確実だろう。

先にも述べた通り、『間に合った殺人』はニースに建つ個人の別荘、といっても古い田舎屋を改造した家のようだが、ちょうどアガサ・クリスティーの『そして誰もいなくなった』（一九三九）のように、イギリスから別荘へ集められた人々の間で事件が発生する。実質的にはイギリスで起きた事件といっても過言ではないようなものだったが、それに比べると『魔女の不在証明《アリバイ》』の場合は、イギリスに出自を持つサンアンティオーコに住む人々が中心となって物語が進行するとはいえ、タクシー代わりとなる馬車《カロッツァ》の御者など、地元の人間が事件に絡んでくる。サンアンティオーコから馬車に乗ってラヴェントに向かい、そこでナポリ行きのバスを待つ間、カフェでくつろいでいると、楽器を持った流しの集団がサンタルチアを歌い出す場面や、ラヴェントからナポリへ向かう満員バスの乱暴な運転ぶり、サンアンティオーコで開催される祝祭《フィエスタ》など、イタリアらしさを彷彿させる風俗描写には事欠かない。

横道から勢いよく入ってきたバスは、怒鳴ったりわめいたりする群衆であっという間にいっぱいになった。情け容赦なく肘で互いを激しく押し合う人々はみな、そんな状況を楽しんでいるかのようで、肘では足りずに、大きな紙包みや、野菜の入ったバッグまでも武器にして、バスに乗ろうとひしめいている。

ルースとスティーヴンがその人混みの中へおそるおそる加わったときには、すでに勝利の雄叫びとともに座席が陣取られたあとで、どうにか乗車はできたものの、運転席の後ろでつり革にもバーにもつかまれずに、ぴったり体を寄せて立っているしか亡かった。ただ、席に座れなかった人々で身動きが取れない状態なので、バスが発車してもどうにか倒れずに済むことを願うだけだった。

（略）

バスが発車した。道が曲がりくねっているため、クラクションはほとんど鳴らしっ放しにしなければならなかった。ルースは、とても目を開けていられなかった。見通しの利かない曲がり角の向こうから、平然と猛スピードで姿を現わす死の恐怖を目の当たりにし続けることに耐えられなかったからだ。バスが大きく揺れ、ルースとスティーヴンの体がぶつかった。スティーヴンはルースの体に腕を回し、しっかりと抱き寄せた。突然、二人は笑いだし、ルースはそのとき、根拠があってもなくても、メモやマッチやマルグリットに関してスティーヴンが言ったことを、すべて信じようと思った。

耳もとでスティーヴンが大声で言った。「きっと生きて到着できるさ。なんたって、運転手は一日に二度もこれを乗り越えているんだからね」

ルースも大声を出した。「それに、イタリア人の運転テクニックは驚異的ですもの」

「驚異的ねえ」と、スティーヴンが怒鳴ったとき、クラクションの音がけたたましく鳴り響き、大きく突き出した岸壁を避けようと大回りしたバスは、丸太を積んだ大型トラックと正面衝突しそうになった。すると、バスは軽く二、三歩ダンスステップを踏むかのようにトラックをかわし、元の車線に戻って走行を続けた。


ここでルースと行動を共にしているスティーヴンは自称・小説家で、人妻のマルグリットに秋波を送っているとばかり、ルースは思っていたのだが、共に事件に巻き込まれ（ちなみにこの自称・小説家はもとは物理化学者だという設定が、イギリス・ミステリらしい、ひねくれぶりといえるかもしれない。どうして化学者がイタリアくんだりまで来て、しかも地方のホテルに住んで、小説を書こうとしているのか、読み手の想像を逸しているように思えてならない）、さまざまな事態に対処しているうちに、惹かれていく。右に引用した箇所は、ルースの気持ちが転換する場面であり、まさに吊り橋効果そのものといえそうな、ラブコメなどにはお約束の場面と言えよう。フェラーズにしては珍しくストレートなコージー・タイプのミステリ、アガサ・クリスティーの〈トミーとタッペンス〉シリーズ（の初期）を思わせるような、若い男女の冒険を描いた軽快でリーダビリティーの高い物語だという印象を受ける、本作の中でも、もっとも陽気で楽しい場面のひとつである。だがそう思っていると、最後の最後になって背負い投げをくらうことになる。イタリアの愉快で陽気な風俗描写に意外な伏線が潜まされていたことに気づき、驚愕させられるのだ。

もっとも、作品の外面的な印象は、コージー・ミステリっぽいかもしれないが、事件に関わる男女がお互い信頼しあっているという単純な関係ではないのが、フェラーズ作品のフェラーズ作品たる所以といえるかもしれない。

鸚鵡占いの少年を使いにしてメッセージを送ってきた、失踪中のニッキーを追っていったスティーヴンのことを、ベッドに横たわりながら考えていたルースは、ラヴェント経由でナポリへ向かったのは、自分をサンアンティオーコから連れ出すためではなかったかという疑惑にとらわれるのだが、そのすぐ後に次のように考え直すシーンがある。

ルースは、すぐにその考えを打ち消した。どこかの時点で、人を信用する決断をしなければならない、と思う。その人のすべてを知ることはできないが、これから起きる殺人事件に対する自分たちのアリバイを確保するためにルースを連れ出したかどうかなど、あれこれ考えるべきではない。そういう疑惑を抱くのは、もうやめよう。論理的には可能性があるにしても、それを考えたらきりがない。

ボーイ・ミーツ・ガール系のプロットを持つミステリでは、作中で出会った男女はしばしば無条件に、あるいはちょっとした出来事をきっかけとして、お互いを信頼しあい続け、疑うことはしない。それに対し、フェラーズの右の場面では、共に事件に立ち向かう異性を主体的に信頼するという場面を描き出している、という意味で珍しい。重要なのは、いったん信じた場合はそれに従って判断し、行動するということで、信じたことが間違いだったのであれば、その間違いをもとにまた新たに何かを信用すればいいだけなのだ。その意味ではこのルースの「論理的には可能性があるにしても、それを考えたらきりがない」という述懐は、従来のボーイ・ミーツ・ガール系のプロットや本格ミステリ系のプロットが持つナイーブさとは無縁である。論理的に可能性があれば疑うというのは、黄金期の本格ミステリに典型的な姿勢かと思われるが、それは事件や状況をゲームのように考えるからこそ許されるのであって、現実には人は誰かを信用し、その信用に基づいて行動し、信用が裏切られればまた新たに行動原理を組み直すものである。

そういう営みこそが人間的なのである、というふうに考えれば、フェラーズの作品が黄金時代のミステリから一歩踏み出した、いわゆる新本格といわれる所以も頷けるのではないだろうか。ここでいう新本格とは、『間に合った殺人』の解説において都筑道夫が「イギリスの現役中堅作家たち」は「在来のプロット重点をおいた本格探偵小説とは違つて、小説としての水準を向上させることに努力している」と指摘して「新本格派」と呼んでいることを踏まえている（引用はハヤカワミステリ、一九五六・十二）。都筑は「小説としての水準を向上させる」とはどういうことか、そこでは明確に述べていないものの、同じハヤカワミステリから出ているC・H・B・キッチン『伯母の死』（一九二九）の解説に書かれていることが参考になる。先に本叢書既刊『カクテルパーティー』の解説でも引用したが、煩を厭わずもう一度引用しておくことにする。

謎解きの興味もある。推理もある。それでいて登場人物はアヤツリ人形ではない。小説としてだけ見ても、すぐれている。そういった条件を満足させるためには、スケールの大きなトリックは使えない。どうしても地味になる。ましてや小説技術が進んでいるから日本の読者にはひどく高級なものに見えるだろう。だが、イギリス新本格派の作品こそ、探偵小説を読みなれた読者も満足させ、優れた小説観《ママ》賞家をも満足させる、理想的な作品だと、解説者は思うのである。（引用はハヤカワミステリ、一九五六・八）

ここに書かれている「アヤツリ人形ではない」という表現が、『間に合った殺人』の解説で書いている「小説としての水準を向上させる」とはどういうことか、に対する答を見出すことができるように思う。ちなみにこうした認識は、ハワード・ヘイクラフトが『娯楽としての殺人』（一九四一）において、イギリスで一九三〇年代以降に登場した作家たちを「現代派《モダーンズ》」と名づけ、その特徴を「〈探偵―プラス―性格〉の小説」と書いていることを思い出させる（引用は林峻一郎訳、国書刊行会、一九九二）。都筑の認識とヘイクラフトの認識とは、少なくとも一九五〇年代の時点では、かなり近接していたと考えてもいいだろう。

ところで、いわゆるイギリス新本格は、人間をリアルに描いた作品と捉えて済まされることが多い。だが、その点についても、フェラーズは一筋縄ではいかない。小説を書いていると自称するスティーヴンが、ルースに向かって次のように語るくだりは、その意味では大変に示唆的である。

「性格！　そいつは微妙な問題だな。今の僕には、深く傷つく話題だよ。僕は常々、人の性格を見極めるのが得意だと思っていたから、物理化学者をやめて小説家になったんだ。知らなかった？

こういう状況になったいきさつを話してなかったっけ？　自業自得と言われたら、それまでだけど――小説を書く楽しみの半分は、独特な性格を持つ登場人物を生み出すことだと思っていたのに、それをたいして理解していないと言われたみたいで、なんだか不愉快だ。でも、現実の世界で目にする人たちときたら、理解に苦しむ性格の人ばかりだからね。マルグリット・ランツィに、ルース・シーブライトに……」

「小説を書く楽しみの半分は、独特な性格を持つ登場人物を生み出すこと」というのは、小説作法としてよく目にするものだろう。魅力的な性格の登場人物を生み出せば、それだけでその小説は成功したものだといわれることが多いように思われる。ところが「現実の世界」では「理解に苦しむ性格の人ばかり」で、「独特な性格」に基づいて、その範囲内で合理的に行動する人間なんていない、性格を行動原理として合理的に行動する人間なんていない、といっているかのようである。これは小説のプロットや評価軸に対する懐疑を吐露したものに他ならないのではないか。

性格とは固定化した資質なのではなく、状況によって、いかようにも変わる、という認識を示しているともいえよう。そこが、いわゆる人間を描いているといわれる小説とは違うところなのであり、そこがイギリス新本格の新本格たる所以なのである。唐突だが、坂口安吾の『不連続殺人事件』（一九四八）に登場する探偵役の巨勢博士が、語り手によって小説が書けないから探偵として優れているんだと評されることが連想される。

我々文学者にとっては人間は不可解なもの、人間の心理の迷路は永遠に無限の錯雑に終るべきもので、だから文学も在りうるのだが、奴（巨勢博士――引用者註）にとっての人間の心は常にハッキリ割り切られる。

「それくらい人間が分りながら、君は又、どうしてああも小説がヘタクソなんだろうな」と冷やかしてやると、

「アッハッハ。小説がヘタクソだから、犯罪が分るんでさア」

こいつはシャレや御謙遜ではないだろう。この言葉も亦真理を射抜いた卓説で、彼の人間観察は犯罪心理という低い線で停止して、その線から先の無限の迷路へさまようことがないように、組み立てられているらしい。そういうことが天才なのである。

だから奴は文学は書けない。文学には人間観察の一定の限界線はないから、奴は探偵の天才だが、全然文学のオンチなのである。（引用は新潮文庫版から）

従来型の本格ミステリ、例えばエラリー・クイーンが初期の国名シリーズで完成させたようなタイプの本格ミステリは、経済学にも匹敵するくらい、人間の行動心理を金銭を媒介として合理的に考えるのに対して（安吾のいう「犯罪心理という低い線」というのは経済的合理性とよく似ているように思われる）、特に新本格といわれる作品というのは、そういう、人の性格の測りがたさと、人の性格の割り切りやすさとの、せめぎ合いの場を描いたジャンルだということができるかもしれない。

フェラーズの『魔女の不在証明《アリバイ》』にも、そういうせめぎ合いを確認できる箇所が多く見られるが、それをいちいち指摘していくと、ミステリとしての興趣を削ぐことになるから、右のように指摘するに留めておくことにしよう。

ところで本書の刊行と前後して、同じくイタリアを舞台として、観光名所を経巡る男女を描いた映画が公開されている。ウィリアム・ワイラー監督の《ローマの休日》（一九五三）だ。ヨーロッパ某国の王女とアメリカ人新聞記者の、24時間の恋を描いた作品だし、フェラーズ作品の方はあまり知られていない地方都市を舞台にしているため、映画に影響を及ぼしたとはとてもいえないが（映画の企画自体は一九四〇年代に遡るようでもあるし）、同じ頃にイタリアを舞台とした物語が現われた偶然には興味を引かされるものがある。当時のアメリカの読者の中には、『魔女の不在証明《アリバイ》』を裏《ローマの休日》として楽しんだ者もいたのではないか、と考えてみるのも、また楽しからずや、といったところであろう。

論創海外ミステリでは、これまでに『カクテルパーティー』（一九五五／邦訳・二〇一六）『灯火が消える前に』（一九四六／邦訳・同）と、フェラーズの作品を二作、刊行してきた。そのあと紹介が途切れたため、やきもきさせられたが、ここにようやく第三弾として『魔女の不在証明《アリバイ》』が刊行された。それでも邦訳されたものは、他の訳書を加えても、一ダースを数えるに過ぎない。長編が七十一作もあるからには、まだまだ傑作・名作が隠れているに違いない。今後とも紹介が続くことを期待したい。

参考文献として、本文中に言及したものの他に、ジーナ・マクドナルド&エリザベス・サンダース *E. X. Ferrars: Companion to the Mystery Fiction*（二〇一一）を参照した。

〔著者〕

エリザベス・フェラーズ

1907年、ミャンマー、ヤンゴン生まれ。本名モーナ・ドリス・マクタガート。6歳の頃に英国へ移住し、ロンドン大学でジャーナリズムを専攻する。1930年代にモーナ・マクタガート名義で作家デビュー。イギリス推理作家協会（CWA）の創設メンバーとしてミステリの普及に尽力し、77年にはCWA会長を務めた。95年死去。

〔訳者〕

友田葉子（ともだ・ようこ）

津田塾大学英文学科卒業。非常勤講師として英語教育に携わりながら、2001年、『指先にふれた罪』（DHC）で翻訳デビュー。『極北×13＋1』（柏艪舎）、『血染めの鍵』（論創社）、『ショーペンハウアー　大切な教え』（イースト・プレス）をはじめ、多数の訳書・共訳書がある。

魔女《まじょ》の不在証明《アリバイ》

——論創海外ミステリ　239

2019年8月20日　初版第1刷印刷
2019年8月30日　初版第1刷発行

著　者　エリザベス・フェラーズ
訳　者　友田葉子
装　丁　奥定泰之
発行人　森下紀夫
発行所　論 創 社

〒101-0051　東京都千代田区神田神保町2-23　北井ビル
TEL:03-3264-5254　FAX:03-3264-5254　振替口座　00160-1-155266
WEB:http://www.ronso.co.jp

印刷・製本　中央精版印刷
組版　フレックスアート

ISBN978-4-8460-1835-1
落丁・乱丁本はお取り替えいたします